AF603661

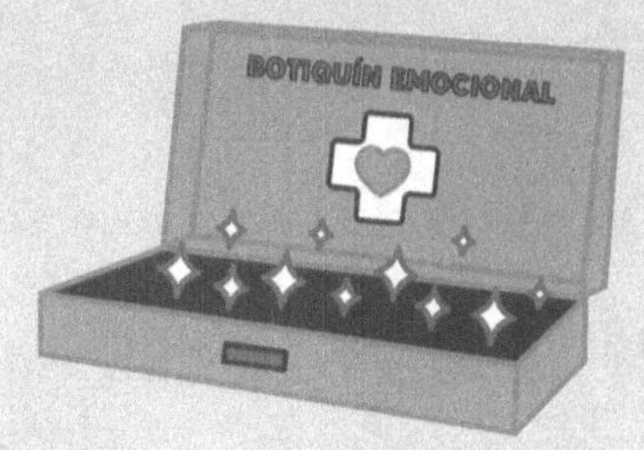

EMOCIONES 911

¡Hola! Mi nombre es **Adály Eliza López Sierra**. Te platico un poco de mi experiencia, soy licenciada en psicología con una especialidad en clínica sistémica familiar con mención sobresaliente; también, tengo una maestría en psicología clínica, donde obtuve el premio *cum laude*.

Estoy terminando un diplomado en terapia dialéctica conductual para la niñez y cuidadores. He creado protocolos de intervención narrativa para la detección e intervención de violencia en la niñez. Como psicoterapeuta sistémica, trabajo con temas de abuso sexual y otros tipos de violencia.

Formo parte de Mujer21, una sociedad civil donde damos talleres, protocolos y pláticas para la prevención, detección e intervención de la violencia contra la mujer en sus diferentes espacios.

También disfruto creando talleres socioemocionales tanto para la niñez como para adultos. He sido sinodal de tesis para la carrera de psicología en la Universidad de Monterrey.

Tengo un espacio en redes sociales que se llama @1minutodepsicologia, donde he podido reflexionar y compartir contenido psicoeducativo a más 1.7 millones de seguidores entre TikTok e Instagram.

Soy autora del libro *Manual de las emociones*, que fue una introducción al mundo emocional; este segundo libro viene más preguntón y curioso que el otro.

¡Estoy agradecida de compartir este camino contigo!

EMOCIONES 911

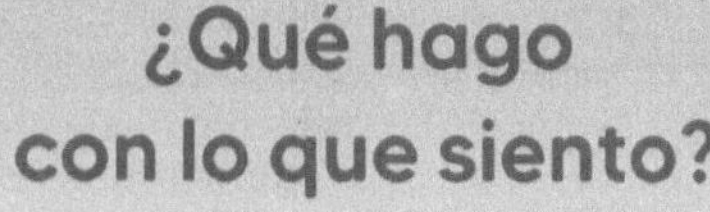

¿Qué hago con lo que siento?

Adály Eliza López Sierra

VERGARA

Título original: ***Emociones 911. ¿Qué hago con lo que siento?***

Copyright © 2024, Adály E. López
Todos los derechos reservados.

© 2026, derechos de edición mundiales en lengua castellana:
Penguin Random House Grupo Editorial, S. A. de C. V.
Blvd. Miguel de Cervantes Saavedra núm. 301, 1er piso,
colonia Granada, alcaldía Miguel Hidalgo, C. P. 11520,
Ciudad de México
© 2026, Penguin Random House Grupo Editorial USA, LLC
8950 SW 74th Court, Suite 2010
Miami, FL 33156

Ilustraciones de portada e interiores: 2024, © Karina Stephanie García Tueme para 1minutodepsicologia.
Agradecemos a la autora y Karina Stephanie García Tueme permitirnos el uso para esta publicación

La editorial no se hace responsable por los contenidos u opiniones publicados en sitios web o plataformas digitales que se mencionan en este libro y que no son de su propiedad, así como de las opiniones expresadas por sus autores y colaboradores.

Penguin Random House Grupo Editorial apoya la protección de la propiedad intelectual y el derecho de autor. El derecho de autor estimula la creatividad, defiende la diversidad en el ámbito de las ideas y el conocimiento, promueve la libre expresión y favorece una cultura viva. Gracias por comprar una edición autorizada de este libro y por respetar las leyes del derecho de autor al no reproducir, escanear ni distribuir ninguna parte de esta obra por ningún medio sin permiso previo y expreso. Al hacerlo está respaldando a los autores y permitiendo que PRHGE continúe publicando libros para todos los lectores. Por favor, tenga en cuenta que ninguna parte de este libro puede usarse ni reproducirse, de ninguna manera, con el propósito de entrenar tecnologías o sistemas de inteligencia artificial ni de minería de textos y datos.
Si necesita fotocopiar o escanear algún fragmento de esta obra diríjase a CeMPro (Centro Mexicano de Protección y Fomento de los Derechos de Autor, https://cempro.org.mx).

ISBN: 979-889-098-734-1

Impresión digital bajo demanda

156016905

ÍNDICE

INTRODUCCIÓN

Escribir este libro me hizo sentir muy vulnerable, no es que sea algo malo, simplemente te coloca en una posición donde, así **como en terapia, expresas tus emociones, pensamientos, creencias e ideas.** La diferencia es que, en lugar de quedarse en el espacio confidencial de la terapia, todo queda escrito para ser leído por otras personas. ¿Miedo? Sí y mucho.

Recuerdo que cuando escribí mi primer libro, ***Manual de las emociones***, lloré durante días. Sentía que mis palabras no eran suficientes. Mi hermano me dijo: "Es una obra que vas a abandonar". Al principio, no entendí, pero luego me di cuenta de que se refería a que, si esperaba a que algo fuera perfecto, nunca lo terminaría. Así que, al igual que con ese primer libro, decido "abandonar" la idea de que este tiene que ser perfecto. No prometo perfección, pero sí **un viaje de introspección, curiosidad y, sobre todo, vulnerabilidad**.

El miedo sigue presente, pero ha sido más llevadero gracias a la gente maravillosa que me rodea. Agradezco de todo corazón a mi esposo, familia, amistades, colegas, a mi editora, al equipo de Penguin Random House y a las personas que siguen la cuenta de @1minutodepsicologia por permitirme sentir, compartir y ser vulnerable en un espacio seguro.

Este libro nace de las muchas lecciones que he aprendido como terapeuta que trabaja con las infancias. Cada sesión me sorprende con las innumerables maneras en que los niños encuentran soluciones a problemas complejos. Me maravilla cómo abordan temas complicados sin los prejuicios y la rigidez que solemos adquirir en la adultez. A través de sus voces, he aprendido tanto y he recordado que mi propia curiosidad sigue viva, haciéndose preguntas sin juzgarse severamente. O al menos, eso intento.

Espero que, al terminar este libro, al menos te lleves un pedazo de las reflexiones y emociones que experimenté durante su escritura. **Y que encuentres en estas páginas un poco de la vulnerabilidad y curiosidad que me guiaron en este viaje**.

CAPÍTULO 1

UNA LLAMADA INESPERADA

El teléfono retumba en la habitación, rompiendo el silencio de la noche. Con manos temblorosas, lo alcanzo y deslizo para descolgar. Siento las últimas vibraciones contra mis dedos.

—¿Hola? —mi voz temblorosa apenas logra articular la palabra, mientras trato de entender quién podría estar llamando a estas horas.

—911, ¿cuál es su emergencia? —la voz al otro lado es firme y serena, pero algo me desconcierta. Es una voz que yo conozco, pero ¿de dónde?

—Lo siento, debe haber algún error. ¿Por qué me están llamando desde el 911? —mis pensamientos se enredan en un torbellino de confusión y ansiedad.

—Escucha con atención, necesito que estés en calma y sigas mis instrucciones —la voz es firme, sin dejar espacio para la discusión.

—¿Quién eres tú?, ¿por qué estás llamando desde el 911? —mi voz tiembla, buscando respuestas en la oscuridad.

Y entonces, como un eco del pasado, una voz resuena en mi mente.

—¿Estás bien? —una voz infantil, inocente y preocupada al mismo tiempo. Una voz que conozco demasiado bien, pero que no había escuchado en años.

—¿Quién... quién eres tú? —mis palabras salen entrecortadas, la confusión se apodera de mí.

—Soy... soy tú —la respuesta es apenas un susurro, pero resuena en lo más profundo de mi ser.

Cierro los ojos con sorpresa, tratando de procesar lo que acabo de escuchar. ¿Yo? ¿Cómo es posible? Mi mente se tambalea, incapaz de comprender lo surreal de la situación. ¿Cómo puedo estar del otro lado de esta llamada si estoy aquí, agarrando el teléfono en mi propia habitación? Las preguntas se amontonan en mi mente, cada una más desconcertante que la anterior.

—¿Qué... qué está pasando? —mi voz sale entrecortada, reflejando mi confusión y creciente ansiedad.

—No hay tiempo para explicaciones ahora. Quiero que me escuches y sigas mis instrucciones.

Abro los ojos con sorpresa, miro el teléfono como si pudiera ver a través de él. Y de repente, como si el mundo se desvaneciera a mi alrededor, me veo a mí. No como soy ahora, sino como era hace ya varios años. De vuelta en la cama de mi habitación, llena de juguetes y sueños infantiles.

—¿Qué... qué está pasando? —mi voz tiembla con emoción y confusión.

—¿Estás sintiendo eso? Todo lo que guardaste en lo más profundo, las emociones que creíste olvidadas. Supe que necesitabas escucharme —la voz de mi yo infantil suena sabia, más allá de su corta edad.

—Sí, pero ¿cómo...? —mis palabras se pierden en la incredulidad.

—No importa cómo; lo importante es que estás aquí y ahora, sintiendo, y puedo ayudarte a entenderlo. ¿Dónde estás? —la voz resuena con una calma reconfortante, como un faro en medio de la oscuridad emocional.

Con el teléfono todavía en mi mano me sumerjo en un viaje emocional que me lleva de regreso a la infancia, explorando los recuerdos y las emociones que habían estado enterrados durante tanto tiempo.

—Estoy en una habitación oscura, siento que no puedo ver nada. Todo es tan confuso, no puedo ver hacia dónde voy, no tengo idea de qué hacer ni por dónde empezar, y la desesperación es abrumadora.

—Eso suena difícil, lo siento mucho. Quiero que escuches mi voz, estoy aquí contigo acompañándote. ¿Puedes respirar profundo junto conmigo mientras seguimos hablando?

—Sí, supongo...

—¿Te puedo hacer unas preguntas?

—Sí...

—¿Me puedes decir cómo es el lugar donde estás?, ¿qué emociones sientes?, ¿qué sientes en el cuerpo?

—Es como si estuviera en una habitación sin luz. Las emociones son tan intensas que siento que me envuelven y no me permiten avanzar. Siento un nudo en el estómago.

—Sí que parece un lugar complicado. Con razón estás sintiendo todo esto. Estar en una habitación sin luz... a veces me da miedo la oscuridad. Aunque me han dicho que la oscuridad simplemente es algo sin luz, pero el miedo no se me quita. Cuando estoy en mi habitación oscura imagino que tengo una linterna en mi mano. ¿Alguna vez has intentado usar tu imaginación?

—Mmm... pues hace tiempo que no la uso, no sé cómo podría ayudarme en este momento.

—Ah, yo te explico. ¿Puedo ser tu guía en este espacio oscuro? Al fin y al cabo, ya nos conocemos.

—Sí, claro.

—Quiero que imagines que tienes en tu mano una linterna y que cuando comienzas a iluminar la habitación enfrente de ti encuentras un botiquín. ¿Lo puedes ver? Puede ser difícil verlo ahora, pero está ahí. ¿Puedes sentirlo?

—Sí, es una caja, me la estoy imaginando como un botiquín de emergencia.

—¡Súper! Este botiquín nos ayudará muchísimo. ¿Sabes lo que hay dentro?

—Pues supongo que alcohol, banditas y agua oxigenada.

—Éste es un botiquín diferente, este botiquín nos ayudará a entender las emociones y pensamientos. Con éste podremos ver nuestros recursos, herramientas y muchas cosas más. Me estoy emocionando sólo de imaginar lo que nos espera al abrirlo. También te va a ayudar a entender por qué he tenido que llamarte desde el 911.

—¿Cómo puedo abrirlo? ¿Qué hay dentro?

—Espera, espera... Antes de abrirlo te voy a enseñar a surfear.

—¿A qué?, ¿qué tiene que ver surfear con lo que está pasando y con el botiquín?

—Confía en mí. Sigue conmigo... Siéntate o acuéstate en un lugar cómodo. Pon tu mano en tu estómago y siente cómo se infla y se desinfla con cada respiración, como si fueran olas del mar que suben y bajan. ¿Puedes sentir cómo entra y sale de tu cuerpo el aire?

—Puedo sentir mi respiración agitada.

—Eso significa que el mar está agitado en este momento, como cuando el agua está revuelta. Vamos a darle chance a tu cuerpo de que sienta seguridad en lo que esperamos a que se calme ese mar. ¿Qué emociones estás sintiendo en este momento? No se vale juzgarte, ¿eh?

—Pero ¿y si no sé lo que estoy sintiendo?

—En ocasiones es difícil saber qué sentimos, a mí hay veces que me pasa igual. ¿Te digo qué me ayuda a mí?

—Sí, por favor.

—Me ayuda primero pensar si lo que estoy sintiendo me hace sentir bien o me hace sentir mal, si es algo que me gusta o no. Luego pienso si es algo muy fuerte. Me lo imagino como si fuera electricidad, se sentiría como algo que me mueve mucho, que me quita energía o como si me apachurrara?

—Voy entendiendo.

—También me ayuda mucho si le pongo un color, una forma, tamaño o hasta una textura. Le puedes dar el nombre que tú quieras, no hay respuesta equivocada.

—Ya lo tengo.

—Ahora quiero que prestes atención a tu cuerpo. Observa muy atentamente lo que sientes sin juzgarte, ve cada rincón de tu cuerpo como si fueras un explorador. Ahora, mientras sigues explorando vamos a respirar lento y profundo.

—¿Por la nariz o por la boca?

—Tú elige lo que sea más fácil y cómodo. A veces será más fácil de una manera que de otra. Inhala contando hasta cuatro segundos, paramos la respiración por cuatro segundos y luego exhala por otros cuatro segundos. ¿Puedes sentir cómo llena tus pulmones el aire y luego sale lentamente? Hazlo varias veces... lento y profundo, se llenan y se vacían. Puedo escucharte, ¡lo estás haciendo muy bien! Sigue así.

—Gracias, hago lo mejor que puedo.

—¡Muy bien! Ahora vamos a usar otra vez nuestra imaginación. Imagina que la emoción que me platicabas es como una ola en el mar. Quiero que veas cómo esa ola se hace grande y más grande poco a poco y llega hasta muy alto. Sigue respirando lento y profundo conmigo, aquí estoy contigo.

—Es grande.

—Está bien sentir lo grande de la ola, la podemos ver hasta lo alto. Crece y llega hasta lo máximo que puede llegar y luego empieza a hacerse pequeña y más pequeña. Es como si tu respiración la estuviera guiando hacia abajo, como cuando una ola se aleja en la playa. La ola, antes grandota, comienza a cambiar y hacerse poco a poco más pequeña. ¿Puedes sentir cómo la emoción se va haciendo más chiquita?

—Sí, empieza a disminuir.

—Seguimos viendo cómo la emoción poco a poco se aleja suavemente y la ola también. Tu respiración se une con el ritmo natural de la marea. Respira y deja que la emoción se vaya poco a poco. ¿Cómo está el mar?, ¿sigue revuelto?

—No, ya está más en calma.

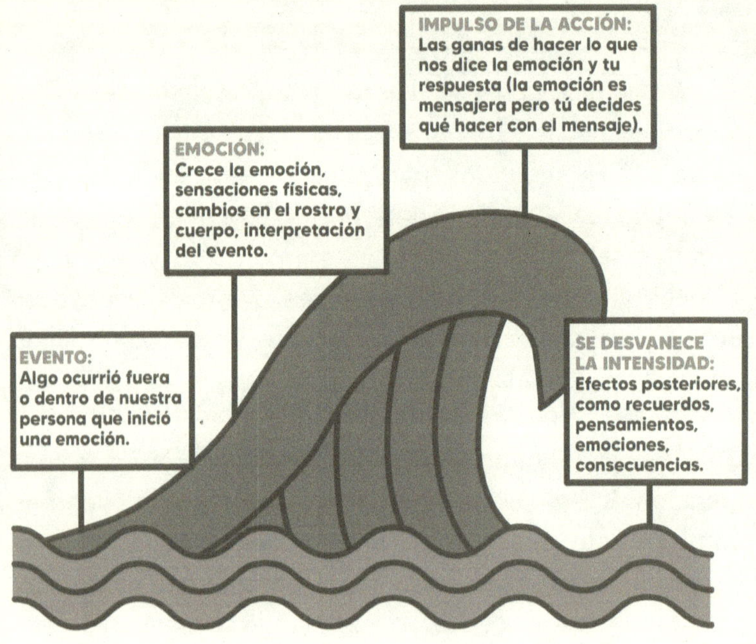

—No lo había visto de esa forma, pero es verdad que algunas emociones se sienten como una gran ola que te arrastra o que te provocan la sensación de que te vas a ahogar.

—¡Sí! Algunas llegan muy fuerte como si se estrellaran, otras se deslizan suavecito, pero algo que he visto es que siempre van y vienen. Nunca se quedan. No podemos decirles a las olas del mar que dejen de llegar, eso sería como pedirle al sol que deje de salir. Pero podemos prestarles atención para que no nos tumben, no sentir que nos ahogamos ni que nos arrastran... sino aprender a manejarlas, a poder "surfearlas".

—Claro, es como cuando una ola suave llega y flotamos sobre ésta, nos lleva suavecito. No sentimos desesperación, sino que fluimos con ella.

—Sí, mira cómo sube y baja esta ola del mar, nos recuerda lo que siente nuestro cuerpo y las emociones que nos hacen humanos. No podemos controlarlas, pero sí decidir qué hacer con ellas. Van y vienen, no se quedan para siempre. Aprender a "surfearlas" me ayuda mucho a sentirme mejor cuando las cosas se ponen difíciles. Así aprendo "surfear" las mareas emocionales de la vida.

A medida que practicas el ejercicio sientes que algo ha cambiado en la habitación oscura. La oscuridad emocional cede ante la luz tenue que proviene del botiquín emocional. Esta luz tenue te permite ver la manija del botiquín para poder abrirlo. Al acercar tu mano al botiquín puedes sentir el borde de la manija y jalarla lentamente. Al observarlos por completo te percatas de que cuenta con compartimentos adicionales, cada uno esperando a ser explorado. Cada compartimento es un recurso que se agrega al botiquín emocional. Al abrirlos, notas como cada herramienta se entrelaza con las demás, formando una red de apoyo integral.

Como un rompecabezas emocional, cada capítulo agrega una pieza, revelando la imagen completa de tu bienestar emocional.

La experiencia se vuelve intrigante, pues no sabes qué revelará el siguiente capítulo ni qué tesoros esconde el siguiente compartimento. El botiquín emocional se va abriendo, no de golpe, sino poco a poco, como si la narrativa misma fuera la llave que despierta su interior, guiándote por un viaje emocional transformador.

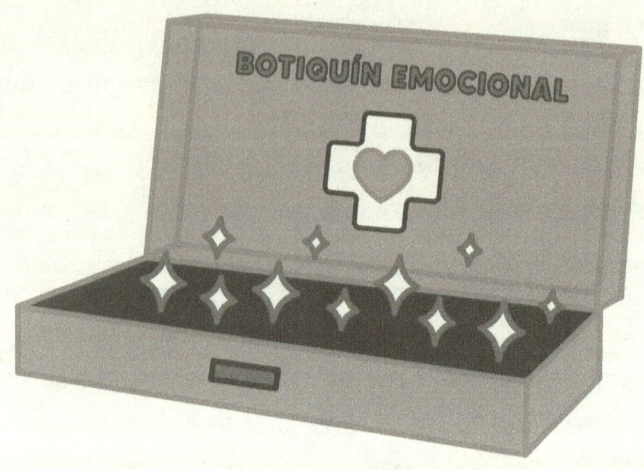

Este ejercicio es sólo el comienzo. El botiquín emocional se abrirá aún más a medida que continuemos esta travesía en conjunto. Estaré aquí contigo en cada paso del camino. Te doy la bienvenida a *Emociones 911, ¿qué hago con lo que siento?* **Un libro lleno de información psicoeducativa y de ejercicios dinámicos para entender más sobre las emociones, pensamientos, sensaciones corporales** y otras formas en las que respondemos ante acontecimientos de la vida. Este manual de ejercicios será una guía para que puedas construir paso a paso tu propio botiquín, lleno de herramientas funcionales y adecuadas para ti y tu estilo de vida. ¿Nos preparamos para construirlo?

CAPÍTULO 2

UN ESPACIO SEGURO

—Antes de seguir con el botiquín, vamos a construir un espacio seguro juntxs, ¿sale? —dijo esa voz infantil con entusiasmo y seguridad.

—¿Un espacio seguro? —repetí con escepticismo—. Pero ¿tú qué vas a saber de eso si eres pequeñín?

Me sonríe con confianza y respondió:

—¡Claro que sé sobre lugares seguros! ¿No te acuerdas de cuando nos escondíamos bajo las sábanas y jugábamos con nuestros peluches? O cuando nos inventábamos historias en nuestra cabeza para dormirnos tranquilxs por las noches.

—Me quedé en silencio por un momento, asombradx por las palabras de mi yo infantil. Nunca había considerado esas pequeñas acciones como construcciones de seguridad.

A menudo **subestimamos la capacidad de las infancias para enfrentar situaciones difíciles**. Sin embargo, **al igual que los adultos, ellas tienen sus propios recursos y una gran creatividad para construir un espacio seguro.** Ya sea a través del juego, la música, el arte, los cuentos o la imaginación, encuentran formas de expresarse, entender el mundo a su alrededor y procesar sus emociones.

Este capítulo nos sumerge en **la importancia de establecer un refugio seguro antes de aventurarnos a explorar los compartimentos del botiquín emocional.** La seguridad se presenta como un sólido cimiento para enfrentar nuestras emociones y pensamientos más profundos. Antes de abrir y examinar cualquier compartimento del botiquín, **es esencial asegurarnos de que, tanto interna como externamente, estemos en un entorno propicio para este autodescubrimiento.**

Imagina este capítulo como la entrada a tu propio santuario, **un lugar donde puedes ser tú mismx sin temor a juicios, ni críticas**. Exploraremos diferentes facetas de la seguridad, desde su significado hasta dónde se experimenta, cómo se manifiesta física, mental, social y emocionalmente, entre otros aspectos.

Este espacio seguro no es algo que yo pueda adivinar de forma anticipada, ya que todavía no hemos definido lo que es seguridad para ti, por lo que será un proceso que descubriremos y construiremos en conjunto. Juntxs nos sumergiremos en una serie de preguntas reflexivas para explorar **qué significa la seguridad para ti, dónde la encuentras y cómo puedes hacerla presente en este espacio**.

Cuando piensas en seguridad, ¿qué te viene a la mente? Por ejemplo: una definición, una palabra, un lugar o una sensación en tu cuerpo.

____

____

____

¿Qué sensaciones físicas te brindan seguridad? Por ejemplo: respiración relajada, cuerpo suelto y sin tensión, corazón tranquilo, mandíbula y rostro relajados.

____

____

____

¿En qué situaciones, espacios o momentos experimentas esa sensación de seguridad? ¿Qué elementos contribuyen a

sentirte así? Por ejemplo: en tu habitación mientras escuchas música, disfrutando de la tranquilidad y la privacidad que brinda; rodeadx de tus mejores amigxs, compartiendo risas y apoyo mutuo; al escribir en mi diario porque conecto conmigx a un nivel profundo y reconfortante; o al hacer una actividad física como caminar, porque encuentro fuerza y calma en mi cuerpo.

____

____

____

A menudo, sin darnos cuenta, tomamos decisiones para colocarnos en espacios seguros o mantenernos en ellos.

Crear espacios seguros implica una serie de elecciones que realizamos en nuestra vida diaria, decisiones que afectan nuestros pensamientos, sensaciones, acciones y emociones. Reflexionar sobre decisiones pasadas puede revelar estrategias que hemos empleado para aumentar nuestra seguridad.

En ciertos momentos, **puede que hayas optado por mantener el silencio como mejor respuesta**, demostrando tu habilidad para observar el entorno y minimizar los riesgos. En otras ocasiones, **es posible que hayas decidido expresarte con claridad, estableciendo límites definidos y compartiendo abiertamente tus sentimientos** en situaciones difíciles, fomentando así un diálogo honesto y constructivo. También has reconocido la importancia de buscar ayuda cuando las situaciones se volvían abrumadoras, mostrando valentía al solicitar apoyo cuando lo necesitabas.

Además, has tomado decisiones conscientes para mantener la seguridad en tus relaciones. Por ejemplo, has comunicado efectivamente tus necesidades y expectativas, contribuyendo así a la preservación de un entorno seguro en tus relaciones interpersonales. Otro ejemplo es **practicar la escucha y la comprensión en tu comunicación diaria**, lo que también contribuye a la creación de un espacio seguro tanto para ti como para quienes te rodean.

Tu habilidad para rodearte de personas que ofrecen apoyo y comprensión ha sido otra estrategia clave para construir un entorno emocionalmente seguro. El reconocimiento de tus emociones y la asignación de un espacio para comprender por qué y para qué surgen también es una forma de crear seguridad. Tomar un breve descanso mental al trasladarte a un lugar seguro en tus pensamientos, especialmente cuando el entorno actual no ofrece esa sensación de seguridad, es en sí misma una forma de crear un espacio seguro. Asimismo, la decisión de adquirir nuevas habilidades para enfrentar desafíos ha fortalecido tu capacidad de afrontamiento, incrementando así tu sensación general de seguridad.

Y bueno, adquirir este libro también refleja otra decisión que has tomado para poner en práctica tus recursos. En conjunto, **estas elecciones y acciones reflejan tu compromiso continuo con la creación y el mantenimiento de espacios seguros en diversos aspectos de tu vida.** Es importante darles visibilidad porque estos momentos a menudo pasan desapercibidos, y reparar en ellos te arroja luz sobre **tu capacidad para crear y mantener espacios seguros en tu vida.**

Creando tu espacio seguro

Sumérgete en la creación de tu propio espacio seguro. Piensa en lugares previos donde hayas experimentado seguridad. ¿Cómo eran?, ¿qué elementos los componían?, ¿cuándo fue la última vez que estuviste ahí?, visualiza estos lugares y tráelos a tu mente. **¿Crees que puedes recrear algo así en el lugar donde te encuentras ahora para empezar a trabajar en este libro?**

Si no es así, podemos crearlo mediante la visualización. A continuación, permítete adentrarte en una experiencia imaginaria. **Visualiza tu espacio seguro con todos los detalles que exploraremos juntos.** Este ejercicio te llevará a un viaje mental donde crearás, con la ayuda de tu imaginación, un refugio personal lleno de seguridad y calma.

Si lo necesitas, puedes ayudarte de tu "yo" de hace muchos años, de cuando estabas en tu niñez. Imagina que está a tu lado ahora mismo, exactamente la misma versión de ti, pero varios años atrás.

Incluso en la infancia teníamos la capacidad innata de crear espacios seguros para nosotrxs mismxs, aunque en ocasiones no lo reconociéramos como tal en ese momento. Es probable que en ese entonces hayamos utilizado nuestra imaginación y nuestros recursos internos para encontrar consuelo y seguridad en momentos de necesidad. Quizá podíamos transportarnos a lugares imaginarios a través de juegos, cuentos o simplemente cerrando los ojos y dejándonos llevar por nuestra fantasía. Podíamos crear mundos enteros donde sentíamos seguridad y protección. Tal vez también teníamos objetos especiales, como peluches, mantas o juguetes, que nos brindaban confort y seguridad. Estos objetos tenían un significado especial y nos ayudaban a sentirnos en compañía. La música tiene un poderoso efecto en nuestras emociones y puede ser una fuente de consuelo y tranquilidad: podíamos tal vez cantarnos nuestras canciones favoritas o simplemente escuchar música que nos reconfortara en momentos difíciles. Las infancias y los adultos tenemos nuestros propios recursos para construir espacios seguros.

Al recordar cómo encontrábamos seguridad en ese entonces, podemos reconocer que aún tenemos la capacidad de crear nuestro espacio seguro en el presente. **Podemos utilizar nuestras experiencias pasadas y nuestra imaginación para construir un refugio interno** donde podamos encontrar calma y tranquilidad en momentos de necesidad. Así que confía en esa versión tuya y pregúntale: "¿cuál es nuestro lugar seguro?". Muy probablemente lo sabe y te ayudará a llegar a él.

Observa a tu alrededor:
Imagina un lugar donde te percibas en seguridad y calma. Puede ser un lugar que ya hayas visitado o uno que estés construyendo en tu mente, como una habitación, una casa o un lugar en la naturaleza. Comienza por visualizar cómo se ve este lugar en tu mente. Concéntrate en los colores y elementos visuales que te brindan una sensación de seguridad. ¿Qué colores ves?, ¿qué texturas percibes?, ¿qué elementos contiene este lugar? Imagina cada detalle, desde la suavidad de las texturas hasta la calidez de los colores, todo diseñado para hacerte sentir en paz.

Lo que veo es ______________________________

____

____

Sonidos reconfortantes:
Ahora, presta atención a los sonidos que llenan tu espacio seguro. ¿Qué escuchas? Puede ser el susurro suave del viento, el murmullo relajante de un arroyo o simplemente el sereno silencio que caracteriza este refugio. Deja que estos sonidos refuercen la sensación de seguridad en tu imaginación.

Lo que escucho es ___________________________

____

____

Aromas que transmiten seguridad:
Sumérgete en los aromas reconfortantes de tu lugar seguro. Imagina cómo esos olores te envuelven, creando una atmósfera de bienestar. Pueden ser fragancias familiares, naturales o incluso asociadas con momentos felices. Siente cómo cada aroma contribuye a la serenidad de este espacio.

Lo que huelo es _____________________________

____

____

Personas que aportan seguridad:

¿Hay alguien más en este espacio contigo? Si es así, identifica a las personas que te acompañan en este espacio. Concéntrate en aquellas que te brindan un profundo sentimiento de seguridad y afecto. Pueden ser mascotas. Visualiza sus rostros, sus gestos amables, y permíteles fortalecer la sensación de protección en tu refugio mental.

Si decido que haya alguien, sería ______________________

____

____

Sensaciones en tu cuerpo:

Observa cómo te sientes físicamente mientras te sumerges en la visualización de tu espacio seguro. Toma conciencia de las sensaciones que experimentas en tu cuerpo, desde la temperatura en el lugar hasta cómo se siente tu cuerpo: ¿calidez, relajación, ligereza? Conéctate con estas sensaciones que reflejan la paz interior de tu espacio de calma.

Lo que siento en mi cuerpo es ________________________

____

____

Encuentra una palabra que resuma la esencia de tu espacio seguro. Cualquier término que capte la esencia reconfortante de este refugio imaginario.

Una palabra para llamar a mi espacio seguro es __________

____

Al completar este ejercicio, has creado un lugar interno al que puedes recurrir en momentos de necesidad. **Este lugar mental es tu refugio personal**, un espacio que alberga fuerza y tranquilidad, y del cual puedes extraer fortaleza siempre que lo necesites.

Al finalizar este capítulo, quiero enfatizar que, aunque este botiquín emocional es valioso, no pretende ser un sustituto de la terapia profesional. Entendemos que la terapia es un privilegio y desafortunadamente no se encuentra accesible para todas las personas, pero **este botiquín emocional es una herramienta adicional para tu bienestar emocional** y no debe considerarse como un reemplazo de la ayuda terapéutica cuando sea necesaria.

Prepárate para abrir el siguiente compartimento del botiquín, donde exploraremos aun más los recursos que te ayudarán a enfrentar y comprender tus emociones y pensamientos. Recuerda, éste es un viaje que construirás paso a paso, y tu seguridad es el cimiento para cada paso que das adelante.

¿Qué herramientas, reflexiones y/o aprendizajes me llevó de este capítulo?

____

____

____

____

CAPÍTULO 3

UN TERMÓMETRO PARA LAS EMOCIONES

En el primer capítulo de este libro, una llamada inesperada te habló de un botiquín justo antes de que aprendieses a surfear, ¿recuerdas? En ese lugar seguro en el que te encuentras ahora, **el botiquín aparece frente a ti, y a tu lado está esa misma versión de ti más pequeña** que escuchabas al teléfono, y que con ganas de explorar te pregunta: ¿lo abrimos?

Al hacer el gesto de ir a tomarlo, el propio botiquín se abre y expulsa un termómetro antes de volver a cerrarse como si de una caja fuerte se tratase mientras tu yo de la niñez ya se está haciendo preguntas.

—Esto lo utilizamos cuando estamos malitos, ¿no? —a mi lado, mi yo más joven de entre 9 y 10 años, con su curiosidad incansable, espera expectante mi respuesta.

—Sí, así es —respondo, con una sonrisa cómplice—. Es como un termómetro para nuestras emociones.

Mi yo de hace años inclina la cabeza, procesando la idea.

—¿Y cómo funciona? —pregunta con ojos brillantes, ansiosx por descubrir más.

Recojo el termómetro lentamente, sintiendo su peso reconfortante en mis manos.

—Bueno, este termómetro no mide la temperatura de nuestro cuerpo, sino la intensidad de nuestras emociones —explico, buscando las palabras adecuadas para hacerlo comprensible para mi yo más joven—. Cuando experimentamos una emoción, en ocasiones nos enfrentamos a la dificultad de identificar lo que estamos sintiendo y por lo tanto, de saber qué hacer con esa experiencia emocional. El termómetro nos brinda la capacidad de visibilizar con mayor claridad nuestro estado emocional, permitiéndonos identificar dónde nos encontramos en ese momento.

La expresión en el rostro de mi yo más joven muestra comprensión, pero también una mezcla de sorpresa y asombro.

Las emociones son mensajeras porque nos dan noticias de nuestro cuerpo, de la mente, del mundo exterior o de la manera en la que estamos procesando las experiencias. Nos mandan información con las sensaciones diarias que percibimos y nos ayudan a notar cosas que necesitamos atender. Son una respuesta a algo interno, como los pensamientos y las sensaciones corporales o a algo externo, como un evento, una persona, algo que vemos, escuchamos, sentimos, probamos, tocamos. También las emociones nos impulsan a preservar la vida (nos protegen, nos acercan o alejan de algo, nos ayudan a adaptarnos a una situación, a vincularnos socialmente). Asimismo, **le dan sentido a lo que estamos experimentando, facilitando la toma de decisiones y el autoconocimiento.**

Cada emoción tiene su propia historia que contar. La alegría es como un rayo de sol que ilumina nuestros días más oscuros, llenándonos de risas y sonrisas. La tristeza, por otro lado, es como una nube gris que empaña el cielo, haciéndonos sentir pesados y melancólicos. La ira es como un volcán en erupción, desatando una energía ardiente que puede sentirse difícil de contener. Y el miedo es como una sombra oscura que nos persigue, llenándonos de incertidumbre y ansiedad.

Sin embargo, al igual que el mar, que siempre está en movimiento, **nuestras emociones también están en constante movimiento**. A veces, pueden ser abrumadoras, como una ola gigante que amenaza con arrastrarnos. En otras ocasiones, son suaves y tranquilas, como una brisa suave que acaricia nuestra piel. **Sin importar su intensidad, todas las emociones tienen algo importante que enseñarnos sobre nuestra persona y el mundo que nos rodea.**

Una parte importante de entender sobre las emociones es reconocer que todas son válidas y tienen una función. Desde la alegría hasta la tristeza, la ira, el miedo y más, **cada emoción nos proporciona información valiosa sobre nuestras necesidades, deseos y experiencias.** Recordemos que no hay emociones "buenas" o "malas", todas son parte natural de la experiencia humana y merecen tener un espacio para revisarlas con curiosidad. Esto no significa que vamos a actuar de acuerdo con lo que sentimos sin cuestionarlo, pero eso lo veremos más adelante.

Mi yo más joven, con su curiosidad incansable, plantea una pregunta que me hace reflexionar.

—¿El termómetro nos enseña algo más que simplemente nuestras emociones? ¿O sólo nos indica lo que estamos sintiendo en el momento? —pregunta, con esos grandes ojos llenos de curiosidad que me recuerdan cuánto hay por descubrir en el mundo.

Me tomo un momento para considerar su pregunta, consciente de que esta pequeña conversación podría abrir puertas a nuevos entendimientos emocionales.

—El termómetro nos enseña mucho más que sólo nuestras emociones del momento —explico—. Nos ayuda a practicar el arte de detenernos, observar y reconocer nuestras emociones en tiempo real. Al entender lo que sentimos podemos obtener información valiosa sobre nuestras necesidades emocionales y, a partir de ahí, desarrollar estrategias para manejarlas. Es como cuando nos sentimos mal y nos tomamos la temperatura para saber qué cuidados tener: si descansar, tomar medicamento o líquidos. El hecho de "tomarnos la temperatura" nos ayuda a saber qué podemos necesitar.

Mi yo de la niñez parece reflexionar sobre mis palabras, absorbiendo la idea con su mente abierta y receptiva.

—¿Cómo nos ayuda a conectar con lo que sentimos en nuestro cuerpo? —pregunta, sus ojos brillando con la curiosidad de quien está ávido por aprender.

Sonrío, apreciando su deseo genuino de comprender.

—Nos ayuda a conectar con nuestras sensaciones físicas al prestar atención a lo que está ocurriendo dentro de nuestro cuerpo en respuesta a nuestras emociones —continúo, tratando de simplificar el concepto para que sea más comprensible. Por ejemplo, cuando nos sentimos ansiosxs, es posible que notemos un nudo en el estómago o que nuestra respiración se acelere. Al reconocer estas señales físicas y conectarlas con lo que indica mi termómetro emocional, puedo comprender mejor mi experiencia y entender que estas sensaciones son respuestas naturales a mis emociones, en lugar de interpretarlas como síntomas de enfermedad.

Mi yo más joven asiente, procesando lentamente mis palabras mientras continúa su exploración del mundo emocional que yace ante nosotrxs. En este momento de conexión entre nuestras dos versiones, siento una profunda gratitud por la oportunidad de compartir este viaje de autoconocimiento y crecimiento emocional.

—¿Oye, las emociones están vivas? —pregunta mi yo infantil. Cada vez sus preguntas se vuelven más complejas y no sé si tenga todas las respuestas.

—Pues... no, aunque de cierta forma pareciera que sí.

—¿Y qué comen?

—¡Qué extraña pregunta! —pienso para mis adentros, aunque después de que lo pienso su pregunta se me hace muy interesante. Por ahí había leído que las emociones son de corta duración, pero entonces ¿qué las mantenía vivas si duraban más tiempo en nuestro cuerpo? Pensé detenidamente y contesté A las emociones les podemos dar de comer.

—¿Cómo?

—"Comen" pensamientos y creencias, como cuando estoy pensando en un examen muy difícil constantemente y creo que lo voy a reprobar, la emoción va a permanecer o quizá hasta aumentará. También comen conductas, por ejemplo, si yo siento enojo y voy y le grito a alguien, el enojo aumenta. Además, las emociones se "alimentan" de sensaciones corporales; por ejemplo, si estoy estresadx y mi cuerpo comienza a tensionarse, le está mandando una señal a mi cerebro de que hay un posible peligro y mi emoción aumenta. Y de postre, se alimentan de las interacciones sociales, ya que vivimos en conexión con otras personas. Quizá coman más cosas, pero esto es lo que yo sé.

Como señala Batja Mesquita, psicóloga social holandesa y autora del libro *Between Us: How Cultures Create Emotions*, las emociones son intrínsecas a nuestra experiencia humana y desempeñan diversas funciones. Sin embargo, es importante reconocer que **las emociones también tienen que ver con nuestras interacciones sociales** y nuestra adaptación al entorno que nos rodea.

Cuando experimentamos emociones, no sólo estamos respondiendo internamente a eventos y situaciones, sino que también estamos preparando respuestas y adaptaciones para nuestro entorno social. **Nuestras emociones no sólo nos afectan individualmente, sino que también juegan un papel crucial en nuestras interacciones sociales** y en la forma en que nos relacionamos con el entorno.

Aquí te comparto algunas de las funciones de las emociones:

EMOCIÓN	MENSAJE DE LA EMOCIÓN	FUNCIÓN DE LA EMOCIÓN	¿EN QUÉ TE HA FUNCIONADO A TI?
ALEGRÍA	• Encontré una posible experiencia de gratificación y satisfacción.	• Promover la conexión social, fomentar la exploración y motivación. • Repetir eso que nos gustó.	
ENOJO	• Detecté un posible obstáculo o una injusticia.	• Revisar si se puede modificar el obstáculo. • Proteger y defender los límites personales y valores.	
MIEDO	• Alerta sobre amenazas y peligros.	• Responder y protegerse de peligros y/o sobrellevarlos.	

EMOCIÓN	MENSAJE DE LA EMOCIÓN	FUNCIÓN DE LA EMOCIÓN	¿EN QUÉ TE HA FUNCIONADO A TI?
TRISTEZA	• Ha ocurrido una pérdida.	• Promover la introspección y el procesamiento emocional. • Mandar una señal de ayuda. • Identificar lo que nos lastimó.	
DESAGRADO	• Hay una aversión o rechazo hacia algo o alguien que no nos está agradando.	• Evitar o alejarse de situaciones, lugares, personas o estímulos desagradables.	
SORPRESA	• Hay algo inesperado, ¿qué está pasando?	• Aumentar la atención y facilitar la adaptación al cambio.	
ANSIEDAD	• Alerta, hay posibles peligros futuros o incertidumbre.	• Prepararse para enfrentar o evitar posibles futuras situaciones amenazantes o desconocidas. • Anticipar el posible peligro.	
AMOR	• Hay una conexión y afecto profundo.	• Fomentar relaciones íntimas, sociales, apoyo y bienestar emocional.	

EMOCIÓN	MENSAJE DE LA EMOCIÓN	FUNCIÓN DE LA EMOCIÓN	¿EN QUÉ TE HA FUNCIONADO A TI?
CULPA	• Señala posible responsabilidad por un daño o error.	• Facilita la reparación de relaciones y promueve comportamientos prosociales.	
VERGÜENZA	• Hay una sensación de exposición negativa.	• Reparación del yo social y el comportamiento adecuado dentro de las normas sociales.	

Aviso 1: Es importante destacar que, aunque la ansiedad y el amor no son considerados "tradicionalmente" como emociones por algunas corrientes teóricas, he optado por incluirlas en esta tabla debido a su relevancia y su impacto significativo en la experiencia emocional de las personas.

Aviso 2: Recordemos que **validar nuestras emociones significa aceptar y comprender cómo nos sentimos**, lo cual nos ayuda a manejar mejor nuestras emociones. Sin embargo, no necesariamente implica que actuar con respecto a lo que sentimos sea siempre lo más adecuado con la situación. Es importante equilibrar la validación emocional con la toma de decisiones informadas y la consideración de otros factores en la regulación emocional y la resolución de problemas. Esto lo veremos a detalle más adelante.

—Veo que aparece miedo y ansiedad, pero ¿cuál es la diferencia? —pregunta mi yo de la niñez, con la curiosidad brillando en sus ojos.

—Bueno, realmente son muy parecidas y hasta se pueden sentir similar en el cuerpo, eso ya depende de cada quien —empiezo a explicar, tratando de simplificar algo tan abstracto para mi yo más joven—. A mí me funciona entender al miedo como algo que sucede en el momento presente y la ansiedad es también un miedo, pero anticipado.

Mi yo infantil parece estar procesando la información, así que decido poner un ejemplo más concreto para ayudarle a entender.

—Imagínate que un día estás en el parque, jugando con tranquilidad en el zacate y de la nada, sale una víbora arrastrándose en dirección tuya. ¿Qué vas a sentir? —le planteo la situación.

Su rostro se contrae en una expresión de sorpresa y luego de temor.

—Mucho miedo, voy a correr, gritar, buscar ayuda —responde con voz firme, como si estuviera reviviendo la situación en su mente.

—Exacto, es algo que estás viendo y respondiendo inmediato a eso —confirmo, viendo que comprende el concepto del miedo.

—Ahora, imagina que regresas al parque. Y ahora estás pensando ¿y si me vuelve a salir una víbora?, ¿y si mejor ya no juego en el parque? ¿Qué se está moviendo ahí?, ¿acaso será una víbora? ¿Siempre que vaya al parque me pasará eso? —añado—. Entonces, ¿qué pasa si empiezas a sentirte así cada vez que piensas en ir al parque? —pregunto, esperando que mi yo de la niñez haga la conexión.

—Pues... me sentiría asustadx, incluso cuando no hay ninguna víbora —responde, pensativx.

—Exactamente, eso sería la ansiedad. Es como si estuvieras anticipando el peligro, aunque en realidad no haya ninguna amenaza inmediata —explico, tratando de simplificarlo para que lo entienda mejor.

—Entonces, ¿la ansiedad es como tener miedo por algo que todavía no ha pasado? —pregunta, buscando mi confirmación.

—Sí, eso es. La ansiedad es como preocuparse por algo que podría pasar en el futuro —confirmo, esperando que mi explicación sea clara.

—¿Pero entonces la ansiedad no es algo bueno? —pregunta mi yo de la niñez, con una mirada llena de dudas.

—La ansiedad no es que sea buena o mala, simplemente es una respuesta que nos ayuda a adaptarnos a una situación —respondo, tratando de encontrar las palabras adecuadas—. Y aunque no nos gusta sentirla, sí nos puede ayudar a prepararnos para un potencial peligro —continúo, buscando ejemplos simples para ilustrar mi punto—. Imagínate que nunca sintieras ansiedad. Tal vez no te prepararías para un examen difícil porque no te preocuparía. O si de repente empezaras a ver que el cielo se nubla, el viento sopla fuerte y se escucha a lo lejos cómo retumba el cielo, tal vez no te prepararías para protegerte de la tormenta si no existiera la ansiedad —añado, tratando de ilustrar su papel útil.

—Entonces la ansiedad puede ponernos en alerta y ayudarnos a reaccionar más rápido para protegernos o prepararnos mejor para una situación difícil —replica mi yo de la niñez con una mirada comprensiva.

—¡Exactamente! —confirmo, sintiendo una mezcla de alivio y emoción al ver cómo mi yo más joven asimila esta lección.

—Claro que como toda emoción que no nos gusta sentir, si percibimos que su visita es cada vez más frecuente, más intensa y prolongada; si no nos deja seguir con nuestra vida como nosotros la queremos, y se siente como tener una invitada que hace destrozos en nuestra casa... es importante pedir ayuda —explico con seriedad.

—¿Pedir ayuda?, ¿por qué necesitaríamos ayuda por sentir algo? —pregunta mi yo de la niñez, con una expresión confundida en su rostro.

—Bueno, imagina que estás jugando en tu habitación y de repente llega alguien inesperado que comienza a hacer un gran alboroto, desordenando todo y dificultando que puedas disfrutar de tus juegos. ¿Qué harías en esa situación? —respondo, tratando de hacerle entender con una analogía.

—Supongo que le pediría que se fuera o buscaría ayuda para solucionar el problema —contesta, entendiendo la comparación.

—Exacto. Cuando las emociones difíciles se vuelven demasiado abrumadoras y nos impiden llevar una vida feliz y plena, es como tener a ese invitado indeseado en nuestra mente y cuerpo. En esos momentos, es importante buscar el apoyo de personas que puedan ayudarnos a entender lo que está sucediendo para encontrar formas de manejar esas emociones de manera saludable —explico con calma.

—Entiendo... es como pedir ayuda para ordenar nuestra mente y nuestro corazón cuando las emociones difíciles se vuelven demasiado fuertes —comenta mi yo de la niñez, asimilando la idea—. A mí luego me pasa que siento las emociones de diferentes maneras —me cuenta mi yo de la niñez.

—¿A qué te refieres?

—Sí, a veces siento alegría, como cuando recibo un regalo que había estado esperando por mucho tiempo y ¡eso es como una fiesta en mi corazón! Y otras veces la alegría la siento más tranquila, como cuando estoy acostadx leyendo un cuento con mi mascota.

—Ah, claro. Ya te entendí, sí como sentir una emoción en diferentes intensidades. Como intensidad baja y alta, ¿verdad?

—Sí, como a veces hace mucho ruido esa emoción y otras es un poco más callada.

En su libro *Permiso para sentir*, Marc Brackett presenta una visión integral y accesible sobre las emociones, proporcionando una base sólida para comprender su papel en nuestras vidas. Aquí te dejo una explicación basada en los principios de su libro:

Las emociones son experiencias complejas que nos afectan física, mental, social y emocionalmente. Son respuestas automáticas y adaptativas a estímulos internos o externos, que nos ayudan a interpretar y dar sentido a nuestro entorno. Brackett describe las emociones como señales internas que nos indican qué está pasando en nuestro mundo interno y externo, y nos guían en nuestras acciones y decisiones.

Importante resaltar que escribí que "guían", ya que las emociones no tomarán las decisiones, puesto que somos las personas las que podemos tomar decisiones con lo que sentimos.

Brackett también introduce la idea de que las emociones se pueden clasificar en dos dimensiones: agradable-desagradable y alta-baja intensidad. Esta clasificación nos ayuda a comprender mejor la diversidad de experiencias emocionales que podemos experimentar. Por ejemplo, la alegría es una emoción agradable y de alta intensidad, mientras que la tristeza puede ser desagradable, pero de baja intensidad. **Reconocer estas dimensiones nos permite ser más conscientes de nuestras propias emociones** y de cómo pueden afectar nuestra vida diaria.

—O sea que a veces siento bonito las emociones, con mucha energía, como cuando estoy en una fiesta divertida y tengo muchas ganas de saltar, gritar y bailar. Otras veces, las sentiré también bonitas, pero con menos energía, como cuando desayuno algo muy rico. También hay emociones que siento feo y con mucha energía, como cuando me enojo con alguien y me dan ganas de gritarle o irme corriendo. Así como hay emociones que también siento feo, pero con poquita energía, como cuando estoy aburridx o no tengo con quien jugar y me siento solx —me cuenta mi yo de la niñez.

—Exacto, justamente así —le respondo mientras me asombra lo bien que ha entendido las emociones y cómo se sienten en su cuerpo—. Entonces este termómetro es una forma de entender mejor nuestras emociones. Es un "termómetro emocional" que no vamos a usar para medir la temperatura de nuestro cuerpo, sino para entender la intensidad de las emociones e identificar si es algo agradable o desagradable. Así podemos medir si te sientes con mucho entusiasmo, como en una montaña rusa, o si estás con tranquilidad, como en un día soleado en el parque.

El concepto del termómetro emocional se basa en la idea de que **nuestras emociones tienen una intensidad que puede variar desde muy baja hasta muy alta**, así como muy agradable a muy desagradable. Al igual que un termómetro tiene diferentes rangos de temperatura, nuestro termómetro emocional tiene diferentes niveles de intensidad y satisfacción emocional.

Aquí podemos visualizar una adaptación al termómetro de Brackett en forma de un cuadrante. En este QR encontrarás el Emocionómetro con los colores originales.

EMOCIONÓMETRO

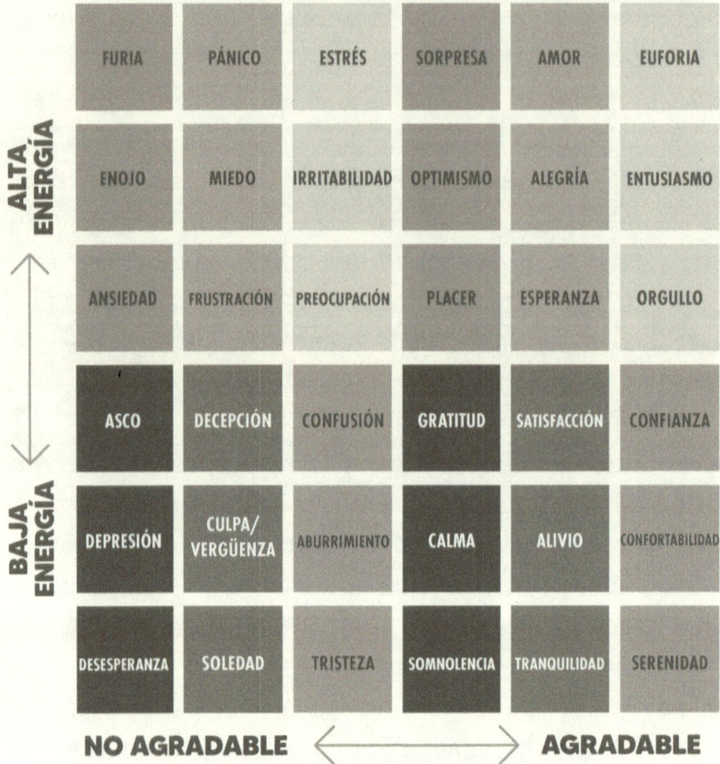

ADAPTACIÓN DEL MEDIDOR EMOCIONAL DEL PROGRAMA "RULER" DE MARC BRACKETT

—El termómetro emocional está dividido en cuatro secciones —le digo mientras señalo cada cuadrante—. Arriba, encontramos las emociones de alta energía o alta intensidad, aquellas que nos hacen movernos, como la alegría, la euforia y la furia. Y abajo, las emociones de baja energía o baja intensidad, como la tristeza, el aburrimiento y la calma, que son emociones que suelen ser más tranquilas y sutiles en comparación con las de alta energía.

Mi yo más joven asiente, absorbiendo cada palabra con curiosidad y manteniendo la vista fija en el termómetro emocional.

—Y en el lado derecho, están las emociones agradables o que nos hacen sentir bien, como la alegría, la calma, el orgullo y el amor. Estas emociones suelen estar asociadas con experiencias gratificantes. Mientras que en el lado izquierdo están las desagradables, como la ira, tristeza, frustración y el miedo. Estas emociones nos hacen sentir incómodxs o perturbadxs y suelen estar asociadas con experiencias desafiantes —concluyo, sintiendo cómo las palabras fluyen con facilidad.

—Entonces, ¿este termómetro nos ayuda a entender qué tipo de emociones estamos sintiendo en cada momento? —pregunta mi yo más joven, con los ojos brillando de emoción.

—Exactamente —respondo, sintiendo cómo el termómetro emocional apunta hacia la derecha, hacia la parte placentera, y hacia arriba, indicando mucha intensidad. En ese momento, caigo en cuenta de que estoy experimentando entusiasmo, una emoción que irradia energía por todo mi cuerpo.

—Al utilizar el termómetro emocional, podemos identificar y categorizar nuestras emociones de manera más clara —continúo, tratando de transmitir la importancia de este proceso—. Esto nos ayuda a comprender mejor nuestras experiencias emocionales y nos da la capacidad de tomar decisiones más conscientes sobre cómo responder a ellas. Es como tener un mapa emocional que nos guía en el camino de nuestras emociones, ¿no crees?

Mi yo más joven asiente con entusiasmo, asimilando la información y mostrando un claro interés en explorar más sobre este concepto.

Mientras hablo, siento cómo la conexión con mi yo más joven se fortalece, compartiendo el entendimiento de nuestras emociones y cómo éstas nos guían proporcionándonos información valiosa sobre nuestras necesidades y deseos.

Resulta importante recordar que como toda propuesta que se plantee aquí o en otro libro, se vale cuestionar, modificar o adaptar a lo que a ti te funcione. Hablando de adaptar, ¿te parece si adaptamos tu propio termómetro emocional? **Tú defines las emociones, las intensidades y el nivel de agradable o desagradable.**

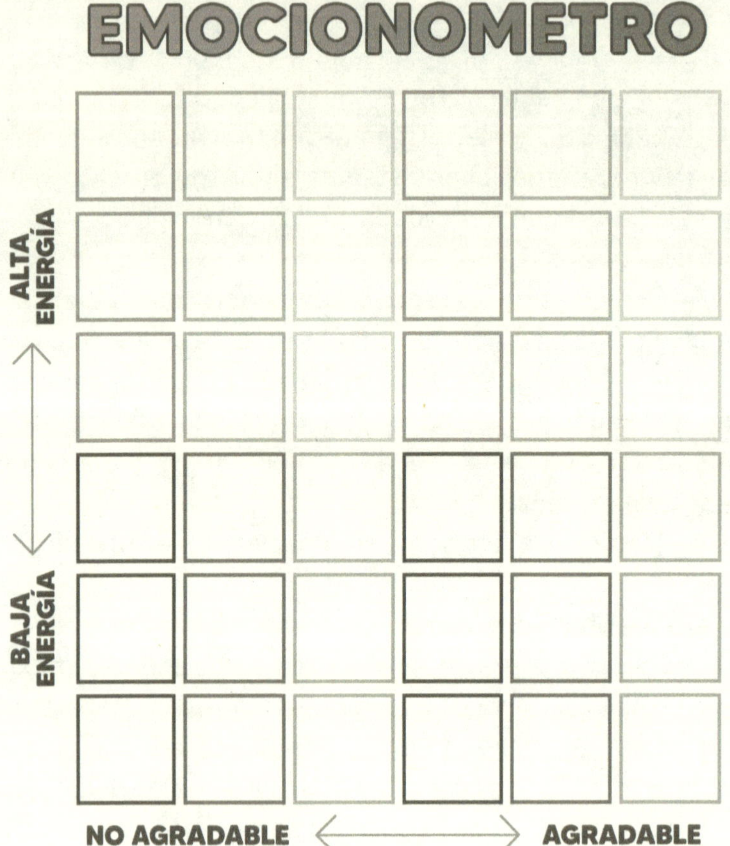

Ahora, hagamos un ejercicio de exploración de intensidad y agradabilidad:

Reflexiona sobre la intensidad de la emoción que estás experimentando en este momento.

¿Cómo se siente en tu cuerpo?, ¿en qué parte la sientes?

___

___

___

¿Es una emoción de alta o baja intensidad?

___

___

___

¿La emoción se percibe como agradable o desagradable para ti?

___

___

___

¿Qué nombre le darías a esta experiencia? Puedes basarte en los nombres que aparecen en el termómetro emocional o puedes nombrarla de la forma que le haga más sentido a tu experiencia. Yo me siento ___

___

___

Relación entre emoción y pensamientos:

Examina y escribe el o los pensamientos que acompañan a esta emoción.

Pensamiento(s):

___

___

¿Cómo crees que influyen estos pensamientos en tus emociones? ___

___

Relación entre emoción y el contexto social:

¿Hay algo específico en tu entorno (el espacio que te rodea) que haya influido en tus emociones? De ser así, escríbelo:

___

___

___

¿Existe alguna interacción social o personas que te rodean que hayan influido en tus emociones? De ser así, escríbelo:

¿Hay algún evento o situación que esté sucediendo que haya influido en tus emociones? Por ejemplo: guerra, elecciones, escasez de agua, clima. De ser así, escríbelo:

Relación entre emoción y tu cuerpo:

¿Has sentido alguna tensión en tu cuerpo o malestar físico que haya influido en tus emociones? Por ejemplo: dolor de cabeza, tensión en el cuello o espalda. De ser así, escríbelo:

Relación entre emoción y conducta:

¿Hubo alguna conducta o acción particular que pudiera haber influido en tus emociones? Por ejemplo: sueño, hambre, ejercitación o una discusión con alguien. De ser así, escríbelo:

Relación entre emoción y creencias o aprendizajes pasados:

¿Hay alguna creencia o expectativa en particular que haya influido en esta emoción? De ser así, escríbelo:

¿Existe alguna conexión entre tus experiencias y aprendizajes pasados que pudieran haber influido en tus emociones? De ser así, escríbelo:

____

____

____

—Oye, ya utilicé el termómetro emocional y no sé qué hacer para cambiarlo. No me gustó lo que salió, no lo quiero, no debería sentirme así. Es una emoción mala, no está bien, no sé qué me pasa —me dice de forma alterada mi yo de la niñez.

En ese momento, me veo nuevamente en el pasado, puedo ver su desesperación en los ojos, como un deseo de "arreglar" lo que está sintiendo. Entiendo perfectamente esa sensación de sentirse "descompuestx". Sé que es importante intervenir.

—Entiendo que debe ser frustrante que te sientas así. Veo que no te gustó el resultado —respondo, tratando de calmar su agitación.

—No, no lo quiero, ¡es malo! ¡Yo vine aquí a ayudarte, yo me debo sentir bien! —exclama mi yo de la niñez, con evidente angustia.

—Puedo imaginar que sientes mucha presión al querer ayudarme, gran responsabilidad para un niñx, ¿no? Quiero decirte que no "tienes que" sentirte bien. Es válido lo que estás sintiendo y esto lo vamos a hacer juntxs, ¿de acuerdo? No es tu responsabilidad hacerme sentir bien a mí, primero vamos a enfocarnos en validar lo que estás sintiendo —intento transmitirle tranquilidad.

—¿Validar? —pregunta un poco más calmadx después de haberme escuchado.

—*Validar* significa que TE ENTIENDO. Que reconozco que las emociones y pensamientos de las personas tienen una causa y que puedo comprender que aparezcan. No significa necesariamente que estoy de acuerdo, simplemente que las reconocemos y les hacemos un espacio. Y todas las emociones son válidas, independientemente de su ubicación en el termómetro emocional. Las emociones son parte natural de la experiencia humana y no hay emociones "buenas" ni "malas", sólo son emociones —explico, tratando de simplificar el concepto.

—OK, ¿entonces está bien si me siento así? —pregunta, buscando mi confirmación.

—Claro, tienes permiso para sentir. Y no necesitas de mi permiso, tú te lo otorgas. Sé amable contigo, mientras exploras con curiosidad tu experiencia emocional y lo que hizo que respondieras de esta forma —le aseguro, tratando de infundirle confianza.

—OK, entiendo. Me gusta eso de validar, —respondió, mostrando señales de alivio.

—Sí, validar mejora la relación que tenemos con nosotrxs y con las demás personas. Hace que sea más fácil encontrar soluciones, disminuir la intensidad de la emoción y encontrar el apoyo adecuado —concluyo, esperando que estas palabras le brinden consuelo.

—Muchas gracias —dijo, con una expresión de gratitud en su rostro.

¿Qué herramientas, reflexiones y/o aprendizajes me llevo de este capítulo?

____

____

____

CAPÍTULO 4

AGUA OXIGENADA PARA LOS PENSAMIENTOS

—Oye, ¿qué son los pensamientos?, ¿a qué te referías hace rato con eso de que le dan de comer a nuestras emociones? —pregunta mi yo infantil, con genuina curiosidad.

En este preciso momento, como si el botiquín nos estuviera estado escuchando, se abre otro compartimento y aparece un bote de agua oxigenada, pero no es cualquier agua oxigenada, ésta dice: "usarla para limpiar y ver los pensamientos con claridad".

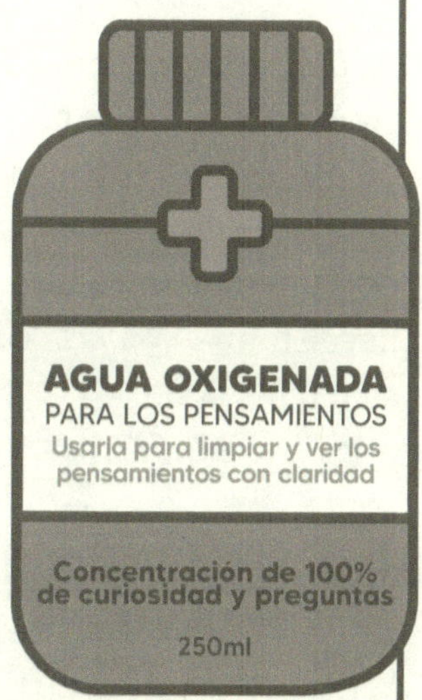

—A mí alguna vez me pusieron agua oxigenada en una herida. Empezó a burbujear y me dijeron que eso ayudaba a sacar la suciedad y dejar la herida limpia para que pueda sanar más rápido —me dice mi yo infantil, haciendo la conexión con aquel bote.

—Bueno, supongo que el botiquín quiere que hagamos eso. Quiere que "saquemos esa suciedad" de los pensamientos para ver lo que realmente es —respondo.

—Es como la vez que estaba en mi cuarto en la noche y pensé que había un fantasma porque vi una sombra que me asustó mucho.

—Ya sé exactamente a lo que te refieres... y que al final resultó ser... —afirmo, recordando esa sensación de temor que ahora veo irracional, pero que en aquella época hacía bastante sentido y era muy real.

—¡Un bulto de ropa! —concluye la oración mi yo infantil, con una risita nerviosa.

—Sí, exacto. ¡Qué miedo me daba! Recuerdo que acababa de ver una película de terror que no debí haber visto y eso me puso más alerta. Es verdad que en ocasiones pensamos que algo es totalmente real hasta que alguien "enciende la luz" y nos permite ver con mayor claridad.

¿Alguna vez te has puesto a pensar **qué son realmente los pensamientos**?

Son una especie de mensajes que nuestro cerebro envía constantemente. Son como **pequeñas historias que nuestra mente crea basándose en nuestras experiencias, emociones y percepciones del mundo que nos rodea.** Estas historias pueden ser sobre cualquier cosa, desde lo que vamos a hacer mañana hasta cómo nos sentimos acerca de una situación o persona.

Si las emociones son las mensajeras que nos informan sobre cómo nos sentimos en ciertas situaciones, podríamos decir que **los pensamientos son el lenguaje que utilizamos para interpretar esos mensajes.** Son la forma en que nuestra mente procesa la información emocional y la transforma en ideas, creencias, juicios y reflexiones sobre cada quien y el mundo que nos rodea.

En otras palabras, mientras que **las emociones nos dan una sensación visceral** de cómo nos afectan las experiencias, **los pensamientos nos permiten darles sentido y significado a esas experiencias.** Son como la voz interna que narra nuestra historia personal, analiza nuestras acciones y nos puede guiar en la toma de decisiones.

Cuando experimentamos algo, como encontrarnos con una amistad o enfrentarnos a un desafío, nuestro cerebro procesa esa información y comienza a formar pensamientos al respecto. Por ejemplo, **si vemos a una amistad que nos hace sonreír, es probable que tengamos pensamientos felices sobre esa persona** y nuestra relación con ella. Del mismo modo, **si nos enfrentamos a una situación estresante, como estar a punto de tener una entrevista de trabajo o presentar un examen, es posible que tengamos pensamientos de preocupación** sobre lo que está sucediendo.

Es importante entender que los pensamientos son solo eso, pensamientos. No siempre reflejan la realidad objetiva, ni lo que vamos a decidir hacer y a menudo están influenciados por nuestras emociones, interacciones, creencias y experiencias pasadas. Por lo tanto, **es útil aprender a observar y cuestionar nuestros pensamientos** para determinar si son útiles y/o apegados a la realidad.

¿Cómo observamos y cuestionamos esos pensamientos?

Imagina que en tu mente hay un filtro a través del cual percibes y procesas la información que recibes del mundo que te rodea. A veces, este filtro puede volverse un poco desordenado o con algunos elementos que obstruyen y distorsionan la realidad. A estos elementos u "obstrucciones" se le conocen como "distorsiones cognitivas".

Las distorsiones cognitivas son patrones de pensamiento poco realistas y no útiles que pueden influir en cómo interpretamos las situaciones, las personas y nuestra experiencia personal. Pueden hacer que veamos las cosas de manera catastrófica, negativa o en extremos, entre otras reacciones; lo que provoca que nuestra percepción de la realidad resulte afectada, así como nuestras emociones y estado de ánimo.

Tal como usamos el agua oxigenada para limpiar una herida y eliminar los gérmenes y la suciedad, **podemos aprender a "limpiar" nuestra mente de distorsiones cognitivas para ver las cosas con mayor claridad.**

Una forma de poder limpiar estas distorsiones de la realidad primero es detectarlas, y después cuestionarlas, pero ¿cómo nos podemos dar cuenta si aparecen? **Puedes darte cuenta de que aparecen porque de repente tu estado de ánimo cambia.** Quizá de pronto te sientes con desánimo, estrés o preocupación. Tal vez notas que tu cuerpo comienza a sentirse diferente, hay tensión en los músculos, palpitaciones del corazón, sudoración, sensación de opresión en el pecho o en la garganta, o en algunos casos incluso mareos o dificultad para respirar. Estas sensaciones pueden variar de una persona a otra, pero **lo importante es reconocer que tu cuerpo también te está enviando señales cuando algún pensamiento te está causando malestar.**

Vamos a sumergirnos en una breve experiencia para **conectar con nuestro cuerpo y comprender cómo los pensamientos pueden influir en nuestras sensaciones físicas.** De esta forma podremos prestar más fácilmente atención cuando llegue un pensamiento distorsionado. Hagamos el siguiente ejercicio:

Imagina que estás en tu casa, tranquilamente. De repente, tu mente es interrumpida por un recuerdo inquietante: una conversación incómoda que tuviste recientemente, quizá una discusión o un mal entendido. Como una sombra que aparece sobre la tranquilidad del momento, **los pensamientos negativos comienzan a aparecer en tu mente.** "¿Por qué dije eso?", "debería haber actuado de manera diferente", "seguro que piensan lo peor de mí". Con cada pensamiento, puedes sentir cómo la tensión se acumula en tus hombros y tu respiración se vuelve más rápida, como si estuvieras en un remolino de emociones no placenteras.

Tu cuerpo responde al estrés y la incomodidad, como si estuviera tratando de protegerte de una amenaza invisible. Los músculos se tensan, las mandíbulas se aprietan y puedes sentir un nudo en el estómago. Es como si estuvieras luchando contra una fuerza invisible que intenta arrastrarte hacia abajo, sumergiéndote en un mar de ansiedad y malestar.

Tómate un momento para reconocer **cómo se siente tu cuerpo en este momento**, permitiéndote estar presente con todas las sensaciones y emociones que surgen. Recuerda que esta incomodidad es sólo temporal y que puedes encontrar formas de calmar tu mente y tu cuerpo, mientras navegas por este momento desafiante.

¿Cómo se sintió tu cuerpo al pensar en este momento incómodo? ____

____

Ahora quiero que hagas memoria y recuerdes **cuándo fue la última vez que sonreíste o reíste a carcajadas**. Quiero que te sumerjas en un recuerdo que te haga sonreír al recordarlo. Deja que esta imagen se despliegue vívidamente en tu mente, cada detalle nítido y claro, como si estuvieras reviviendo ese momento una vez más. Siente la calidez reconfortante que se extiende por tu cuerpo y la sonrisa que se forma automáticamente en tu rostro al recordar la alegría y la serenidad que te trajo este momento especial. ¿Qué ves a tu alrededor? ¿Qué sonidos o conversaciones escuchas? ¿Qué sensaciones experimentas en tu cuerpo? Permítete reconectar con la emoción agradable que te trae este momento, dejando que fluya a través de ti y te llene de calma y bienestar. **Tómate tu tiempo para disfrutar de esta experiencia sensorial, permitiéndote sumergirte completamente en la belleza y la tranquilidad de este recuerdo.**

¿Cómo se sintió tu cuerpo al pensar en este momento alegre? ____

____

____

Como pudimos observar y experimentar, **con cada pensamiento, surgen respuestas emocionales y físicas diferentes.** Mientras que unos pensamientos nos invitan a relajarnos y sentir tranquilidad, con otros es como si tu cuerpo te estuviera diciendo: "¡Oye, algo no está bien aquí!".

Estos cambios en nuestras emociones y en las sensaciones de nuestro cuerpo pueden verse influenciados por nuestras interpretaciones de la realidad, que a menudo están distorsionadas por patrones de pensamiento o como las distorsiones cognitivas.

Por ejemplo, **cuando interpretamos una situación social de manera negativa debido a la distorsión cognitiva, como pensar que otros se están burlando de nosotrxs, es probable que experimentemos respuestas emocionales y físicas de ansiedad o incomodidad.** Así, nuestras percepciones distorsionadas no sólo afectan nuestra realidad subjetiva, sino que también impactan directamente en cómo nos sentimos y cómo responde nuestro cuerpo.

Resulta importante destacar que es normal y esperado tener estas distorsiones o sesgos de pensamiento. Estamos rodeadxs de tanta información, creencias, aprendizajes, discursos, mensajes, que **claro que no siempre vamos a ver las cosas de forma objetiva**. Y no se pretende que así lo sea, sino que, cuando lo necesitemos, estemos conscientes y podamos cuestionar estos pensamientos.

Una vez que notamos estos cambios, con la ayuda de nuestra agua oxigenada, **vamos a limpiar estas obstrucciones llamadas distorsiones cognitivas,** pero antes que nada es importante presentártelas para que puedas identificarlas cuando se presenten.

—¿Las disto... qué? —pregunta mi yo de la niñez con una cara de disgusto como si le hubieran dado a comer algo muy asqueroso.

—Entiendo que las palabras grandes y elaboradas en ocasiones generan rechazo, como si se tratara de una enfermedad, cuando en realidad en este caso es sólo una forma para describir estos pensamientos —trato de explicarle, notando cómo su expresión pasa del disgusto a la curiosidad.

—Pues bueno, las instrucciones del agua oxigenada dicen que hay que vaciar, según sea necesario, en cada distor... ¡pensamiento con gérmenes! —contesta con mucha seguridad.

—¿Con gérmenes? ¡Es distorsión cognitiva!, bueno... en realidad lo que te haga sentido a ti. Y la verdad es que "con gérmenes" no suena nada mal, de hecho es muy atinado, porque al igual que algunos gérmenes, estas distorsiones pueden invadir y afectar nuestra forma de pensar y hacernos sentir mal. ¡Me encanta tu idea! Veamos estos pensamientos con gérmenes —respondo con sorpresa por la creatividad de mi yo más joven y su sabiduría, que a veces surge ante las cosas más simples.

1. Pensamiento blanco o negro / todo o nada. Imagina que este pensamiento es como ver al mundo en blanco y negro. Sólo vemos dos opciones extremas y nos perdemos todas las posibilidades y matices de en medio. Por ejemplo, **si cometemos un error, podríamos pensar que somos un completo fracaso en lugar de reconocer que todas las personas cometemos errores** y que eso no define quiénes somos o incluso nos limita el visibilizar nuestros logros.

Cuando sólo vemos en blanco o negro, ignoramos la gama completa de colores y opciones que existen entre esos dos extremos. **Esto puede hacernos sentir atrapados en pensamientos que nos limitan a ver la realidad o las opciones de alternativas**, en lugar de permitirnos ver las diversas formas en que una situación podría ser interpretada o abordada.

Es importante recordar que **la vida va más allá de simples dualidades**, tener esto presente nos abre a nuevas ideas y posibilidades, enriqueciendo nuestra comprensión del mundo. De hecho, una forma de darte cuenta de que se está usando este pensamiento es con el uso de los absolutismos. Esos pensamientos que usan palabras como "siempre", "nunca", "todo", "nada", son extremos que no dejan espacio para matices, como "a veces" o "en algunas ocasiones".

—La otra vez yo tuve el pensamiento de "NUNCA hago las cosas bien", ¿cómo limpiamos esos gérmenes? —pregunta mi yo de la niñez, con una mezcla de curiosidad y preocupación.

—Siento mucho que pienses que nunca haces las cosas bien, ese es un pensamiento blanco o negro que puede hacerte sentir muy mal, ¿cierto?

—Sí, se siente feo... bueno, si veo el termómetro de emociones, se siente desagradable y con baja energía, creo que es tristeza.

—Exacto, porque al usar la palabra NUNCA, no dejamos espacio para otras posibilidades, y eso puede atraparnos en esa emoción. Estoy segurx de que has hecho muchas cosas bien, aunque ahora sea difícil verlo.

—¿Cómo puedo verlo? —pregunta con curiosidad.

—¿Qué te parece si usamos agua oxigenada para "burbujear" ese pensamiento y abrir espacio a otras ideas y colores?

—¡Sí! —responde con entusiasmo.

Ejercicio: disolviendo los absolutismos

1. Identifica un pensamiento blanco y negro. Por ejemplo: "Me equivoqué, NUNCA hago las cosas bien, TODO me sale mal", o "Tal me dijo que no estaba de acuerdo con lo que dije, SIEMPRE pasa lo mismo, esto quiere decir que ya NUNCA seremos amigxs".

2. Ahora, vamos a aplicar agua oxigenada para "limpiar" este pensamiento y "quitar los gérmenes" del absolutismo que hacen que veamos las cosas como extremos. Esto significa que vamos a ser muy preguntones:

- ¿Es realmente cierto que esto sucede SIEMPRE o NUNCA?
- ¿Es cierto que TODO es de esta manera o que NADA es diferente?
- ¿Qué pruebas tengo de que esto es verdad?
- ¿Puedo pensar en un momento o ejemplos donde no suceda así?, ¿alguna excepción?
- ¿Qué otras posibilidades o alternativas podrían existir?

3. Imagina que a medida que cuestionas este pensamiento, estás viendo cómo burbujea, y van desapareciendo los absolutismos, apareciendo más opciones que representan las alternativas que antes no habías visto.

4. Escribe una nueva versión del pensamiento sin absolutismos, cambiando el lenguaje y agregando alternativas. Puedes utilizar colores para resaltar las alternativas.

PENSAMIENTO BLANCO Y NEGRO	"AGREGAMOS COLOR" (ALTERNATIVAS SIN ABSOLUTISMOS)
Me equivoqué, NUNCA hago las cosas bien, TODO me sale mal.	Me equivoqué, en ocasiones cometo errores, también hay cosas que me han salido bien, como cuando la maestra me felicitó por mi proyecto.
Mi amiga me dijo que no estaba de acuerdo con lo que dije. SIEMPRE pasa lo mismo, ya NUNCA seremos amigxs.	Mi amiga me dijo que no estaba de acuerdo con lo que dije, es normal tener desacuerdos, las personas podemos pensar diferente, esto no significa que ya no seamos amigxs.
AHORA TÚ:	

2. Pensamiento "DEBES Y TIENES QUE". Imagina que frente a ti tienes un montón de pensamientos rígidos que te dicen cómo **DEBERÍAS** actuar o lo que **TIENES QUE** hacer en cada situación. Al pronunciar o pensar esas palabras es como un alimento que te cae mal cuando lo ingieres. Algunos pensamientos, como "NO DEBO defraudar a nadie", "TENGO QUE ser fuerte y no llorar", "TENGO QUE controlar mis emociones" pueden sentirse pesados en tu mente, causando malestar y dificultando tu bienestar emocional.

La distorsión cognitiva (perdón, pensamiento con gérmenes) de "debes" y "tienes que" genera una postura rígida y poco flexible. ¿Y qué pasa con lo rígido? Muchas veces se rompe. En este caso, la rigidez se refiere a aferrarse inflexiblemente a creencias o expectativas, sin tener en cuenta la situación o contexto. Esta rigidez puede llevar a una serie de consecuencias negativas, ya que impide la adaptación a nuevas circunstancias y limita las opciones disponibles. Por otro lado, la consistencia implica mantener ciertos principios o valores a lo largo del tiempo, pero con la flexibilidad necesaria para ajustarse a diferentes situaciones. **Ser flexible y capaz de adaptarse nos permite responder de manera más efectiva a los desafíos de la vida y encontrar soluciones más saludables y satisfactorias.**

—Uy, eso lo escucho a cada rato, lo dicen los adultos —dice mi yo infantil.

—Sí, y lo seguirás escuchando. Aunque, ahora que lo pienso... lo que es más probable es que empieces a decirlo tú mismx cuando crezcas —le contesto, sorprendiéndome por lo que acabo de expresar. ¿Desde cuándo comencé a hablar de esa manera conmigo mismx?

—¿De qué hablas? —pregunta con curiosidad.

—Nada, ya hablaremos de eso más adelante. Sigamos. Parece que lo que le falta a esta rigidez es el ingrediente de la flexibilidad. Entonces, usemos un poco de eso para transformar esos pensamientos duros en algo más adaptable —respondo.

—Pero primero, el agua oxigenada para quitar esos gérmenes que hacen que ese pensamiento sea tan rígido —añade mi yo de la niñez, emocionadx por empezar a trabajar en ello.

Ejercicio: desafío de pensamientos rígidos, el ingrediente de la flexibilidad

1. Escribe un pensamiento rígido que tengas (debo/tengo que):

____

____

____

2. Aplica el agua oxigenada (limpia, cuestiona y clarifica los pensamientos):
   - ¿Es real que DEBO/TENGO que hacer esto o es una suposición?
   - ¿Desde cuándo pienso esto?
   - ¿En qué me ha ayudado este tipo de pensamiento?
   - ¿En qué no me ha ayudado este tipo de pensamiento?
   - ¿Qué otras posibilidades o alternativas podrían existir?

3. Ahora agreguemos el "ingrediente" de la flexibilidad para transformar los "debería" o "tengo que" en, por ejemplo, "me gustaría" o "podría" o algún otro elemento que sea más adaptativo. Al añadir este ingrediente de flexibilidad, conviertes un pensamiento rígido en una perspectiva más adaptable y nutritiva para tu bienestar emocional. Esta nueva forma de pensar te permite metabolizar los desafíos con más facilidad y aprovechar sus enseñanzas sin sentirte abrumadx por las expectativas autoimpuestas. También nos ayuda a no sentir culpa por escenarios que desde el inicio eran sumamente cuadrados y no sostenibles con el tiempo. Así que la próxima vez que te encuentres atrapado en pensamientos de "debería" o "tengo que", recuerda este ingrediente especial. Toma una pizca y transfórmalo en algo más flexible y realista.

FLEXIBILIDAD

PENSAMIENTO RÍGIDO	PENSAMIENTO FLEXIBLE
Ejemplo: No DEBO defraudar a nadie.	Me gustaría no defraudar a alguien, pero sé que soy humano y puedo equivocarme. (¡Psst! Si eso sucede, se vale reconocer el error y reparar).
Ejemplo: TENGO QUE ser fuerte y no llorar.	Puedo permitirme sentir vulnerabilidad y llorar cuando lo necesite. (¡Psst! Eso es fortaleza).
Ejemplo: TENGO QUE controlar mis emociones.	Podría aprender a manejar mis emociones de una forma saludable. (¡Psst! ¿te diste cuenta de que no use la palabra *controlar*?).
Ejemplo: DEBO hacer ejercicio, aunque esté muy cansadx.	Me gustaría ejercitarme, entiendo su importancia, así como resulta igual de importante que permita que mi cuerpo descanse cuando lo necesita.
TU TURNO:	
TU TURNO:	

3. Pensamientos que se concentran en lo negativo Imagina que llevas unos binoculares que hacen acercamientos sólo a lo malo en cada situación, impidiéndote ver toda la imagen o paisaje completo. **Cuando nos ponemos estos binoculares para concentrarnos en lo negativo, ignoramos por completo cualquier aspecto positivo o incluso neutral** y nos enfocamos únicamente en lo malo, lo que puede distorsionar nuestra percepción de la realidad y hacer que nos sintamos desanimadxs.

—¿O sea que vamos a ignorar lo malo? —me preguntó mi yo de la infancia, con una expresión de confusión.

—No significa que vamos a ignorar lo negativo o fingir que no existe, sino poder "limpiar" y ampliar nuestra visión. Nos permite ver la situación de manera más clara y equilibrada, abriendo nuestra percepción para incluir también los aspectos positivos y/o neutrales. Igual habrá veces que nos vamos a concentrar en lo negativo por un rato porque percibimos que eso ahorita nos funciona para acomodar ideas. Sin embargo, es importante darnos cuenta de que a veces nos estorba tener puestos esos binoculares para identificar soluciones u otras formas de manejarlo.

—¿Qué significa *neutrales*?

—Son las cosas que no son ni buenas ni malas, sino que simplemente son. Por ejemplo, imagina que tienes una hoja de papel. No es buena ni mala, es sólo una hoja de papel. Cuando describimos algo neutralmente, estamos observando lo que es, sin añadirle un juicio positivo o negativo.

—¿Como si dijera que una hoja de papel es blanca o tiene líneas?

—Exactamente. Sólo estás observando la hoja por lo que es, sin decir que es buena o mala. Lo mismo podemos hacer con nuestras experiencias y pensamientos.

Podemos describirlos sin juzgarlos. Es decir, sin sacar conclusiones o tomar nuestro pensamiento como un hecho.

Mi yo de la infancia asiente, mostrando que empieza a entender.

—Entonces, si sólo nos enfocamos en lo malo, estamos usando los binoculares para ver únicamente una parte del paisaje, ¿verdad?

—Exactamente —le respondo—. Y al ampliar nuestra visión, podemos ver todo el paisaje completo, incluyendo las cosas buenas, las malas y las neutrales. Esto nos ayuda a tener una visión más equilibrada y a sentirnos mejor.

Ejercicio: para desenfocar lo negativo, ampliando la visión

1. Escribe dentro de los binoculares una situación reciente en la que te hayas enfocado sólo en lo negativo. Por ejemplo: "No puedo creer que me haya equivocado en mi presentación de trabajo, lo estudié tanto. ¿Cómo pude ser tan idiota?".

2. Aplica el agua oxigenada (limpia, cuestiona y clarifica los pensamientos):

- ¿Ese pensamiento es realmente cierto?
- ¿Qué evidencia tengo que lo apoye?
- ¿Hubo alguna excepción?
- ¿Hay algo más que tal vez no estoy percibiendo por enfocarme en lo negativo?
- Si diera un paso atrás mentalmente, ¿qué otras cosas podría observar?
- ¿Qué aspectos positivos o neutrales puedo identificar en esta situación?
- ¿Qué otras posibilidades o alternativas podrían existir?

3. Desenfocando lo negativo:
Imagina que desenfocas los binoculares y no sólo te enfocas en lo negativo, sino que te permites observar toda la escena, amplías el panorama. ¿Qué otras cosas puedes observar?

Por ejemplo, si mi pensamiento es enfocarme en que "Cometí un error en mi presentación de trabajo, que soy un idiota y que la junta fue terrible", tal vez no estoy alcanzando a observar que 1) tuve varios puntos fuertes que fueron bien recibidos, 2) pude hablar frente a más personas y eso era algo muy difícil para mí antes, 3) el tiempo de entrega de la presentación fue

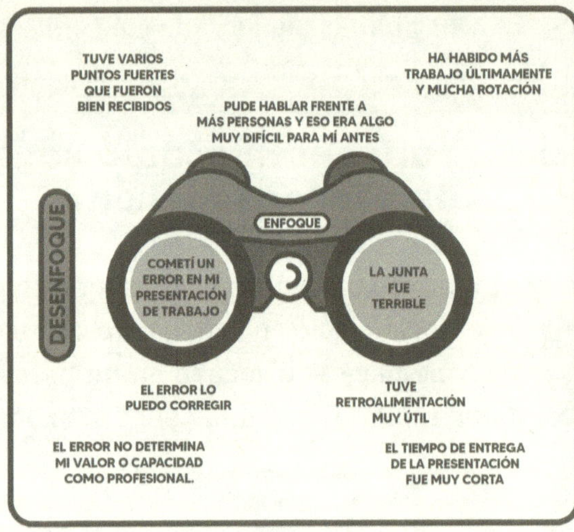

muy corto y últimamente ha habido mucho más trabajo en la empresa y rotación de personal, 4) me dieron retroalimentación muy útil, 5) el error lo puedo corregir y trabajar en ello, pero no determina mi valor o capacidad como profesional.

4. Pensamiento catastrófico. Imagina que estás viendo una película de terror en la que todo parece salir mal para quien la protagoniza. Cada situación se vuelve más aterradora y desesperada a medida que avanza la trama. Cuando aparece el pensamiento catastrófico, es como si comenzara la música de fondo de *Viernes 13* o la del *Exorcista* y nuestra mente reproduce una película de terror una y otra vez, convirtiendo incluso los problemas más pequeños en grandes tragedias.

—¡Ay! A mí me daba miedo la película de *ESO*, el payaso —comenta mi yo de la niñez, con un ligero estremecimiento.

—Sí, lo recuerdo. Pues bueno, es como si narráramos lo que nos está sucediendo como si fuéramos Stephen King o cualquier otro autor de historias de terror. El punto es asustarnos, catastrofizar, que las cosas salgan muy mal, por lo que nuestra mente creativa hará de las suyas.

—Sí, me pasó la otra vez, me mandaron un reporte en la escuela y pensé que mis papás me iban a castigar de por vida hasta que llegara a viejitx.

—Ese es un pensamiento catastrófico, pensar en el peor de los escenarios, uno de terror.

—Y bueno, eso del castigo infinito definitivamente no pasó. Sí, se molestaron, hubo sus consecuencias, pero no sigo castigadx al día de hoy. A veces, nuestra mente nos juega malas pasadas, creando historias de terror donde no las hay.

El pensamiento catastrófico es como si, ante cualquier inconveniente, en nuestra mente empezará a sonar una alarma de incendios. Aunque en realidad no se está quemando la casa, simplemente se te quemó de más el pan en el tostador. Este tipo de pensamiento exagera la gravedad de las situaciones, haciendo que reaccionemos como si estuviéramos en una emergencia, cuando en realidad no lo es.

Ejercicio: música de fondo que suena al pensar de manera catastrófica

1. Escribe un pensamiento catastrófico que hayas tenido recientemente: ______________________________

____

____

2. Aplica el agua oxigenada (limpia, cuestiona y clarifica los pensamientos):

- ¿Qué probabilidad hay de que suceda?
- ¿Qué evidencia tengo que lo apoye?
- ¿Qué evidencia tengo que NO lo apoye?
- ¿Qué otras posibilidades o alternativas podrían existir?
- Si pasara lo peor, ¿qué podría hacer al respecto?

3. Cambia la música de fondo:

¿Qué canción de fondo te imaginas que aparece cuando tienes un pensamiento catastrófico?

____

¿Cuál canción de fondo te imaginas que podría ayudar a calmar ese pensamiento y brindar otras alternativas?

____

¿Cuál sería un pensamiento más objetivo?

____

____

Es importante recordar que la gran mayoría de las veces esos escenarios fatalistas no suceden. Los pensamientos catastróficos son exageraciones de la realidad y no reflejan lo que es probable que ocurra. **Cuestionar estos pensamientos y ver las situaciones de manera más realista puede ayudarte a reducir la ansiedad.** Incluso pensar en las soluciones o las decisiones que podrías tomar en caso de que suceda el peor de los escenarios te da una idea de que, aún en el peor de los casos, se pueden tomar decisiones al respecto para poder sobrellevarlo.

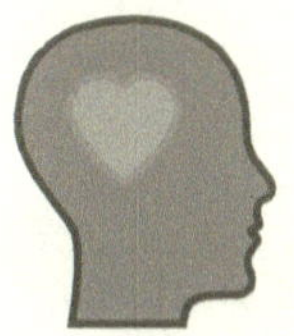

5. Pensamiento y razonamiento emocional. Imagina que tus pensamientos son como el mar durante una tormenta. Cuando estás en la **mente emocional, las olas son altas y turbulentas**, haciendo que todo parezca caótico y difícil de ver con claridad. **La mente racional es como un faro en medio de la tormenta**: sólido, firme y capaz de proporcionar orientación, donde puedes ver todo con precisión y lógica, pero su luz no alcanza a penetrar la profundidad de las emociones. La mente sabia es el equilibrio entre las dos, como alguien que navega un barco con destreza, aprovechando tanto la fuerza de las olas y la dirección del viento, como la iluminación del faro para navegar con seguridad hacia su destino. **La mente sabia** considera lo que queremos y necesitamos. La mente sabia también se mezcla con nuestra intuición. **La intuición es ese sentimiento que tenemos en el estómago, cuando simplemente sabemos qué hacer.**

Investigaciones realizadas por Harvard Medical School y otros estudios han demostrado que **el intestino y el cerebro están en constante interacción**. Por ejemplo, cuando comemos algo que nos enferma, no sólo nuestro estómago reacciona, sino que el cerebro también recibe señales que nos ayudan a evitar esa comida en el futuro. Este tipo de comunicación bidireccional explica en parte el fenómeno del *gut feeling* o intuición visceral, que muchas personas experimentan

(Harvard Mahoney Neuroscience Institute, 2017). De ahí que a nuestro estómago le llamen nuestro "segundo cerebro".

El término de *mente sabia* proviene de la Terapia Dialéctica Conductual (DBT), desarrollada por Marsha M. Linehan. La DBT utiliza el concepto de mente sabia para ayudar a las personas a encontrar un equilibrio entre sus emociones y la lógica, permitiéndoles tomar decisiones más claras y efectivas.

El razonamiento emocional ocurre cuando dejamos que nuestras emociones dicten cómo interpretamos las situaciones, como si estuviéramos en un mar tormentoso. Para limpiar y clarificar estos pensamientos emocionales podemos usar el agua oxigenada.

—¿Qué cosa tengo en mi estómago? —pregunta mi yo de la niñez.

—Es como una sensación que tenemos en el estómago que es nuestra intuición —le explico—. Es como una señal interna que nos dice qué hacer. Es nuestra mente sabia hablándonos, mezclando nuestras emociones, nuestra lógica y experiencias pasadas para tomar una decisión adecuada para nosotrxs.

—Entonces la otra vez usé mi intuición y mi mente sabia. Había un niño que quería jugar conmigo en el parque, pero sentí algo raro en mi estómago. Yo no quería jugar con él.

—Esa fue tu intuición diciéndote que algo no estaba bien [intuición y emoción].

—Sí, vi que estaba tratando muy mal a otros niños y a otras niñas. Vi que lxs aventaba y hablaba muy grosero.

—Exactamente, usaste tu mente sabia en esa situación. Tu intuición te dio una señal de alerta, y tu observación te confirmó que esa persona no trataba bien a lxs demás. Decidiste no jugar con él porque combinaste lo que sentías y lo que sabías [racional].

—¡Wow! Le voy a hacer caso a mi mente sabia más seguido. ¿Tú también lo haces?

—Mmm, trato de hacerlo, a veces se me olvida confiar en mis decisiones, pero lo estoy trabajando. Es un proceso constante, ¿sabes?

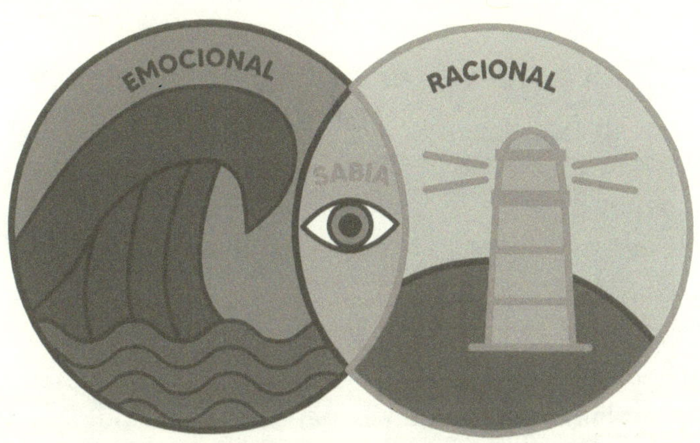

Ejercicio: desafiando el razonamiento emocional con la mente sabia

Cuando te encuentres atrapado en la tormenta del razonamiento emocional, recuerda el **MAR**:

M: identifica en qué mente te encuentras:

- **Mente emocional:** estoy sintiendo emociones intensas y mis pensamientos están siendo dictados por estas emociones.
- **Mente racional:** estoy analizando la situación de manera lógica y objetiva, sin considerar mis emociones, gustos, preferencias, lo que me divierte o interesa.
- **Mente sabia:** estoy equilibrando mis emociones y la lógica para ver la situación con claridad.

A: aplica el agua oxigenada (limpia, cuestiona y clarifica los pensamientos):

- Usa el "agua oxigenada" para cuestionar y clarificar tus pensamientos:
  - ¿Qué estoy sintiendo en este momento? (emoción)
  - ¿Qué hechos objetivos puedo identificar en esta situación? (racional)
  - ¿Cómo puedo equilibrar estos dos aspectos considerando mis metas o lo que es más adecuado para mí? (sabia)

R: reflexiona sobre la mejor decisión:

- **Relaja tus músculos** y toma un respiro profundo.
- **Lleva tu mente hacia el centro de tu cuerpo**, desde donde se inicia la respiración.
- Puedes **colocar tu mano entre tu ombligo y al final de tus costillas.**
- Continúa respirando y **pregunta a tu mente sabia qué hacer.**
- Continúa respirando y **espera por la respuesta.** Sé paciente.
- Si tu mente sabia no parece responder, puede que aún no tengas suficiente información, hay que intentarlo nuevamente más tarde cuando sigas observando y recolectes mayor información.

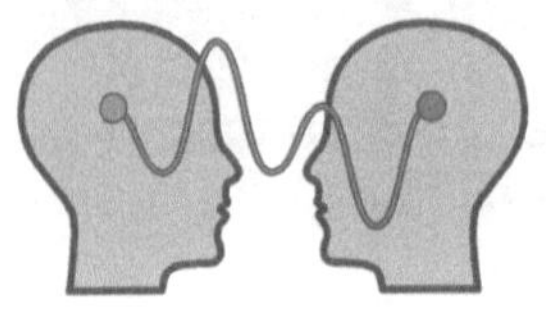

6. Pensamiento que lee la mente. Esta distorsión actúa como un obstáculo para una comunicación clara y abierta. **Al asumir lo que otras personas piensan o sienten sin preguntarles directamente, perdemos la oportunidad de comprenderlas y ser comprendidxs.** Esto puede dar lugar a malentendidos, conflictos innecesarios y relaciones deterioradas.

Imagina a dos amigos que se encuentran en la escuela. Uno de ellos parece distante y ensimismadx, mientras que el otro nota este comportamiento, pero no tiene la seguridad de qué hacer. En lugar de preguntar directamente qué está pasando, uno de ellos asume que el otro está enojado y decide no intervenir. Mientras tanto, el amigo que parece distante en realidad está pasando por un problema personal y necesita desesperadamente hablar sobre ello, pero siente temor de dar el primer paso y abrirse. Al ver que la otra persona no se acerca, asume que no le importa y que no desea ayudar. Esta suposición silenciosa impide que ambos se abran el uno al otro y compartan sus preocupaciones, lo que termina por deteriorar su relación.

De pronto, nos encontramos con que en el canal de comunicación hay muchas suposiciones que ensucian el intercambio de información. Imagina que usamos agua oxigenada para eliminar esas suposiciones y aclarar la comunicación.

—¿Como cuando la otra vez creí que mi amiga estaba enojada conmigo y que estaba pensando en que no se quería juntar conmigo porque no hablamos en el recreo? —pregunta mi yo de la niñez.

—Exactamente. Eso es leer la mente. Piensas que sabes que ella está pensando que no quiere juntarse ya contigo por qué no te habló, pero en realidad no le has preguntado. Quizás estaba preocupada por algo más, la estaba pasando mal, la habían regañado o simplemente estaba distraída.

—Creo que ese día tenía cita con su dentista y a ella le da mucho miedo ir.

—Mira, puede ser que eso haya sido una razón, pero cuando queremos leer mentes y sacar conclusiones basándonos en eso, nos cerramos a otras posibilidades.

—Nadie tiene el superpoder de leer mentes, ¿verdad?

—Hasta ahora, que yo lo sepa... no. Entonces, cuando sintamos que estamos queriendo "leer la mente" de alguien y haciéndonos ideas, vale la pena detenernos y mejor preguntar. Así pasamos de la suposición a la claridad. ¿Te parece si usamos nuevamente el agua oxigenada?

—¡Sí!

Ejercicio: de la suposición a la claridad, limpiando el canal de comunicación

1. Escribe una suposición que hayas hecho recientemente sobre lo que otra persona piensa o siente. Es decir, cuando hayas intentado "leer la mente".

____

____

____

____

____

____

2. Aplica el agua oxigenada (limpia, cuestiona y clarifica los pensamientos):

- ¿Qué evidencia tengo de que esto sea verdad?
- ¿Me ha pasado antes que hice una suposición similar y resultó que estaba equivocadx?
- ¿Qué otras posibles explicaciones podría tener esta situación?
- ¿Cómo podría verificar si mi suposición es correcta o incorrecta?
- ¿Qué sentimientos estoy proyectando en esta situación y cómo podrían estar afectando mis suposiciones?
- ¿He hablado directamente con la persona para saber lo que realmente piensa o siente?
- ¿Qué preguntas podría hacerle a la persona para cambiar de la suposición a la claridad?

A continuación, escribe algunas preguntas que se te ocurren que podrías hacer para brindar claridad a la suposición que escribiste anteriormente:

Pregunta 1: ____

____

____

Pregunta 2: ____

____

____

Pregunta 3: ____

____

____

—¡Oye! A mí se me ocurre que le pude haber preguntado a mi amiga "¿Cómo te sientes?", o "¿Te pasa algo? Te veo callada hoy".

—Sí, eso suena bastante bien.

—¿Pero y qué pasa si no me quiere decir?

—Podemos respetar su decisión, darle su espacio y decirle que entiendes que ahorita no quiera hablar, pero que estás ahí para cuando esté lista para compartir. Así le demuestras que te importa y que puede confiar en ti cuando se sienta preparada para hablar.

—Ah, eso tiene sentido.

—Sí, y es importante recordar que no siempre sabremos lo que pasa con las demás personas, pero podemos mostrar nuestro apoyo y estar disponibles.

—OK. Entonces, hago preguntas y me pongo listx para escuchar.

—Exactamente. Hacer preguntas y estar dispuestx a escuchar es una forma de limpiar el canal de comunicación y evitar malentendidos.

7. Pensamiento que personaliza. Esta distorsión nos hace sentir responsables por eventos o situaciones externas sobre las cuales no tenemos control, haciéndonos creer que somos la causa de los problemas de lxs demás o de situaciones que están más allá de nuestro alcance.

Imagina que estás en una fiesta con tus amistades y de repente notas que parecen no estar divirtiéndose tanto. En lugar de considerar que tal vez sientan cansancio o simplemente no les guste la música, automáticamente asumes que la fiesta no es divertida debido a algo que tú hiciste o dejaste de hacer. Comienzas a pensar que tal vez elegiste el lugar incorrecto o que tal vez tú no eres suficientemente divertidx. Empiezas a sentir incomodidad o culpa pensando que arruinaste la noche para tus amistades.

Sin embargo, al reflexionar sobre la situación de manera objetiva, te das cuenta de que hay muchas posibles razones por las que tus amistades podrían sentirse así, y que la mayoría de éstas no tienen nada que ver contigo. Al desafiar la distorsión de personalizar, te das cuenta de que no eres responsable, y que no todo se trata sobre ti (aunque se escuche rudo), que los sentimientos de tus amistades y que su percepción de la fiesta puede deberse a una variedad de factores que escapan a tu control. Esto te libera de la carga de sentirte culpable y te permite disfrutar más del momento presente sin preocuparte tanto por la opinión de otras personas.

—Esta situación se parece a la anterior, cuando yo estaba pensando que mi amiga estaba enojada conmigo.

—Sí, hay algunas similitudes, el pensamiento de personalizar se enfoca en asumir que lo que sucede allá afuera se trata de ti, que lo que sienten tus amigxs, es tu responsabilidad, que si algo salió mal tiene que ver contigo, mientras que leer la mente se trata de asumir que sabemos lo que lxs demás piensan sin preguntarles. Ambos pueden causar mucha ansiedad ya que están fuera de tu control y ambos pueden estar presentes en un mismo pensamiento.

—¿Son como las emociones que podemos sentir más de una a la vez?

—Así es, podemos experimentar diferentes tipos de pensamientos. ¿Usamos nuevamente el agua oxigenada para limpiar este pensamiento?

—¡Sí!

Ejercicio: liberación de cargas, la responsabilidad a quien le corresponde

1. Imagina que caminas en doble gravedad. **Visualiza la imagen de una persona caminando con dificultad bajo el peso de una gravedad duplicada**, llevando consigo responsabilidades que no le pertenecen. Imagina el esfuerzo físico y emocional de moverse bajo estas condiciones, cómo afecta su postura y su capacidad de avanzar.

2. Piensa en situaciones en las que te has sentido responsable por problemas o situaciones externas que no estaban bajo tu control. Reflexiona sobre cómo esa sensación de responsabilidad te ha afectado emocionalmente y cómo ha influido en tu percepción de ti mismx y de lxs demás.

3. Aplica el agua oxigenada (limpia, cuestiona y clarifica los pensamientos):

- ¿Qué evidencia tengo de que esto se trata de mí?
- ¿Qué otras razones podrían explicar esta situación?
- ¿Estoy asumiendo responsabilidad por algo que está fuera de mi control?
- ¿Cómo vería esta situación si le ocurriera a otra persona?
- ¿Estoy pasando por alto factores externos que podrían estar influyendo en esta situación?
- ¿Cómo afecta mi bienestar asumir que soy responsable de todo?

4. Visualiza el momento en el que te deshaces simbólicamente de estas cargas y responsabilidades ajenas. Imagina que, al hacerlo, la gravedad vuelve a su normalidad.

¿Cómo te sentirías?

___

___

___

___

¿Qué cambiaría en tu vida después de hacerlo?

___

___

___

¿De qué podrías estar disfrutando?

___

___

___

5. Desarrolla un mantra o pequeño recordatorio que te ayude a tener presente que no eres responsable de las emociones o decisiones de las demás personas. Por ejemplo, "Puedo mostrar empatía sin asumir la culpa por las experiencias emocionales de lxs demás", "No puedo salvar a las personas de las consecuencias de sus decisiones". "Esto no se trata acerca de mí".

¿Cuál sería el tuyo?

____

____

____

Al realizar este ejercicio, estarás visualizando y simbolizando el acto de liberarte de las responsabilidades ajenas, lo cual te permitirá reorientar tu energía hacia aquellas áreas que realmente puedes influir y manejar en tu vida.

¡Estás haciendo un gran trabajo al identificar y abordar estas distorsiones cognitivas! Continuemos con el proceso de mejorar la forma en que interpretamos nuestros pensamientos.

Ahora, hasta aquí te he presentado algunas de las distorsiones cognitivas conocidas, pero no me gustaría limitarme sólo a éstas. Me encantaría que reflexionaras sobre tus propias experiencias y observaciones para identificar posibles distorsiones cognitivas no mencionadas anteriormente.

Piensa en situaciones comunes en las que podrías interpretar erróneamente la realidad o distorsionar tus pensamientos.

1. Imagina una distorsión única que refleje una forma en la que podrías interpretar la realidad de manera incorrecta.

2. Dale a tu distorsión un nombre creativo y divertido, utilizando metáforas, juegos de palabras o referencias culturales. ¿Cómo llamarías a esta distorsión? ______________________

____

3. Describe brevemente en qué consiste tu distorsión y cómo podría afectar tu percepción y comportamiento.

____

____

Recuerda que lo importante no es seguir estrictamente un nombre, podemos agregar creatividad a la fórmula y encontrar algo que tenga sentido para nuestra experiencia, facilitando así su identificación.

Una vez que comenzamos a notar un cambio en nuestro estado de ánimo o en cómo nuestro cuerpo se siente y nos damos cuenta de que se trata de algún tipo de estos pensamientos, **podemos cuestionarlos y transformarlos en uno que nos haga más sentido** de acuerdo con la realidad.

Ejercicio de repaso final:

Escribe un pensamiento que te haya dado vueltas últimamente y que te genere malestar: ______________________________

____

____

Emociones que aparecen al tener este pensamiento: ______

____

a) ¿Es este pensamiento razonable? __________________

____

b) ¿Es una de las distorsiones que mencionamos anteriormente?, ¿cuál? (Recuerda que a veces un pensamiento puede involucrar más de una distorsión): __________________

____

c) ¿Este pensamiento está alineado con la realidad? ______

____

d) ¿Qué posibilidades hay de que esto pase de verdad? ____

____

e) ¿Qué pruebas tengo de que esto sea cierto? __________

____

____

f) ¿Qué pruebas tengo de que esto no sea cierto? ________

____

____

g) ¿Cuál es la peor consecuencia que podría ocurrir? ______

______

______

h) ¿Qué pequeñas acciones puedo tomar para sentirme más segurx ante la peor situación? ______

______

______

i) Si fuera alguien a quien estimo mucho quien tiene este pensamiento, ¿qué le diría?, ¿qué observaciones haría? ______

______

______

j) Compara tu pensamiento original con la evidencia que recopilaste y todo lo que cuestionaste. ¿Hubo algún cambio?
Pensamiento después de cuestionarlo: ______

______

______

Emociones: ______

______

______

¡Recuerda prestar atención a cualquier cambio en tus emociones, sensaciones corporales o acciones después de este ejercicio!

Si practicas esto, ¡poco a poco se te hará más fácil! Al identificar y desafiar los pensamientos distorsionados, **haces espacio para pensamientos más claros y tomas decisiones más adecuadas para ti.**

—Esta agua oxigenada fue como una herramienta para hacernos más preguntones con lo que pensamos —afirma con tono divertido la voz de mi yo infantil.

—Sí, hace mucho que no me hacía tantas preguntas. A veces como adultos ya no cuestionamos tanto las cosas, se nos pierde esa chispa de la curiosidad, pero ahora entiendo lo necesario que es seguirnos preguntando cosas.

—Sí, es como jugar a ser detectives con los pensamientos —dice con emoción mi yo infantil.

Me quedo pensando en sus palabras. Ser detectives de nuestros pensamientos, explorar cada rincón de nuestra mente en busca de respuestas, eso es algo que yo había olvidado. Observo a mi yo más joven con una mezcla de orgullo y ternura. Sus ojos brillaban con la emoción de descubrir algo nuevo, de desentrañar los misterios que habían estado escondidos en lo más profundo de nuestra mente.

—Serías un gran detective —le digo sinceramente, sintiendo una oleada de cariño hacia ese niñx que aún hace eco en mí.

¿Qué herramientas, reflexiones y/o aprendizajes me llevo de este capítulo? ______________________________

____

____

CAPÍTULO 5

LA RADIOGRAFÍA DE TUS EMOCIONES

El botiquín se abre y vuelve a expulsar algo que no sabemos qué es, pero parece un plástico doblado. Lo tomamos con duda y cuando empezamos a abrirlo vemos una radiografía que no muestra huesos ni órganos, sino un cuerpo humano con una especie de huellas dejadas por las emociones. Esta radiografía, única en su tipo, revela una realidad oculta, pero palpable: **las emociones —a menudo invisibles— se manifiestan en nuestro cuerpo.**

—Oye, recuerdo alguna vez que jugué Operando. Esto se parece mucho a ese juego —dice con curiosidad mi yo de la niñez.

—No lo había visto de esa forma, pero tienes razón, sólo que en lugar de órganos y huesos aquí podemos ver las emociones que habitan en nuestro cuerpo —le contesto mientras miro con curiosidad todas esas emociones en la radiografía, todo iba cobrando sentido.

Nuestro cuerpo es un terreno fértil donde nuestras emociones encuentran expresión. Cada emoción tiene su propia "firma" física, como un código que nuestro cuerpo descifra y traduce en sensaciones y respuestas corporales. Cuando sentimos ansiedad, puede manifestarse como un nudo en el estómago que aprieta y retuerce. La ira puede traducirse en un calor abrasador que se extiende desde el pecho hasta los brazos. La culpa, por su parte, puede cargar nuestros hombros con un peso invisible, pero tangible.

Estas sensaciones físicas no son pasivas, sino mensajeras activas que nos comunican el estado emocional interno. **En ocasiones ignoramos estos mensajes sutiles o los atribuimos a otras causas** como "Me cayó mal la comida" o "No dormí bien", que si bien, tener un sueño que no es reparador contribuye a cómo nos sentimos, es muy probable que haya

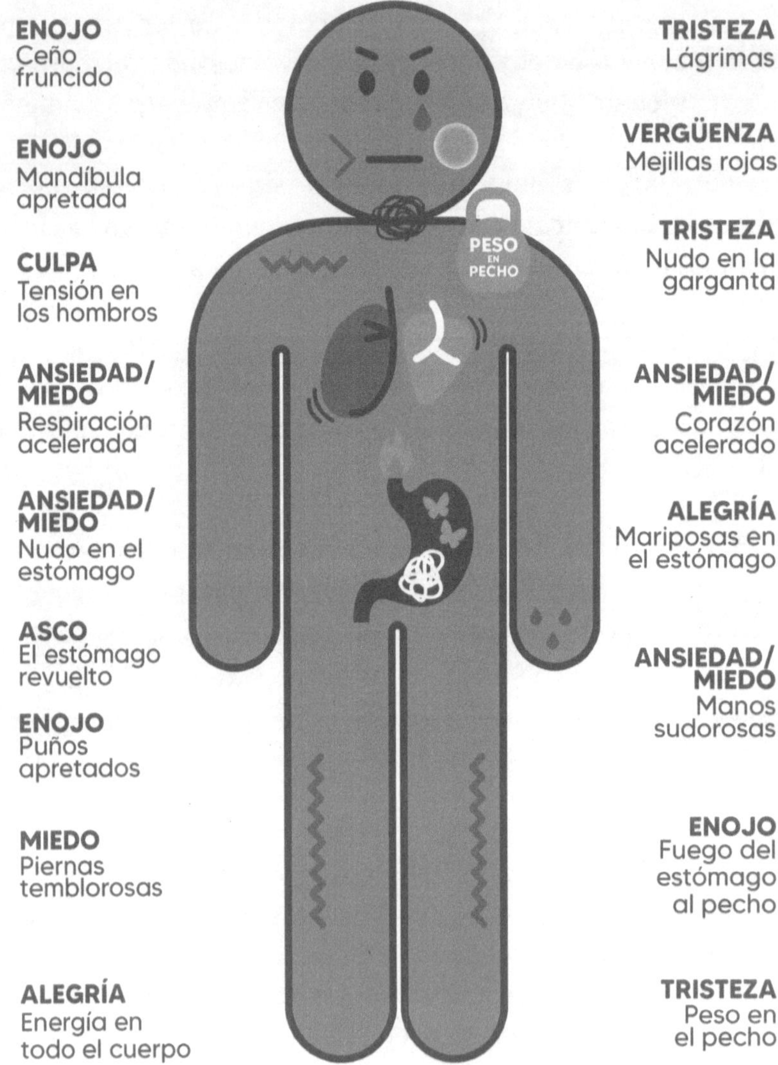

causas más profundas: ¿qué hizo que no pudieras dormir bien? o ¿cómo te estabas sintiendo al ingerir esos alimentos? La respuesta a estas preguntas puede revelar un vínculo directo entre nuestras emociones y nuestras experiencias físicas. **Es importante aprender a escuchar nuestro cuerpo.**

—¿Oye, pero esas emociones las tengo que sentir en esas partes del cuerpo? —pregunta mi yo de la niñez.

—No necesariamente. Cada persona puede experimentar las emociones en diferentes partes del cuerpo, y las sensaciones pueden variar también. Es como una huella digital única para cada unx. Para esto hay que escuchar a nuestro cuerpo.

—¿Cómo escucho a mi cuerpo?, ¿cómo lo hago? —pregunta mi yo de la niñez.

—Es una excelente pregunta. Decir: "escucha a tu cuerpo" suena fácil, pero ¿qué significa realmente? ¿Cómo lo hacemos? Supongo que, si vamos a escuchar a alguien, primero tendríamos que confiar en esa persona... o en este caso, en nuestro propio cuerpo. Si no confiamos en él, será difícil querer escucharlo cuando intente comunicarse.

—¿Y cómo confiamos en nuestro cuerpo?

—Buen punto. ¿Confías en alguien que no conoces?

—No, a veces ni siquiera confío en las personas que conozco bien porque ya sé cómo son.

—Exactamente. Entonces, para confiar en alguien, lo primero sería conocerlx, ¿verdad? Vamos a empezar por conocer nuestro cuerpo. Es el primer paso para establecer una relación de confianza con él.

1) Empecemos por conocer a nuestro cuerpo. Esto nos permite detectar cómo respondemos físicamente ante diferentes emociones. Por ejemplo, podemos notar que el corazón se acelera o la boca se nos seca cuando sentimos ansiedad o percibimos tensión en los hombros cuando sentimos estrés.

Esta conciencia física nos ayuda a identificar y etiquetar nuestras emociones de manera más precisa. Al conocer las señales físicas del estrés, la ansiedad o cualquier otra emoción, sentimiento o respuesta en nuestro cuerpo, podemos intervenir antes de que las emociones se intensifiquen. Detectar estos signos tempranos nos permite tomar medidas proactivas para reducir el malestar emocional. **La autoconciencia corporal es fundamental para la autorregulación emocional.** ¿Recuerdas que una forma de "alimentar la emoción" era a través de las sensaciones corporales? Cuando comprendemos cómo nuestras emociones afectan nuestro cuerpo, podemos desarrollar estrategias efectivas para manejar estas emociones. Por ejemplo, si notamos tensión muscular durante el enojo, podemos practicar técnicas de relajación para calmar la respuesta física.

—¿Autoconciencia? —pregunta la voz curiosa de mi niñez.

—Sí, exactamente. Es como prestar atención a las señales que tu cuerpo te envía, a lo que está sucediendo en tu interior para aprender a conocerte mejor. Aquí precisamente viene un ejercicio que se llama El escáner corporal.

—¡Ay! ¿Me van a pasar un escáner? ¿Como en las películas de detectives?

—No exactamente, pero es como pasar por un "escáner" para observar las sensaciones físicas que experimentamos en diferentes partes del cuerpo. Es como encender una linterna para iluminar lo que está sucediendo dentro de ti. ¿Listx para probarlo?

1. **Preparación**: busca un lugar tranquilo y cómodo.
2. **Posición**: siéntate o recuéstate de manera relajada.
3. **Respiración**: enfócate en tu respiración. Inhala y exhala profundamente, imaginando que cada respiración fluye a través de tu cuerpo.
4. **Escaneo corporal**:
   - Dirige tu atención hacia los dedos del pie izquierdo. Nota las sensaciones en esa parte mientras respiras lento y profundo.
   - Observa con curiosidad y pregúntate: "¿Qué siento aquí?". Concéntrate un tiempo, no lleves prisa. Algunas personas lo hacen alrededor de 1 minuto, si esto es mucho para ti, puedes comenzar con menos tiempo.
5. **Continúa avanzando**:
   - Luego, mueve tu atención al arco y el talón izquierdo durante otro momento, sin prisas.
   - Observa las sensaciones en tu piel y percibe el peso de tu pie en el suelo (si estás sentadx).
6. **Flujo de respiración**:
   - Imagina que cada respiración fluye hacia el arco y el talón izquierdo. Pregúntate: "¿Qué sensaciones hay aquí?".
7. **Repite el proceso**:
   - Continúa con el tobillo, pantorrilla, rodilla, muslo y cadera del lado izquierdo, imaginando tu respiración fluyendo en cada parte.
   - Repite con la pierna derecha, comenzando de nuevo desde los dedos del pie hasta llegar a la cadera del lado derecho.
8. **Partes superiores del cuerpo**:
   - Avanza por la pelvis, espalda baja, estómago, pecho, brazos, hombros, cuello y cara.
   - Observa cada parte mientras respiras, preguntándote sobre las sensaciones.
   - Detente en cada parte por alrededor de 1 minuto, recordando que, si esto es mucho para ti, puedes comenzar con menos tiempo.

9. **Atención final**:
   - Observa tu respiración en las fosas nasales.
   - Enfócate en los pómulos, ojos y frente.
   - Finalmente, dirige tu atención a la parte más alta, tu cuero cabelludo.
10. **Relajación**:
    - Suelta completamente tu cuerpo.
    - No te preocupes si notas que surgen pensamientos, sonidos u otras sensaciones en tu conciencia, eso es normal y esperado.
    - Simplemente obsérvalos y luego regresa gentilmente tu atención a tu respiración, sin juzgarte, las veces que sean necesarias.

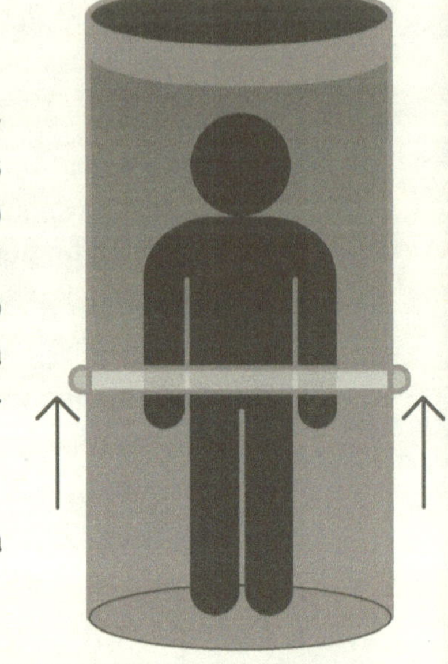

Este proceso de escaneo te ayudará a relajarte y conectar con tu cuerpo.

—¡Wow! Me estuve imaginando como una luz pasando por cada parte de mi cuerpo escaneándolo como un detective —exclama con entusiasmo mi yo de la niñez.

—Sí, exactamente, como te lo imaginas. ¡Eres un gran detective!

—¡Gracias! —me responde con una sonrisa llena de orgullo.

Diario de sensaciones corporales

Otra forma de aprender a conocer nuestro cuerpo es llevando un diario o bitácora de sensaciones físicas y emocionales. Registrar cómo nos sentimos en diferentes momentos del día y qué sensaciones físicas acompañan esas emociones **nos ayudará a identificar patrones y conectar nuestros estados emocionales con las respuestas corporales.**

—Yo tengo un diario —me cuenta mi yo de la niñez.

—Sí, recuerdo ese diario. Ahí escribía lo que me pasaba en el día. Lo que pasaba en la escuela, si me regañaba algún profesor, a qué jugaba en el recreo, si me peleaba con alguien.

—Sí, a veces se me olvida usarlo, pero ahí lo tengo.

—Sigue usándolo, es de gran ayuda escribir sobre lo que pensamos, sentimos y hacemos.

Vamos a escribir una situación donde hayas sentido emociones, ya sea placenteras, displacenteras o ambas. Una vez que hayas escrito esa experiencia, quiero que la vuelvas a narrar, pero esta vez solamente describiendo tus sensaciones corporales.

Ejemplo:

Descripción general (con emociones): hoy por la mañana, durante una reunión en el trabajo, me sentí abrumadx y ansiosx. Estaba preocupadx por cumplir con las expectativas del proyecto. Mis pensamientos se aceleraron.

Descripción con sensaciones corporales (sin emociones): hoy por la mañana, durante la reunión matutina en el trabajo, noté una sensación de tensión en mi estómago. También sentí un nudo en la garganta y percibí que mi corazón latía más rápido de lo normal por cumplir las expectativas del proyecto. Experimenté una ligera sudoración en las manos y noté que mis pensamientos se aceleraban.

¡Ahora es tu turno! Intenta realizar este ejercicio escribiendo tus propias experiencias. Esto te ayudará a ser más consciente de las conexiones entre tus emociones y las sensaciones físicas en tu cuerpo.

Descripción general (con emociones):

____

____

____

____

____

Descripción con sensaciones corporales (sin emociones): ______________________________

____

____

____

____

Al desarrollar una mayor conciencia corporal, fortalecemos nuestra capacidad para reconocer, comprender y gestionar nuestras emociones de manera efectiva. Ahora sí, una vez que vamos conociendo esas sensaciones de nuestro cuerpo podemos aprender a confiar en esas señales.

2) Confiar en nuestro cuerpo

Considero que una de las barreras más comunes para confiar en nuestro cuerpo y en nuestras emociones es el hábito de juzgar y/o castigar rápidamente nuestras experiencias internas. Cuando nos encontramos con sensaciones desconocidas o emociones intensas, una respuesta entendible es querer juzgarlas, criticarlas, minimizarlas o castigarlas. Este impulso automático de juzgar puede dificultar el proceso de comprensión y aceptación, pues etiquetamos automáticamente algo como bueno o malo en lugar de algo que nos gusta o no. Tal vez tenga que ver con la forma en la que nos enseñaron a manejar las emociones, sin embargo, si leíste el *Manual de las emociones* (el primer libro que publiqué) sabrás que —aunque crecimos con ciertas filosofías y dinámicas con respecto a cómo nos relacionamos con las emociones— podemos adecuarlas a nuestro estilo de vida del presente y lo que sea más funcional de acuerdo con nuestro contexto.

—Imagínate que cada vez que tu cuerpo te dice algo como, por ejemplo, "tengo frío" porque está temblando o tiene la piel de gallina, alguien le contestará "¡pero qué mentira si ni frío hace!", "¡pero qué exageración!", "no hagas drama, no hace frío", etcétera.

—Ay, eso me suena muchísimo.

—Sí, ¿qué crees que pasa si constantemente hacemos eso o alguien más nos lo dice cada vez que expresamos lo que nuestro cuerpo siente?

—Pues si me dicen mucho tiempo algo me lo empiezo a creer.

—Exacto, empezamos a creer que nuestro cuerpo no sabe, dejamos de confiar en lo que dice nuestro cuerpo, dejamos de escucharlo, porque allá afuera es donde tienen la razón y no adentro. Es como si nuestro cuerpo nos estuviera diciendo algo importante y nosotrxs lo ignoramos o contradecimos.

—Nuestro cuerpo quiere que lo escuchemos. ¿Qué hacemos para cambiar eso? —pregunta mi yo de la niñez.

—Pues podemos empezar haciendo lo contrario a ignorarlo o contradecirlo, podemos poner en práctica la validación y la curiosidad. En lugar de juzgar lo que sentimos, podemos intentar validarlo y ser curiosxs sobre por qué nos sentimos así. Podemos preguntarnos: "¿Qué me está diciendo mi cuerpo en este momento?" o "¿qué emoción estoy sintiendo y qué noté en mi cuerpo?".

Una de las claves para confiar en lo que nos dice nuestro cuerpo es cultivar la curiosidad en lugar de recurrir al juicio. La curiosidad nos invita a explorar nuestras experiencias internas con apertura y haciéndonos preguntas, permitiéndonos aprender de éstas de manera más profunda. Como cuando éramos más pequeñxs.

¿Cómo le hago para disminuir esta parte que juzga y aumentar la curiosidad?

1. **Observa sin evaluar** como bueno o malo, sólo observa.
2. **Reconoce la diferencia** entre un pensamiento, emoción o sensación de tu cuerpo.
3. **Reconoce y hazle espacio** a tus valores, necesidades, respuestas y emociones sin juzgarlas.
4. Incluso si te "cachas" juzgándote; **no te juzgues por juzgarte** por más raro que se escuche. Regresa a observar las veces que sean necesarias.
5. Una forma de observar sin juzgar es describir lo que está sucediendo, lo que estás sintiendo o las respuestas de tu cuerpo. ¿Qué podemos observar? Absolutamente todo, desde expresiones faciales, tonos de voz, eventos, pensamientos, emociones, acciones, sensaciones corporales, etcétera.

—¿O sea que vamos a observar con los ojos, nariz, boca, oídos, cuerpo, mente, todo? — cuestiona mi yo de la niñez, como siempre con mucha curiosidad que es justamente lo que vamos a usar.

—¡Así es! —le contesto, sabiendo que está más que preparadx, mucho más que yo.

Hagamos el siguiente ejercicio de observación con curiosidad. Para esto propongo que contestes con esa mente de la niñez curiosa que hacía un montón de preguntas e intentaba entender el mundo que le rodeaba sin tanto prejuicio. Contesta el siguiente ejercicio como lo haría tu yo de la niñez.

1. Observa lo que ves: mira a tu alrededor como si fuera la primera vez. ¿Qué colores ves?, ¿hay luces o sombras?, ¿qué formas?, ¿hay detalles que nunca habías notado? Descríbelo como si lo estuvieras descubriendo por primera vez o como si se lo estuvieras contando a un extraterrestre que jamás ha puesto un pie en este planeta:

____

____

____

____

____

____

Puedes hacer este ejercicio de observación en cualquier lado, en un parque, por ejemplo, o mirando el cielo, las nubes y los diferentes tonos verdes de los árboles. Incluso al ver a las personas, podemos observar sus expresiones faciales, los movimientos de los labios, cejas, manos, sin asumir o etiquetar cómo se está sintiendo, sólo observar.

2. Escucha los sonidos: presta atención a los sonidos presentes en el ambiente. ¿Qué puedes escuchar cerca y qué oyes lejos de ti?

Descríbelo como si lo estuvieras descubriendo o como si se lo estuvieras contando a un extraterrestre que jamás ha puesto un pie en este planeta:

____

____

____

____

____

____

También puedes hacer este ejercicio escuchando tu canción favorita. De ser posible, me gustaría que en este momento busques esa melodía y si puedes utilizar audífonos aún mejor para que la experiencia sensorial sea más significativa. Quiero que la escuches como si fuera la primera vez, como si alguien te hubiera dicho: "¡Ey! escucha esta canción, creo que te puede gustar". Quiero que recibas toda esta experiencia de escuchar la canción como si fuera la primera vez. No vamos a interpretar la canción, ni lo que dice, sólo observaremos los sonidos. Quiero que percibas el ritmo, qué instrumentos alcanzas a escuchar, cómo es la voz, si alcanzas a percibir algún sonido que te llame la atención y que tal vez no te habías percatado. Inhala y exhala profundamente mientras la escuchas. Si deseas anotar algo de lo que sentiste o percibiste, eres libre de hacerlo.

La canción que elegí fue ________________________________

____

Lo que escuché fue ___________________________________

____

____

____

____

3. Analiza lo que hueles: sintoniza tu sentido del olfato con los aromas que te rodean. ¿Qué alcanzas a percibir?, ¿hay olores familiares o nuevos?

Descríbelo como si estuvieras descubriendo eso que hueles o como si se lo estuvieras describiendo a un extraterrestre que jamás ha puesto un pie en el planeta:

____

____

____

____

____

____

Este ejercicio lo podemos llevar a cabo también cuando comemos o cocinamos, pues podemos notar los aromas de los alimentos, ingredientes, especias, etcétera. De igual forma, al bañarnos podemos notar el olor del champú, jabón o de los productos de limpieza que utilizamos. Recuerda que no vamos a catalogar algo como "huele bien" o "huele mal", simplemente describiremos los aromas que alcanzamos a percibir.

4. Reconoce los sabores: si puedes, ve por algún pequeño alimento y nota los sabores, texturas, temperatura y otras sensaciones en tu boca; si no es posible, recuerda el último alimento que probaste. ¿Cómo describirías esta experiencia?

Descríbelo como si estuvieras descubriendo eso que pruebas por primera vez o como si se lo estuvieras describiendo a un extraterrestre que jamás ha puesto un pie en este planeta:

____

____

____

____

____

¿Recuerdas cuál era tu comida favorita en la infancia? ¿Qué pasaría si la probamos ahora? Podemos en algún momento hacer este ejercicio y tratar de distinguir desde sabores, temperatura, textura hasta rigidez o suavidad.

5. Observa la sensación de tu piel: prestar atención a la sensación de tu piel en contacto con algo implica enfocarse plenamente en las sensaciones táctiles que experimentas en tu cuerpo. En este momento quiero que enfoques tu atención en tu piel en contacto con una silla o un sillón, en tu cama o donde sea que estés. ¿Qué sensaciones surgen en tu piel y en tus dedos? Advierte la temperatura, presión, textura. No pongamos "comodidad" o "incomodidad" ya que ahí ya estamos usando una evaluación y no una observación.

Descríbelo como si estuvieras descubriendo eso que sientes por primera vez o como si se lo estuvieras describiendo a un extraterrestre que jamás ha puesto un pie en el planeta:

____

____

____

____

____

Puedes hacer esta práctica incluso con objetos que tocas y concentrarte en usar términos como *suave, áspero, frío, cálido, liso, rugoso,* etcétera. También puedes notar si hay algún cambio en la intensidad de las sensaciones a medida que exploras el objeto. Recuerda que debes imaginar que es la primera vez que lo sientes en tu piel.

6. Observa las respuestas de tu cuerpo: al prestarle atención a tu cuerpo, tal vez percibas tu respiración, el movimiento de tu estómago o del pecho al inhalar y exhalar; o si tu respiración es superficial o profunda, rápida o lenta. Revisa si hay áreas de tensión muscular en tu cuerpo, como los hombros, el cuello o la mandíbula. Nota cualquier rigidez o sensación de estrujamiento. Percibe si hay cambios en la sudoración de tu piel o si tienes alguna sensación de humedad en las palmas de tus manos o en la frente. **Nuestro cuerpo todo el tiempo está respondiendo.** Si fueras un extraterrestre que por primera vez habita en un cuerpo humano, ¿cómo lo describirías?

Descríbelo como si estuvieras descubriendo cómo responde tu cuerpo por primera vez:

____

____

____

____

A continuación, quiero invitarte a observar, así como lo hemos hecho con nuestro cuerpo, ahora con los pensamientos y emociones. Me gusta concebir a los pensamientos y las emociones, no como entidades separadas de nuestro cuerpo, sino como partes integradas de nuestra experiencia total. Al observar nuestros pensamientos y emociones con atención plena (lo que hemos hecho hasta ahora), podemos aprender a confiar en las señales que nuestro cuerpo nos envía y reconocer la interacción compleja entre mente y cuerpo. La observación de pensamientos y emociones nos permite conectar con estas manifestaciones corporales, desarrollando una mayor confianza en la sabiduría innata de nuestro cuerpo para comunicar nuestras necesidades.

7. Observa tus pensamientos: comienza a prestar atención a tus pensamientos. Permíteles surgir sin juzgar, ni tratar de cambiarlos. Imagina que estás observando el flujo de un río, donde los pensamientos son como hojas que flotan en la corriente. A medida que surjan los pensamientos, etiquétalos suavemente sin involucrarte emocionalmente. Por ejemplo, puedes decir mentalmente: "Pensamiento sobre el trabajo", "Recuerdo de algo que sucedió ayer", "Preocupación por el futuro", etcétera. **Evita juzgar la calidad o el contenido de tus pensamientos.** En su lugar, simplemente reconócelos como pensamientos que van y vienen. Si te encuentras queriendo detenerte en algún pensamiento en particular, observa cómo esto afecta tu experiencia física y emocional. Práctica soltar esos pensamientos, imagínate cómo les permites fluir como las hojas en el río.

Etiqueta tus pensamientos:

8. Observa tus emociones: al igual que con los pensamientos, vamos a darnos el permiso de prestar atención a lo que sentimos sin juzgarlo, ni intentar cambiarlo o "arreglarlo", recordemos que las emociones no se "arreglan" ya que no están descompuestas. Etiqueta tus emociones de manera objetiva y sin juicio. Puedes decirte: "Estoy sintiendo tristeza", "Hay un leve sentimiento de ansiedad", "Me siento en calma", etcétera. Podemos incluso observar dónde sientes físicamente cada emoción en tu cuerpo. "Estoy sintiendo tristeza y la percibo en el pecho", "Hay un leve sentimiento de ansiedad y lo siento en el estómago", "Siento la alegría en mi corazón", etcétera. Si lo conecto con las sensaciones físicas asociadas con cada emoción en cada parte de mi cuerpo puedo profundizar aún más. Por ejemplo: "Estoy sintiendo tristeza, la percibo en el pecho y lo siento frío", "Hay un leve sentimiento de ansiedad, lo siento en el estómago como si se agitara", "Siento la alegría en mi corazón, también siento mucha energía". Ahora tú:

Yo siento ____
en esta(s) parte(s) de mi cuerpo ____________________
____
La sensación física que la acompaña es ________________
____

Permítete sentir plenamente tus emociones tal como son en este momento. Este ejercicio te permite cultivar una relación más consciente y compasiva con tus emociones. Al observar y aceptar tus emociones sin juicio, fortaleces tu capacidad para confiar en la sabiduría de tu cuerpo y responder de manera más consciente a tus necesidades emocionales.

—¡Wow! Observé, observé y observé con mucha curiosidad. No fue tan fácil, ¿así tengo que hacerlo siempre? ¡No voy a poder!

—La idea no es hacerlo todo el tiempo, sino que sea una herramienta que podamos usar cuando la necesitemos.

Es ejercitar la curiosidad y ponerla en práctica, cuando se pueda. Es como cuando aprendiste a andar en bicicleta, al principio no era fácil, pero con la práctica se volvió más natural, ¿verdad?

—Sí, al principio me caía mucho, pero luego ya pude andar sin problemas.

—Exacto. Lo mismo pasa con la observación y la curiosidad. Con el tiempo y la práctica, se vuelve más fácil y natural usarlas.

—¿Para ti se volvió más fácil y natural? —me pregunta mi yo de la niñez.

—Digamos que me caí de la bici y ya no quise subirme, pero lo estoy intentando nuevamente.

—¡Qué bueno! Mereces andar en bici, parece muy divertido.

—Sí lo es... y es bueno para mí —le respondo, sin saber si me refería a la bicicleta o a tratarme con curiosidad en lugar de juzgarme.

—¿Ahora sí ya vamos a escuchar a nuestro cuerpo?

—Pues realmente si nos detenemos un momento a observar todo lo que hemos hecho hasta ahora, hemos estado escuchando a nuestro cuerpo. Creo que estamos listxs para usar esta radiografía de emociones.

Imagina por un momento que tu cuerpo tiene una voz propia, capaz de comunicar sus necesidades y experiencias. **¿Qué te diría tu cuerpo si pudiera hablar?** Este ejercicio te invita a conectar con esa voz interna y prestar atención a las señales que tu cuerpo te envía constantemente.

Después de haber practicado los ejercicios para conocer y confiar en tu cuerpo, ahora estás en una mejor posición para escucharlo activamente. La confianza en tu cuerpo te permite interpretar las sensaciones físicas y emocionales como parte de un lenguaje más amplio que éste utiliza para comunicarse contigo.

Ejercicio de mapeo de emociones y sensaciones con rayos x:

Recuerda la radiografía que descubrimos al iniciar este capítulo, ese plástico doblado y peculiar, imagina que ese cuerpo que aparece es el tuyo, pero en lugar de ver huesos u órganos, vamos a colocar emociones y/o sensaciones corporales (por ejemplo: enojo, tristeza, miedo, un nudo en el estómago, hombros tensionados, piernas temblorosas). **Cada emoción y sensación tiene un lugar específico en tu cuerpo donde se manifiesta y a continuación vamos a ir explorando en qué parte lo vamos sintiendo.**

El siguiente ejercicio lo puedes realizar en este momento o incluso ir completando poco a poco conforme sientas alguna emoción o sensación para que la vayas colocando.

Me gustaría que identifiques cada emoción representada en la radiografía de rayos x de emociones de la siguiente página: ¿dónde sientes la alegría?, ¿la tristeza?, ¿el enojo?, ¿el miedo? Recuerda que tenemos el termómetro emocional en el capítulo 3, por si quieres recordar alguna de las emociones/sentimientos. Coloca cada emoción en su ubicación correspondiente en esta radiografía de emociones. También podemos colocar sensaciones corporales como "corazón acelerado", "mandíbula apretada", "dolor de cabeza".

Imagina que una vez colocadas, las emociones y sensaciones dentro de esta radiografía comienzan a tener un diálogo contigo. ¿Qué te estarían diciendo?, ¿qué están intentando comunicar?, ¿qué necesitan? Por ejemplo: necesito un descanso, tengo sueño, necesito ayuda, extraño a alguien, esto me duele, esto no me gusta, necesito desacelerarme, necesito avanzar con más precaución, no siento seguridad con esta persona o en "x" lugar. El diálogo puede ser tan corto o extenso como tú lo requieras.

Al practicar este ejercicio regularmente, fortaleces tu capacidad para escuchar y responder a las señales emocionales

y físicas que tu cuerpo te envía. Te invito a explorar este diálogo armonioso entre mente y cuerpo, permitiendo que cada parte de ti tenga voz y espacio para expresarse.

—¡Uy!, a mí no me cabe todo lo que pondría dentro de esa radiografía, me falta espacio —dice mi yo de la niñez.

—Yo sí estoy batallando para colocar las emociones —le contesto con decepción.

—¡Ey!, acuérdate de no juzgarte. Pero... tengo una pregunta. Si yo soy tú, ¿por qué yo sí puedo llenarlo fácilmente y tú no? —pregunta con mucha curiosidad.

—A veces, cuando crecemos, empezamos a escuchar más las voces externas que la nuestra. Escuchamos cómo deberíamos sentirnos o qué deberíamos pensar, y poco a poco, dejamos de escuchar tan atentamente a nuestro propio cuerpo y emociones. Pero ahora estamos trabajando para recuperar esa confianza y curiosidad —le contesto, sintiendo una mezcla de tristeza y esperanza.

—Vamos a practicar, yo te ayudo —me contesta con mucha seguridad.

¿Qué herramientas, reflexiones y/o aprendizajes me llevo de este capítulo?

____

____

____

____

CAPÍTULO 6

ANALGÉSICOS PARA LAS PREOCUPACIONES

De pronto, en un descuido, mi cuerpo empieza a sentirse tenso: mis hombros, mandíbula, espalda, pecho. Las preocupaciones parecen multiplicarse en mi mente como sombras en la oscuridad. Siento cómo poco a poco me invaden, impidiendo concentrarme en lo que estoy haciendo, en el presente. En medio de este torbellino de pensamientos, mi yo infantil se percata de que algo cambió en mi semblanza y con una voz curiosa y preocupada me hace una pregunta.

—¿Qué te pasa? —pregunta mi yo infantil, inclinando la cabeza.

—Siento mi cabeza llena de preocupaciones —respondo, dejando escapar un suspiro—. Siento que hay demasiadas cosas en mi mente y no sé cómo manejarlas en este momento.

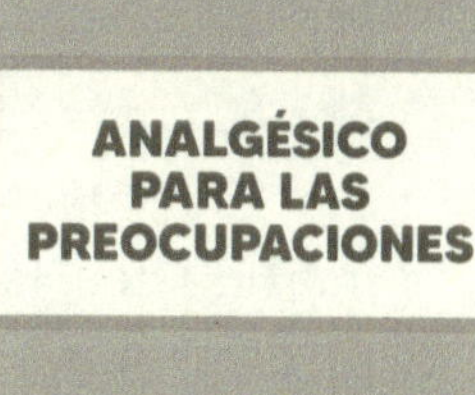

De repente, el botiquín emocional comienza nuevamente a brillar con una luz tenue. Un nuevo compartimento se abre lentamente, revelando un bote pequeño con la frase "Analgésicos para las preocupaciones" inscrita en el.

—¿Analgésico? —pregunta mi yo infantil—. Ese frasco parece el de las pastillas que tomamos cuando nos duele algo, ¿no?

—Sí, en parte. Pero parece ser que este es especial para nuestras preocupaciones —le explico mientras saco el frasco y leo la etiqueta en voz alta.

—¿Y cómo funciona? —pregunta con genuina curiosidad.

—Tú me presentaste el botiquín y, sin embargo, eres quien más preguntas ha hecho, ¿no deberías saberlo tú?, ¿no deberías tú orientarme?

—Tal vez sí, pero ¿no es divertido descubrirlo tú y yo? —responde mi yo infantil con una sonrisa traviesa, sus ojos brillando de emoción, como si supiera exactamente lo que estaba haciendo y para qué.

—Vamos a averiguar —le digo, abriendo el frasco y tomando un respiro profundo junto con mi yo más joven.

Cuando hablamos de las preocupaciones, ¿qué se te viene a la mente?, ¿cómo las describirías? Hay quienes las describen como algo que vive en tu cabeza todo el día, como un monstruo o una nube gris que te persigue y no te deja concentrarte. Al final las preocupaciones se tratan de estos pensamientos o imágenes que retienen nuestra atención porque se siente que algo que tú valoras, algo que a ti te importa, está en riesgo o posible riesgo. **No todo lo que nos preocupa tiene necesariamente que tener un riesgo real**, ya hemos visto los diferentes tipos de pensamientos anteriormente, tales como los catastróficos.

Ahora, **es importante entender que nuestras preocupaciones no existen en un vacío, sino que están influenciadas por el contexto social, político y económico en el que vivimos.** En lugar de ver las preocupaciones como problemas individuales, las entendemos como respuestas adaptativas a un entorno complejo y a menudo desafiante.

Hace un par de años comencé a realizar una investigación sobre las preocupaciones que tenían las infancias en una zona del país. Muchas de estas preocupaciones tenían que ver con el miedo a vivir un asalto, a que entren a su casa a robar, a estar en medio de una balacera. **Haciendo la comparación**

con los resultados y la estadística de violencia de esa zona, los números y testimonios coincidían. Hacía sentido que a pesar de la corta edad que tenían las infancias (entre 6 y 9 años), esos temas estuvieran entre sus preocupaciones, y tal vez no tanto las calificaciones en la escuela. La violencia que sobrellevan ésa y muchas otras zonas del país es una realidad. Estaba en las conversaciones, en las noticias, en el vecindario y, por lo tanto, en su mente.

Si bien podemos realizar estrategias para sobrellevar estas preocupaciones, no podemos ignorar el contexto más amplio en el que surgen. Las preocupaciones individuales están interconectadas con las preocupaciones colectivas y sistémicas que enfrentamos en la sociedad. Tal vez compartiremos nuestras inquietudes con alguien, hablaremos de ellas un rato o nos sentaremos con ellas, las masticaremos; no obstante, es necesario recordar que no todo es blanco y negro. Nuestras vivencias y emociones se desarrollan en matices y contextos que pueden escapar de nuestro control.

Reconocer esto nos ayuda a entender que no estamos solxs en nuestras preocupaciones y que éstas pueden ser un reflejo de problemas sociales más amplios. Al hablar y compartir estas experiencias, no sólo validamos nuestros sentimientos, sino que también encontramos maneras de sobrellevar y, eventualmente, transformar nuestro entorno. La empatía y el apoyo mutuo se vuelven herramientas esenciales en esta travesía, recordándonos que nuestras historias, aunque individuales, forman parte de **una narrativa colectiva que busca la paz y el bienestar común.**

Entonces, ¿qué podemos hacer ante estas preocupaciones? Definitivamente decir "No pienses en eso" o "Deja de pensar en eso", además de que no funciona provoca que lo pensemos con mayor intensidad. Es como si te dijera no pienses en un elefante rosa... hagas lo que hagas no pienses en un elefante rosa. Estás pensando en un elefante rosa, ¿verdad? Lo mismo pasa con las cosas que nos preocupan.

Si leíste el *Manual de las emociones* sabes que me gusta mencionar de repente las películas de Harry Potter porque son muy maravillosas. Así que para que no se pierda la bonita costumbre... En la película de *Harry Potter y el cáliz de fuego*, aparece algo llamado el pensadero, que es como un objeto mágico que parece un caldero y **es utilizado para revisar y examinar recuerdos**. Permite a personajes del mundo de la magia sumergirse en un recuerdo específico y revivirlo como si estuviera allí nuevamente, dándoles la oportunidad de examinar y analizar eventos pasados, así como para obtener información relevante sobre situaciones específicas. El pensadero es especialmente útil para explorar recuerdos complejos o para buscar pistas en investigaciones mágicas.

Como psicóloga, al observar el pensadero, de pronto también me dio la impresión de que se usaba como **un dispositivo para aliviar la mente de una sobrecarga de recuerdos o pensamientos.** Como si pudiéramos extraer recuerdos de nuestra mente y "depositarlos" fuera, lo que nos permite liberar espacio mental y organizar nuestros pensamientos de manera más clara. **Esto da la posibilidad de reflexionar sobre los recuerdos de manera más objetiva y menos abrumadora.** En este sentido, el pensadero actúa como una herramienta para la gestión del pensamiento y, por lo tanto, quizá nos sirva para las preocupaciones.

—¡¿Me estás diciendo que este frasco para las preocupaciones nos va a poner a hacer magia?! —pregunta con mucho entusiasmo mi yo de la niñez, como si ya estuviera a punto de sumergir su cara en ese pensadero mágico y sacar su varita mágica.

—No, espera. No es literalmente ese pensadero mágico. Lo que sucede es que en ocasiones "cargamos" con ciertas preocupaciones y se sienten abrumadoras, pesadas y revueltas. Una vez que las "depositamos", podemos verlas con mayor claridad y así acomodarlas, ponerles un orden y decidir qué hacer con ellas —le contesto.

—¿Entonces no hay pensadero? —pregunta con decepción.

—Me encantaría decirte que existe un pensadero como el de Dumbledore de la película de Harry Potter, pero sí podemos crear una alternativa más para el mundo de los "muggles" (personas que nacen en una familia no mágica y son incapaces de hacer magia).

Ejercicio "mi pensadero":

Preparación: encuentra un lugar tranquilo, donde puedas reflexionar sin distracciones.

Vamos a imaginarnos las preocupaciones en estas dos categorías:

Categoría 1: las que están dentro de nuestro control y podemos hacer algo para cambiarlas, transformarlas, manejarlas. Por ejemplo: terminar una tarea o trabajo a tiempo, la forma en la que quiero comunicar algo que me molesta, llegar a tiempo a un lugar, ser responsable con lo que digo y hago.

Ojo: aquí usaré la palabra *control* sabiendo que me refiero a que es algo que puedo manejar. Ya que el total control de las cosas no es algo real. Por ejemplo: puedo intentar controlar el resultado de algo, esforzarme un montón, prepararme y de pronto aparece una pandemia que afecta a todo el mundo y que cambia absolutamente todo lo que yo tenía planeado, todo da un giro de 180°.

Categoría 2: las que están fuera de nuestro control. Por ejemplo: lo que piensan, sienten u opinan otras personas, las decisiones que toman las otras personas, el clima, el tráfico, eventos naturales, el pasado, decisiones de las autoridades, etcétera.

Piensa en tus preocupaciones e intenta escribirlas y separarlas en las que sí hay cierto tipo de control (dentro del círculo) y las que no tienen que ver directamente contigo y están fuera de tu control (fuera del círculo).

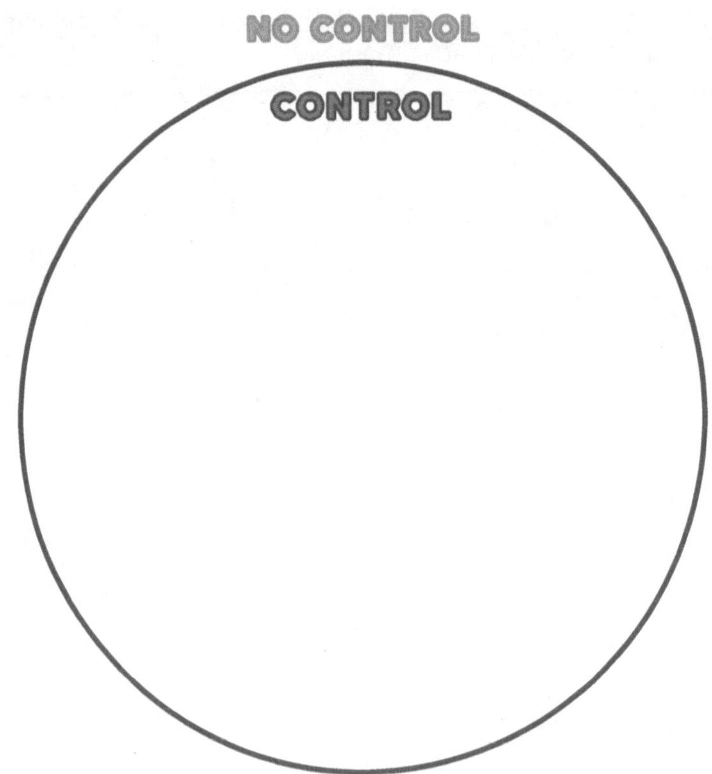

Una vez que escribiste y separaste las preocupaciones por categorías, reflexiona sobre lo que está fuera de tu control y toma un momento para reconocer y hacerle espacio a la incomodidad y/o frustración que puede aparecer al aceptar que hay cosas que están fuera de nuestras manos. **En lugar de luchar contra estas emociones o pensamientos de querer cambiar algo, permítete que existan y reconoce que es natural sentirse impotente ante ciertas circunstancias.** Al hacerlo, cultivas un espacio de aceptación y compasión contigo. No significa que estamos de acuerdo, simplemente que estamos aceptando que es algo que está fuera de nuestras manos y **luchar contra algo que ya está sucediendo, que es la realidad y que no podemos cambiarlo, puede generar mucho sufrimiento.** Más adelante hablaremos acerca de la aceptación radical.

Ahora bien, que no podamos cambiar específicamente algo en el instante no significa que no podamos tomar decisiones que nos coloquen en un espacio donde sintamos mayor sensación de bienestar o seguridad ante algo que no se pueda modificar.

Por ejemplo, tal vez no puedo detener en este momento el día tan caluroso que está haciendo, pero puedo 1) usar protector solar, 2) evitar salir a horas donde el sol esté más potente, 3) usar una sombrilla, 4) cambiar mis planes para no exponerme al sol y 5) realizar pequeñas acciones más amables con el medioambiente.

O tal vez no puedo detener en estos momentos las injusticias y el uso del poder para ejercer violencia que está **sucediendo** en el mundo, pero puedo 1) participar en movimientos sociales, 2) informarme y compartir información sobre estos temas, 3) practicar y promover la no violencia y un espacio seguro en mi entorno inmediato, 4) apoyar organizaciones que trabajan por la justicia o, en ocasiones, 5) simplemente escuchar, empatizar, buscar conexión con otras personas y crear respuestas sociales positivas.

Al hacer esto, **si bien no podemos exactamente cambiar lo que nos preocupa, sí nos coloca en un rol activo sobre las decisiones que tomamos en la narrativa de las preocupaciones.** Eleva nuestra sensación de seguridad en un espacio seguro (física, mental o emocionalmente). Esto hace que aumente nuestro sentido de agencia: la percepción sobre nuestra capacidad de influir e intervenir en nuestra propia vida como agente de lo que valoramos y de nuestras propias intenciones (White, 2005).

A veces esas decisiones se van a ver así:

1. Practicar técnicas de manejo de emociones intensas, como la respiración profunda.
2. Buscar conexión, respuestas sociales en amistades, familia o profesionales de la salud para encontrar un espacio seguro para desalojar, procesar y acomodar estas preocupaciones.
3. Establecer límites sobre qué tanto observamos o nos involucramos con esas preocupaciones. Habrá momentos en que sí podamos estar más presentes, habrá otros que necesitemos más tiempo o espacio.
4. Dar un momento para reconocer las otras cosas que están pasando en nuestra vida y que disfrutamos, o de las cuales estamos agradecidxs de poder experimentar incluso en medio de las dificultades.
5. Realizar actividades que nos traigan emociones placenteras o calma al cuerpo, ya sea leer un libro, disfrutar de un pasatiempo creativo, pasar tiempo al aire libre, salir con amistades, ver una película, escuchar música, cocinar mi platillo favorito, estar con una mascota, ayudar a alguien o participar en alguna asociación, realizar alguna actividad por el simple hecho de que nos genera placer, etcétera.

Entre muchas otras decisiones más, la lista puede ser infinita.

En los siguientes renglones coloca abajo de esas preocupaciones, de las cuales no tienes control, 3 pequeñas decisiones que te moverían aunque sea unos pequeños pasos a esa sensación de bienestar y/o seguridad.

Preocupación: ____

Decisiones: ____

Preocupación: ____

Decisiones: ____

Preocupación: ____

Decisiones: ____

Preocupación: ____

Decisiones: ____

Ahora que hemos atendido las preocupaciones de las cuales no tenemos control, vas a redireccionar tu atención al círculo interior, donde escribiste las cosas que sí están dentro de tu control. **Haz una lluvia de ideas de acciones específicas y pequeñas que puedes hacer para solucionar, disminuir o transformar esa preocupación.**

Podemos entender estas pequeñas acciones como engranes en una maquinaria más grande. En la Terapia Centrada en Soluciones se enfatiza la importancia de identificar y realizar pequeñas acciones alcanzables que puedan llevar a cambios significativos. Al igual que un pequeño engrane puede mover otros más grandes, estas decisiones pequeñas pueden generar un impacto positivo considerable en tu bienestar general (Beyebach, 2014).

Pequeños Pasos,
GRANDES RESULTADOS

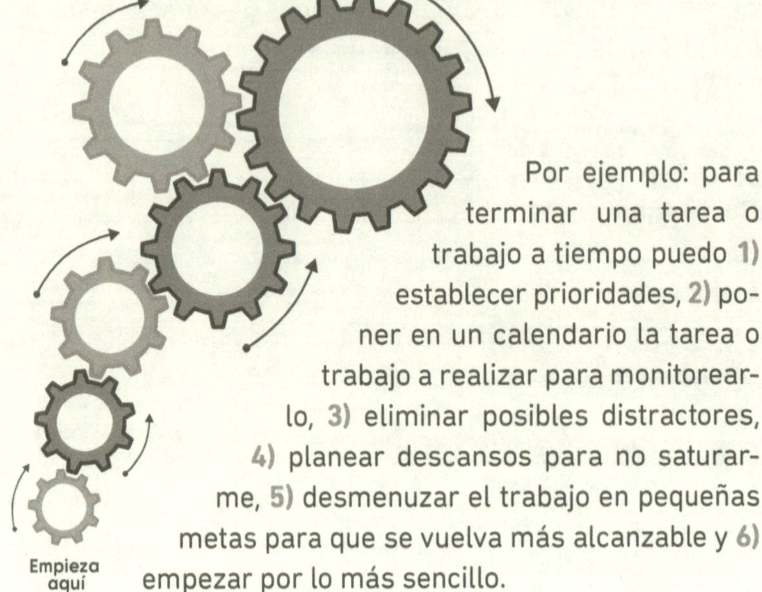

Por ejemplo: para terminar una tarea o trabajo a tiempo puedo **1)** establecer prioridades, **2)** poner en un calendario la tarea o trabajo a realizar para monitorearlo, **3)** eliminar posibles distractores, **4)** planear descansos para no saturarme, **5)** desmenuzar el trabajo en pequeñas metas para que se vuelva más alcanzable y **6)** empezar por lo más sencillo.

Una vez que realices la lluvia de ideas, elige mínimo una o dos de las acciones concretas que hayas identificado y comprométete a realizarlas en los próximos días o semanas. Esto te ayudará a sentirte con mayor control de la situación.

Una vez que escribas todas tus ideas, elige una o dos a las que te comprometas a darles seguimiento en los próximos días.

Es importante repasar regularmente para evaluar tu progreso y ajustar tus acciones, según sea necesario.

Preocupación: ____________________

____

Lluvia de ideas:

1. ____________________
2. ____________________
3. ____________________
4. ____________________

Acciones concretas a seguir:

1. ____________________

2. ____________________

Evaluación de progreso:

Del 1 al 10, ¿qué tanto te funcionaron las acciones a las que te comprometiste? Representando el 10 que te funcionó totalmente y el 1 que no te funcionó.

Evaluación: ____________________

¿Qué me ayudaría a moverme 1 punto más?

¿Qué adecuaciones me comprometo a hacer?

Preocupación: ____________________

Lluvia de ideas:

1. ____________________

2. ____________________

3. ____________________

4. ____________________

Acciones concretas a seguir:

1. ____________________

2. ____________________

Evaluación de progreso:

Del 1 al 10, ¿qué tanto te funcionaron las acciones a las que te comprometiste? Representando el 10 que te funcionó totalmente y el 1 que no te funcionó.

Evaluación: ____

____

¿Qué me ayudaría a moverme 1 punto más?

____

____

¿Qué adecuaciones me comprometo a hacer?

____

____

Preocupación: ____

____

Lluvia de ideas:

1. ____

2. ____

3. ____

4. ____

Acciones concretas a seguir:

1. ____

2. ____

Evaluación de progreso:
Del 1 al 10, ¿qué tanto te funcionaron las acciones a las que te comprometiste? Representando el 10 que te funcionó totalmente y el 1 que no te funcionó.
Evaluación: ____

¿Qué te ayudaría a moverme 1 punto más?

____

____

¿Qué adecuaciones te comprometes a hacer?

____

____

—Pues ya vi que no es magia —afirma mi yo de la niñez.

—No, no lo es, se trata de hacerse preguntas, no hay una sola respuesta correcta o un "tómate esta medicina y listo", ya entendí por qué era analgésico para las preocupaciones, al final lo que le preocupa al ser humano es tan complejo como nuestra propia existencia.

—Yo no hago eso del círculo, lo que yo hago es que si estoy piense y piense en algo que no me gusta lo escribo y lo pongo en una cajita que llamo "la cajita come miedos", ahí los dejo un rato en lo que tengo que concentrarme en hacer algunas cosas. Eso es algo así como mi propio pensadero.

—¡Muy creativa tu idea! La verdad es que todas las personas ya contamos con recursos para sobrellevar situaciones difíciles. Seguramente, ya hemos utilizado anteriormente muchos de ellos. Recuerda que ya hemos sobrevivido al 100 % de nuestros días más difíciles en el pasado.

Vamos a hacerle un acercamiento con lupa a aquellos momentos donde ya has sido capaz de soportar o sobrellevar una preocupación, ya sea a través del pensamiento, emociones y/o acciones.

¿Qué te ha funcionado a ti anteriormente para sobrellevar las preocupaciones?

____

____

____

____

____

____

____

Ahora, como mencionamos anteriormente es esencial comprender que **nuestras preocupaciones no surgen en aislamiento; están moldeadas por una multitud de factores que se entrelazan en nuestras interacciones diarias.** Desde las creencias que internalizamos, por ejemplo, lo que nos enseñaron en la niñez, los mensajes que recibimos de la sociedad y medios de comunicación hasta los eventos externos que experimentamos, como cambios inesperados, conflictos o acontecimientos difíciles, cada uno de estos elementos contribuye a la compleja red de preocupaciones que procesamos en nuestra mente.

Además, hay ciertos temas con los cuales podemos tener mayor sensibilidad, lo cual puede intensificar nuestra respuesta emocional, haciéndonos sentir desbordadxs. Esta sensibilidad o respuesta del cuerpo se debe a estímulos específicos conocidos como detonantes o *triggers,* como los llaman en inglés. Estos estímulos desencadenan respuestas inmediatas, que pueden incluir respiración agitada, pánico, confusión, temblores, disociación, ansiedad, rabia, entre otros.

Identificar estos detonantes nos permite entender mejor qué los "enciende" y nos brinda la oportunidad de abordarlos de manera más efectiva. Los detonantes pueden ser eventos, palabras, acciones o situaciones que activan emociones intensas o respuestas específicas debido a experiencias pasadas. Estos pueden surgir de recuerdos que han dejado una impresión significativa, experiencias negativas previas o creencias internalizadas sobre nosotrxs mismxs o el mundo.

Podemos decir que estos detonantes son como "botones emocionales" que, cuando se presionan, evocan respuestas intensas basadas en nuestras experiencias pasadas. Reconocer y comprender estos detonantes es un paso que nos puede ayudar a manejarlos de manera más saludable.

ADVERTENCIA: a continuación, hablaremos de los "botones emocionales", "detonantes" *triggers* o como les queramos llamar, **recuerda recurrir a tu espacio seguro de ser necesario,**

leerlo en un entorno tranquilo, explorarlo en compañía de tu terapeuta o bien te propongo que evites leer la siguiente sección y te muevas hasta la parte donde hablamos de las alternativas de enfoque.

Algunos ejemplos de detonantes o botones emocionales son (cabe aclarar que pueden ser más, no se limitan a éstos):

Sensorial: olores, sonidos, texturas, colores, sabores, etcétera.	**Personas:** por algo que hayan hecho o porque nos recuerdan algo desagradable.	**Recuerdos:** lo que repasamos en nuestra mente acerca de un evento desagradable.
Lugares: asociados a eventos desagradables.	**Sensaciones corporales:** respuestas de nuestro cuerpo que nos recuerdan algo desagradable.	**Fechas:** algún día, temporada o tiempo en particular que nos recuerda algo desagradable.
Acciones: conductas que son o nos recuerdan algo desagradable.	**Expectativas:** presiones que nos hacen sentir en un espacio no seguro.	**Errores:** equivocaciones que nos hacen sentir que "somos el error".
Temas que provocan pensamientos o emociones desagradables.	**Anota otro(s) que consideres:**	

—Entonces, ¿es como cuando escucho una canción triste y me pongo a llorar mucho porque me recuerda a algo que me hizo sentir muy mal? —apunta con una mirada pensativa mi yo de la niñez.

—Exactamente. Esa canción o tal vez la letra o la melodía sería un botón emocional o un detonante para ti porque hizo que conectaras con algún recuerdo y te hizo sentir nuevamente esas emociones tristes. Podemos resumir que un detonante o botón emocional es algo que ves, escuchas, hueles, pruebas, sientes, piensas o experimentas que desencadena una respuesta de emociones desagradables e intensas —le respondo.

—¿Y qué hacemos cuando esos botones se encienden? —pregunta mi yo de la niñez, visiblemente con interés por encontrar una solución.

—Lo que hemos aprendido hasta ahora nos dice que definitivamente no se trata de ignorar lo que sentimos ni evitar nuestras emociones. Cuando estos botones se presionan, es normal experimentar un malestar intenso, y es importante manejarlo de una forma que tenga sentido y se sienta segura para ti. A veces, lo que necesitamos es bajar la intensidad de esas emociones que se sienten desbordantes, en la medida de lo posible, para poder tomar decisiones que sean seguras y adecuadas para nosotrxs, tomando en cuenta el contexto.

Los botones emocionales de cada persona son únicos. Ciertos sonidos, olores o lugares pueden servir como un recordatorio emocional de un momento doloroso en el que viviste una experiencia donde sentiste altos niveles de miedo, rabia, tristeza, pánico u otros.

Cuando experimentas estos detonantes o botones emocionales, tu mente y cuerpo perciben peligro e intentan protegerse por lo que ese "botón" de emergencia es presionado. No siempre el peligro es real, pero la respuesta de tu cuerpo sí lo es, se trata de una respuesta genuina, ya que busca protegerse basado en experiencias pasadas. Eventualmente, con prácticas adecuadas y acompañadas de un profesional de la salud, se pueden trabajar para modificarlas, adecuarlas, acomodarlas o lo que sea que necesites de acuerdo con tus objetivos.

Es importante comprender que los síntomas y respuestas emocionales, aunque incómodos, tienen una función. Los síntomas pueden servir como señales de alarma que nos indican que algo no está bien o no se siente seguro en nuestro entorno. Estos síntomas nos invitan a prestar atención, reflexionar y tomar acciones para protegernos o adaptarnos a las circunstancias. Entender la función del síntoma nos ayuda a verlo no sólo como un obstáculo, sino también como una herramienta de autoconocimiento.

Es crucial entender el contexto de estas respuestas emocionales. Si, por ejemplo, ese botón emocional aparece en situaciones que tienen que ver con peligro real o algo que te recuerda una situación de peligro, es importante reconocer que la función de ese botón es protegerte. En estos casos, no es un obstáculo, sino una respuesta comprensible y adaptativa a eventos extraordinarios. **En ocasiones se necesitará de una respuesta extraordinaria o desbordante para un ambiente que está en caos**, gran furia para el cambio o la justicia, tristeza desbordante para procesar un dolor, miedo intenso para protegernos; **somos nosotrxs intentando sobrevivir** y tal vez así se vaya a sentir por un rato hasta que nos encontremos en un espacio más seguro. Es una señal de que tu cuerpo y mente están funcionando para mantenerte a salvo. Por lo tanto, estos síntomas deben ser entendidos en su contexto adecuado y, cuando sea necesario, abordados con la ayuda de un profesional.

Utiliza la siguiente actividad para guiarte en la identificación de habilidades para afrontar que pueden brindarte una sensación de seguridad y/o para sobrellevar ese malestar hasta encontrarte en un espacio más seguro o en calma. Planear de forma anticipada cómo encontrar maneras de lidiar con ese detonante antes de que ocurra es un paso importante para "quitarles poder". Cabe mencionar que **el objetivo es**

manejar el malestar, no se trata de dejar de sentir por completo emociones no placenteras o sensaciones al respecto. Tampoco se trata de hacerlo de la noche a la mañana, es un proceso que lleva tiempo.

—Oye, ¿y cómo me puedo dar cuenta de cuáles son esos botones para mí?

—Buena pregunta. No necesariamente tienen que existir esos botones en todas las personas, pero reconocer si existe alguno es como prepararse para un día de lluvia. Tal vez no puedes detenerla o ignorarla, pero te ayuda a tomar la decisión de llevar el paraguas, las botas de lluvia, usar impermeable, irte por otro camino, etcétera —le explico.

Aquí vienen algunos ejemplos que pueden ayudarte a identificar tus detonantes o botones emocionales.

Preguntas para identificar detonantes o botones que desencadenan dolor emocional:

1. Sonidos (por ejemplo: voces fuertes, chirridos de neumáticos de un coche, el olor de un perfume o portazos)

____

____

2. Personas (por ejemplo: extraños o ciertas características de individuos) ____________________

____

3. Recuerdos (por ejemplo: alguna situación de burlas en la escuela o trabajo) ____________________

____

4. Lugares (por ejemplo: espacios que recuerden eventos desagradables o espacios que te recuerden ese lugar) ________

____

5. Sensaciones corporales (por ejemplo: temblores, sudoración o palpitaciones fuertes) ______________________________

____

6. Fecha, temporada o tiempo en particular (por ejemplo: una cena navideña, día de las madres o aniversario de muerte de alguien) ______________________________

____

7. Acciones o conductas (por ejemplo: que te toquen de forma inesperada en el hombro o que alguien se porte de forma violenta) ______________________________

____

8. Expectativas o presiones que nos hacen sentir en un espacio no seguro (por ejemplo: presiones para cumplir con estándares de belleza, expectativas financieras o expectativas sobre el éxito profesional) ______________________________

____

9. Errores que nos hacen sentir que "somos el error" (por ejemplo: cometer un error en una tarea importante en el trabajo, olvidar un compromiso importante o equivocarse en una decisión relevante) ______________________________

____

10. Temas que desencadenan pensamientos o emociones desagradables (por ejemplo: hablar de guerra o la pérdida de un familiar) ______________________________

____

Otros detonantes:

____

____

Describe cómo respondes a estos detonantes. La respuesta puede ser a través de emociones (miedo, pánico, angustia, ira, tristeza, desesperación, entre otras) que van apareciendo, pensamientos (lo que me estoy diciendo mentalmente) o conductas (lo que hago, digo en voz alta, o las sensaciones de mi cuerpo, etcétera).

Detonante/Botón emocional: ______________________________

____

	EMOCIONES	**PENSAMIENTOS** (lo que me estoy diciendo mientras sucede)	**CONDUCTAS** (lo que hago, digo en voz alta, sensaciones corporales, etcétera)
Antes			
Durante			
Después			

Mi cuerpo se siente: ______________________________

____

Mi mente se siente: ______________________________

____

Lo que necesito es: ______________________________

____

Ahora describe lo mismo, pero en un momento agradable.
Momento agradable: ______________________________

____

	EMOCIONES	**PENSAMIENTOS** (lo que me estoy diciendo, mientras sucede)	**CONDUCTAS** (lo que hago, digo en voz alta, sensaciones de mi cuerpo, etcétera)
Antes			
Durante			
Después			

Mi cuerpo se siente: ______________________________

____

____

Mi mente se siente: ____

____

Lo que necesito es: ____

____

Date un momento para identificar las diferencias de emociones, pensamientos y conductas entre un momento donde ocurre un detonador y un momento de calma. Una forma de "quitarle poder" a esos detonantes es "distrayendo" o llevando nuestra mente y cuerpo a otro lugar, a un lugar de alternativa donde se sienta más en calma o seguridad (ya sea físicamente o mentalmente).

Alternativas de enfoque: redirigiendo la atención

Cuando aparece un detonante es como si estuviéramos a punto de presionar un "botón emocional" de emergencia, que desencadena una cascada de respuestas intensas. En lugar de reaccionar automáticamente y presionar ese botón, podemos redirigir nuestra atención a actividades alternativas que nos ayuden a manejar el malestar de una forma que sea más adecuada para nosotrxs.

En ocasiones, **hacer algo que nos haga sentir bien es una forma segura de alternativa de enfoque cuando se presenta un detonante.** Pero recuerda, no tienes que esperar a que esto suceda para realizar estas actividades. También ayuda realizarlas de forma regular, como hacer una pequeña cosa placentera al día. Algunas de las siguientes actividades de alternativa fueron

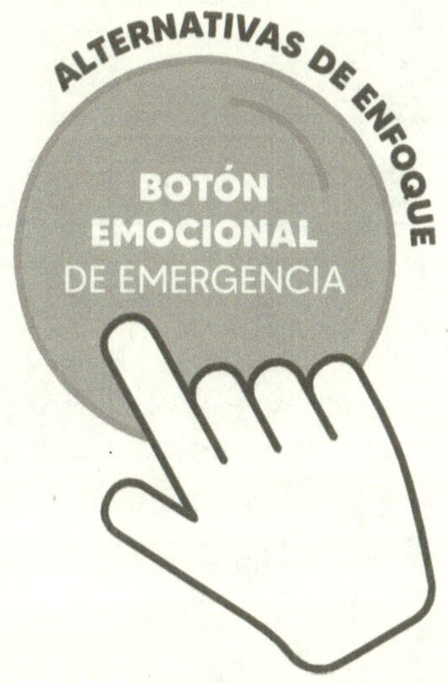

obtenidas de *The Dialectical Behavior Therapy Skills Workbook* de McKay, Wood & Brantley.

Alternativas de enfoque: haciendo actividades placenteras

¿Qué actividades te llevan a este lugar placentero o agradable?

Intenta escribir 10 actividades placenteras (por ejemplo: salir de tu casa, jugar un juego de mesa, tomar una siesta, visitar a alguna amistad, ver una comedia, jugar videojuegos, acariciar a tu mascota, prepararte un té, escribir, pintar, ver memes, escuchar tu álbum favorito de música, cuidar de tus plantas, platicar con un ser querido, leer un libro, ir a un parque o espacio verde).

1. ______________________________

2. ______________________________

3. ______________________________

4. ______________________________

5. ______________________________

6. ______________________________

7. ______________________________

8. ______________________________

9. ______________________________

10. ______________________________

—¿Abrazar mi peluche favorito? —pregunta mi yo de la niñez.

—Sí, totalmente. Si para ti eso es una actividad agradable entonces claro que aplica, nuestro cerebro libera dopamina y otras sustancias químicas que nos harán sentir bien.

Alternativas de enfoque: prestando atención a otra persona

¿A qué otras personas puedes dirigir tu atención? Marca con una palomita lo que te imagines o estés dispuesto a hacer. Por ejemplo:

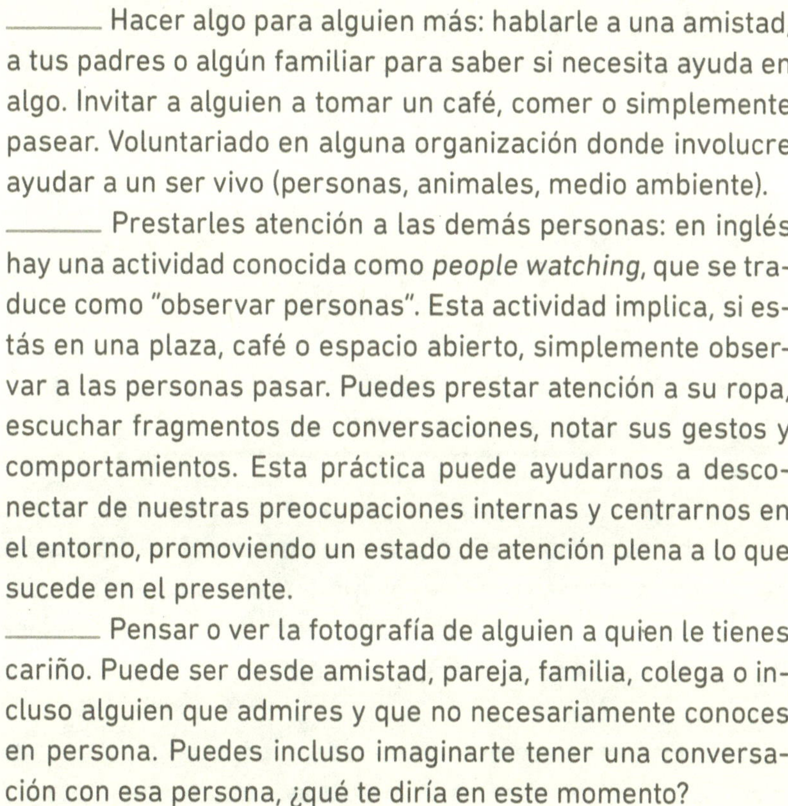

______ Hacer algo para alguien más: hablarle a una amistad, a tus padres o algún familiar para saber si necesita ayuda en algo. Invitar a alguien a tomar un café, comer o simplemente pasear. Voluntariado en alguna organización donde involucre ayudar a un ser vivo (personas, animales, medio ambiente).

______ Prestarles atención a las demás personas: en inglés hay una actividad conocida como *people watching*, que se traduce como "observar personas". Esta actividad implica, si estás en una plaza, café o espacio abierto, simplemente observar a las personas pasar. Puedes prestar atención a su ropa, escuchar fragmentos de conversaciones, notar sus gestos y comportamientos. Esta práctica puede ayudarnos a desconectar de nuestras preocupaciones internas y centrarnos en el entorno, promoviendo un estado de atención plena a lo que sucede en el presente.

______ Pensar o ver la fotografía de alguien a quien le tienes cariño. Puede ser desde amistad, pareja, familia, colega o incluso alguien que admires y que no necesariamente conoces en persona. Puedes incluso imaginarte tener una conversación con esa persona, ¿qué te diría en este momento?

—Yo veo un gatito en la colonia, creo que no tiene dueño. Mi mamá no me deja tener mascotas, pero puedo llevarle comida y agua, cuidarlo o conseguirle un hogar —comenta mi yo de la niñez.

—Claro, prestar atención a otrxs y ayudarles puede aumentar nuestro bienestar al fomentar un sentido de conexión y propósito. Los actos de bondad y atención hacia lxs demás pueden mejorar nuestro estado de ánimo. Al hacerlo generamos un impacto positivo en nuestras propias emociones, ya que estos actos nos conectan con el valor de la compasión y la empatía.

¿Cuál otra alternativa se te ocurre para prestarle atención a alguien más?

____

____

____

____

Alternativas de enfoque: introduciendo un pensamiento diferente

En lugar de forzarte a dejar de pensar en algo que no quieres, porque es sumamente difícil, vamos a proponer la alternativa de buscar otro pensamiento, otra memoria, otras imágenes.

Marca con una palomita lo que te imagines o estés dispuesto a hacer. Aquí algunos ejemplos:

_______ Recuerda eventos del pasado que fueron placenteros, divertidos o emocionantes. Trata de recordar lo más detallado posible de ese recuerdo feliz. ¿Qué hiciste?, ¿qué estaba pasando?, ¿dónde estabas?, ¿quién estaba contigo?

_______ Piensa en ese lugar seguro que estableciste en el capítulo 2, ¿recuerdas? Ese lugar imaginario o real donde sientes seguridad.

_______ Observa lo que está a tu alrededor. Si te es posible observar algún paisaje lo más cerca posible como la naturaleza, árboles, cielo. Si hay animales o mascotas cerca de ti, obsérvalos, si hacen algún sonido, escúchalos. Si vives en una ciudad donde no hay mucha naturaleza a tu alrededor, observa lo que puedas: edificios, arquitectura, casas, o bien, imagina en tu mente algún paisaje o escenario en tu cabeza.

_______ Imagina alguna de tus fantasías haciéndose realidad, algo que te encantaría que sucediera, aunque sea una fantasía alocada. ¿Cómo sería?

_______ Trae a tu mente una de tus frases favoritas, esas que cuando las recuerdas, tu cuerpo responde de forma agradable. Puede ser una frase de una película, serie, algo que te haya dicho un ser querido, algún terapeuta, docente, artista. ¿Cuál sería esa frase?

—Dejar de pensar en algo es muy difícil. La otra vez quería dejar de pensar que me daba miedo la oscuridad, pero ¡lo seguía pensando! —me comparte mi yo de la niñez.

—Exacto, en lugar de forzarte para dejar de pensar en algo que no quieres, porque es sumamente difícil, se trata de plantear una alternativa de pensamiento, como introducir un nuevo personaje a tu historia. Para que te des una idea, imagina tu caricatura favorita, ¿ya pensaste en el personaje?

—¡Sí!

—Bien, quiero que cierres los ojos y pienses en ese personaje como si lo tuvieras en frente de ti, trata de recordar exactamente cómo se ve, los colores que tiene, todos los detalles.

—¡Listo!

—Ahora, por los siguientes 30 segundos vas a hacer todo lo posible por bloquearlo por completo de tus pensamientos, vas a tratar de no pensar en ese personaje.

—¿Eh?, mmm a ver si puedo —mi yo de la niñez pone una cara de concentración y luego me voltea a ver con decepción por el resultado.

—¿Difícil, verdad? Seguro aparece en tu pensamiento, por más que trataras de ignorarlo. Por esto es complicado intentar forzarte para que no aparezca. Así que, en lugar de eso, mejor permitamos la entrada de ese pensamiento, que siga su camino; además, busquemos otra opción, por ejemplo, podríamos traer otro pensamiento, otra memoria, otras imágenes.

¿Cuál otra alternativa de pensamiento se te ocurre?

____

____

____

____

Alternativas de enfoque: retirarnos

A veces, lo mejor que puedes hacer es encontrar otro espacio. Si te encuentras en una situación muy dolorosa con alguien o en algún lugar o situación en particular y reconoces que en ese momento no se siente seguro manejar, externar o expresar tus emociones, entonces es válido retirarte a buscar otro espacio que se sienta más seguro o adecuado. **Tal vez sea mejor poner distancia entre tú y la situación para darte tiempo de calmar tus emociones y pensar en qué hacer a continuación.**

No todo se tiene que resolver de forma inmediata. Simplemente retírate si eso es lo mejor que puedes hacer. Si no nos podemos retirar en ese momento de forma física, como lo hemos hablado anteriormente, también en ocasiones nos retiramos de nuestra mente y nos vamos a un recuerdo, un pensamiento, un lugar seguro en nuestra cabeza y eso también es valioso.

—¡Sí! Yo hago mucho eso, comienzo a pensar que estoy en otro lugar o me cuento historias —me comenta mi yo de la niñez.

—Sí, ir a nuestro lugar seguro en la mente es una excelente forma de retirarnos de una situación incómoda y calmarnos. Retirarnos ya sea de forma física o mental puede evitar que la situación empeore y nos da tiempo para calmarnos y pensar con claridad —le contesto.

¿Cuál otra alternativa se te ocurre para retirarse?

____

____

____

____

Alternativas de enfoque: contar

Contar es una habilidad simple que realmente puede mantener tu mente ocupada y ayudarte a enfocarte en algo que no sea la emoción intensa que estás experimentando. Marca con una palomita lo que te imagines o estés dispuesto a hacer. Ejemplos:

______ Contar tus respiraciones. Siéntate en una silla cómoda, pon una mano en tu vientre y toma respiraciones lentas y profundas. Imagina que estás respirando desde tu estómago en lugar de tus pulmones. Siente cómo tu abdomen se expande como un globo con cada inhalación y luego se desinfla y contrae con cada exhalación. Empieza a contar tus respiraciones. Cuando inevitablemente empieces a pensar en lo que sea que te esté causando dolor, vuelve tu atención a contar.

______ Contar cualquier cosa. Si hay mucha distracción por las emociones, simplemente cuenta los sonidos que estás escuchando, los objetos que veas de color verde, rojo, azul o el color que elijas. Esto pondrá tu atención fuera de ti y practicarás atención plena al presente. O intenta contar el número de coches de cierto color que pasan, el número de personas que entran o salen de un lugar, el número de sensaciones corporales que estás sintiendo o cualquier otra cosa en la que puedas poner un número, como las nubes que estés mirando en el cielo o las ramas de un árbol que veas.

______ Contar o restar de 7 en 7. Por ejemplo, empieza con 100 y réstale 7. Ahora toma esa respuesta y réstale siete más. Sigue adelante. Esta actividad realmente te distraerá de tus emociones porque requiere atención extra y concentración.

—¿Como el Conde Contar de *Plaza Sésamo*? —me pregunta con curiosidad mi yo de la niñez.

—Wow, hace mucho que no me acordaba de ese personaje. Sí, es un vampiro al que le encanta contar, ¿verdad?

—¡Sí! Cuenta de todo.

—Exactamente. Contar es una actividad que requiere mucha atención y concentración, por lo que puede interrumpir, reducir o desviar la intensidad de lo que estamos sintiendo.

Contar o realizar cálculos mentales es una forma eficaz de alternativa de enfoque, ya que involucra la corteza prefrontal del cerebro, la cual es responsable del pensamiento racional y la toma de decisiones. Al enfocarnos en una tarea cognitiva, como contar o restar, estamos utilizando una parte del cerebro que puede ayudar a calmar el sistema límbico, la parte del cerebro que procesa las emociones.

¿Cuál otra alternativa se te ocurre?

____

____

____

____

____

____

____

Alternativas de enfoque: jugar

—¡Ay, esto me gusta! Yo juego mucho —dice mi yo de la niñez.

—¿Recuerdas el Basta? —le pregunto.

—¡Sí!

—Es un juego que nos divertía mucho y ahora hicieron una versión en juego de mesa, donde se elige un tema específico (por ejemplo: nombres de caricaturas, ciudades de Latinoamérica, tipos de deportes, frutas, colores, etcétera) y el objetivo es pensar en palabras que comiencen con cada letra del abecedario que estén relacionadas con el tema. Se necesitan las habilidades de rapidez y creatividad para encontrar palabras únicas que encajen con cada letra.

Lo interesante de esta actividad es que requiere que tu mente se enfoque en un objetivo específico: desafiar el pensamiento y la memoria (porque debemos encontrar palabras relacionadas con el tema); además, agregamos un elemento divertido y por lo tanto la atención se dirige más hacia la alternativa y menos hacia el detonante, promoviendo un ambiente más relajado que facilita un mejor manejo de las emociones intensas.

—¿Seguimos jugando mucho de grandes? —me pregunta mi yo de la niñez.

—No de la misma forma, ni con la misma intensidad o tiempo, pero sí. Jugamos de otras formas, aunque es bueno retomarlo. Los juegos cambian, pero la diversión y el aprendizaje que nos brindan siguen siendo importantes. A veces, jugar nos ayuda a relajar y desconectar de las preocupaciones diarias.

—¿En serio? —dice mi yo de la niñez—. ¿Y qué juegos jugamos de grandes?

—Bueno, algunos juegos son diferentes. A veces lxs adultxs jugamos juegos de mesa con amigxs, otras veces juegos en línea o videojuegos. También disfrutamos de actividades como pintar, grabarnos haciendo cosas divertidas, jugar con nuestra mascota. Cada una de estas actividades nos ayuda a relajarnos y a mantener nuestra mente activa.

—¡Me encanta! Quiero seguir jugando siempre.

—Y así será. Lo seguiré intentando. Las personas necesitamos tiempo para divertirnos y relajarnos, sin importar la edad.

¿Qué otra alternativa se te ocurre utilizando un reto o juego? ____________________

____

____

____

Ahora te toca a ti:

Crea tu propia alternativa de enfoque: ____________________

____

____

____

—¿En algún momento nos dejamos de preocupar? —pregunta mi yo de la niñez, con una mirada cargada de esperanza y curiosidad.

Me detengo por un momento, sintiendo el peso de su pregunta. Quiero responder con honestidad, pero sin dejar a un lado la empatía que merece.

—Bueno, la preocupación es una parte normal de la vida, como un invitado que ocasionalmente toca a nuestra puerta —comienzo, buscando las palabras adecuadas para explicarle—. Pero a medida que crecemos, aprendemos a manejarla de diferentes maneras. No es que desaparezca por completo, pero sí aprendemos a lidiar con ella de una manera más eficaz.

Veo en su expresión una mezcla de comprensión y algo de decepción y continúo explicando:

—Significa que siempre vamos a enfrentar preocupaciones, y también significa que siempre tendremos la capacidad de elegir cómo responder a éstas —añado, tratando de infundir un poco de esperanza en sus pensamientos.

Mi yo de la niñez asiente lentamente, procesando mis palabras con la sabiduría innata que todxs llevamos dentro, incluso en la infancia.

—¿Y cómo podemos hacer para que las preocupaciones no sean tan grandes? —pregunta, buscando una respuesta que pueda calmar sus temores.

—Una forma es recordar que las preocupaciones suelen ser más grandes en nuestra mente de lo que realmente son en la realidad —respondo, deseando transmitirle el poder de la perspectiva—. Además, podemos usar las herramientas que hemos aprendido para ayudarnos a manejarlas de manera más efectiva.

Veo cómo su rostro se ilumina con la esperanza y la determinación renovadas.

—Entonces, siempre tendremos formas de lidiar con éstas —concluye, con una sonrisa más ligera en su rostro.

—Sí, tal vez no de la forma en la que tenemos planeado en nuestra cabeza o con el resultado tal cual como queremos, pero siempre tendremos alternativas de solución.

Justo en ese momento, el frasco de "Analgésicos para las preocupaciones" que encontramos en el botiquín vuelve a captar nuestra atención.

Este frasco representa todas las estrategias y actividades que hemos aprendido hoy para manejar nuestras preocupaciones. No se trata de una medicina mágica ni una fórmula secreta, sino de encontrar formas saludables que nos funcionen para sobrellevar esos momentos difíciles. Es un elemento esencial de nuestro botiquín al cual podemos recurrir cuando las preocupaciones se vuelven abrumadoras.

—Oye, ¿qué tanto llevamos ya del botiquín? —me pregunta mi yo de la niñez con entusiasmo por todo el avance que hemos tenido.

—Pues mira, empezamos por la construcción del espacio seguro, donde me sorprendiste explicando que ya habías hecho varios tú. Después vimos el termómetro para medir la intensidad de las emociones y saber si se sienten agradables o desagradables. Luego aprendimos a usar el agua oxigenada para "limpiar" o "quitar los gérmenes" de los pensamientos que nos impiden ver los hechos con claridad. Vimos una radiografía donde conocimos cómo se ven las emociones en nuestro cuerpo y aprendimos a escucharlo. Después, el botiquín nos mostró unos analgésicos para las preocupaciones donde definimos lo que son las preocupaciones, cuándo se han presentado, cómo se sienten, qué hemos hecho para sobrellevarlas y qué podemos seguir haciendo ante ellas.

Ahora que lo pienso... yo te he explicado muchos objetos del botiquín y no al revés.

Mi yo de la niñez me observa y sólo se ríe bajando la mirada. Empiezo a sospechar que sabe perfectamente lo que está haciendo y lo ha estado haciendo con toda intención. ¿Será que me está enseñando una lección? Decido dejarlo pasar y continuar, ya que sinceramente lo estoy disfrutando; de alguna forma, el explicarle hace que sea un eco para mí. Cada vez que le describo un objeto del botiquín, siento que también me lo estoy recordando a mí mismx. Es como si, al verbalizarlo, reforzara mis propios aprendizajes y volviera a conectar con esas herramientas que, en momentos de caos, a veces olvido.

—¿Qué sigue? —le pregunto, con una mezcla de curiosidad y anticipación.

—Pues aún queda mucho por descubrir —me responde con una sonrisa traviesa—, pero creo que ya tienes una idea bastante clara de por dónde empezar.

Nos miramos y, por un momento, todo parece tener sentido. Me doy cuenta de que esta conversación con mi yo de la niñez no es solo un ejercicio de reflexión, sino una verdadera colaboración entre mi pasado y mi presente.

¿Qué herramientas, reflexiones y/o aprendizajes me llevo de este capítulo?

____

____

____

____

CAPÍTULO 7

PINZAS Y ALCOHOL - DESINFECTANDO CREENCIAS Y RETIRANDO OBSTÁCULOS EN LA COMUNICACIÓN Y LOS LÍMITES

Crecí escuchando la frase "Las palabras se las lleva el viento", como si de pronto el peso de lo que decimos fuera tan ligero y tan sin importancia que el suave pasar del viento se las puede llevar, borrando toda responsabilidad de quien las dijo y sus consecuencias.

La realidad es que ni el viento ni nadie se lleva las palabras, éstas se quedan y marcan una huella importante en nuestra vida. Las palabras sí tendrán un impacto emocional en unx mismx, en nuestras relaciones y en el mundo que nos rodea. Y no solamente las palabras, ya que la comunicación no siempre es verbalizada, **también comunicamos con el silencio, nuestro tono de voz, lenguaje corporal, gestos de nuestra cara y por supuesto a través de nuestras acciones.**

Vamos a imaginarnos que entre tú y la persona con la cual te quieres comunicar hay un canal o un camino en el cual la meta es justamente esa persona. En ese camino viaja el mensaje que queremos enviar. Sin embargo, en ocasiones, ese camino o canal de comunicación puede estar contaminado por creencias o patrones que hacen que la función de entregar ese mensaje se vea comprometida, dificultando una interacción auténtica y saludable.

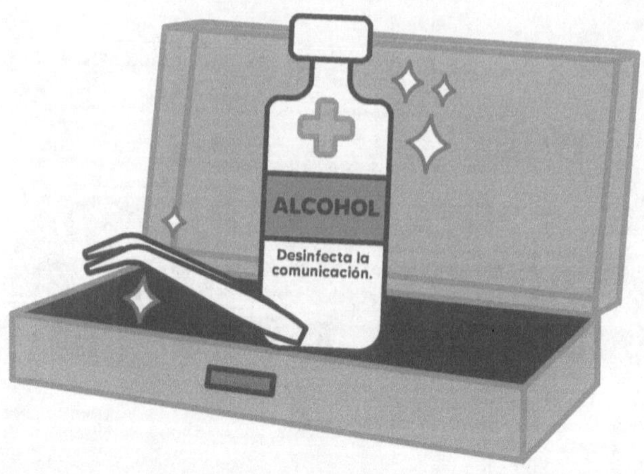

El brillo cálido que sale del botiquín emocional ilumina la habitación, llenando el espacio con una sensación de esperanza y posibilidad. Con un ligero crujido, el botiquín se abre lentamente, como revelando secretos guardados con cuidado.

Mi yo de la niñez, con sus ojos curiosos y brillantes, es quien nota primero los nuevos tesoros que se encuentran dentro. Sus dedos se posan con delicadeza sobre las pinzas finas, mientras sus ojos exploran el frasco pequeño de alcohol con curiosidad.

—¡Mira! Pinzas —exclama, observando con fascinación mientras levanta el objeto entre sus dedos.

—Sí, estas pinzas nos ayudarán a retirar los obstáculos específicos que interfieren en nuestro canal de comunicación —explico con una sonrisa, compartiendo su emoción—. Son herramientas que nos permiten eliminar los obstáculos que pueden obstruir nuestro entendimiento mutuo.

El gesto de mi yo infantil alzando una ceja demuestra su interés y su deseo por comprender más.

—¿Obstáculos? —pregunta, su voz llena de intriga.

Afirmo con una sonrisa y continúo explicando cómo las pinzas nos permiten identificar y eliminar creencias o conductas que podrían estar entorpeciendo nuestra comunicación.

—¿Y ese frasco? —pregunta, señalando hacia el frasco de alcohol con curiosidad.

Tomo el frasco entre mis manos y le explico cómo funciona, comparándolo con el acto de limpiar una herida para prevenir una infección.

—Al usar este alcohol, limpiamos las creencias y conductas que repetimos una y otra vez, y que contaminan nuestras interacciones. De esta forma preparamos el terreno para una comunicación clara y efectiva, creando un ambiente donde las palabras fluyan sin tantos impedimentos.

El brillo de sus ojos refleja la emoción y la comprensión mientras absorbe cada palabra con atención, listx para abrazar estas nuevas herramientas con entusiasmo y determinación.

Al igual que el alcohol desinfecta las heridas físicas, **el proceso de desinfectar el canal de comunicación nos permite limpiar ese canal contaminado que obstaculiza una interacción clara y respetuosa.** Al abordar las creencias arraigadas y los patrones de comunicación desadaptativa, podemos abrir espacio para la comunicación asertiva, donde la honestidad y la empatía fluyen libremente.

Antes de hablar de comunicar, tengo que hablar de escuchar, aunque en realidad escuchar es comunicar.

La comunicación va más allá de las palabras que salen de nuestra boca, ésta es un intercambio de información que puede ocurrir de muchas formas diferentes. Imaginemos que estamos platicando con alguien y esa persona asiente con la cabeza cuando habla con nosotrxs. ¿Qué nos está comunicando? **Cuando alguien asiente, nos comunica que nos está poniendo**

atención, que le interesa lo que decimos, que somos importantes para esa persona y que nos escucha activamente.

—Pero ¿qué pasaría si cuando tú me hablas, yo te ignoro, te interrumpo o me pongo a hablar con alguien más o hacer otra cosa? —le pregunto, esperando que esta reflexión lo ayude a comprender la importancia de la comunicación no verbal.

—Sentiría muy feo. Que no te importa lo que digo —responde con tristeza, evidenciando su comprensión del impacto de nuestras acciones en los demás.

—Exactamente —asiento, reconociendo su perspicacia—. Aunque no verbalicemos nada, nuestras acciones y nuestro cuerpo comunican mucho más de lo que creemos. Una forma de eliminar obstáculos y desinfectar el canal de comunicación es escuchar de forma asertiva.

—¿Qué es eso de *asertiva*? —pregunta con curiosidad.

—¡Uy!, a veces a mí como adultx también se me complica entenderlo, pero podría decir que es expresar tus pensamientos, tus sentimientos y tus necesidades de una manera clara y respetuosa, sin dañar a las demás personas, ni dejar de lado tus propias necesidades. Pero vamos paso a paso, empecemos por escuchar.

—Pero si yo ya escucho —contesta mi yo de la niñez.

—Cuando hablamos de asertividad, hablamos de otro tipo de escucha, y tal vez no lo llevamos en práctica tan seguido. ¿Te ha pasado que alguien te está contando algo e inmediatamente ya estás pensando en qué contestarle y tal vez ni siquiera ha terminado de comunicar lo que siente, necesita o su idea? —le pregunto.

—Bueno, me acaba de pasar contigo cuando te dije que yo ya escucho, no terminé de escuchar lo que querías decir —contesta con algo de vergüenza.

—A todxs nos pasa. Oír a alguien y ya estar pensando inmediatamente la respuesta sin terminar de escuchar lo que nos quiere decir, es como si dos personas estuvieran hablando al mismo tiempo, sólo que una lo está haciendo en voz alta y la otra en su cabeza; el canal de comunicación se está obstruyendo.

La técnica de escucha asertiva se basa en la capacidad de escuchar con atención plena, permitiendo que la otra persona se sienta comprendida y validada. Implica escuchar activamente a la otra persona sin interrupciones ni juicios, reflejar lo que está expresando para demostrar empatía, es por eso que se trata de un proceso activo y no pasivo como a veces pensamos. **Requiere un compromiso total para entender lo que la otra persona piensa y siente**; para esto, aparte de escuchar, se puede asegurar que se está entendiendo formulando preguntas para no asumir ideas o bien resolver dudas al respecto. Ejemplos de preguntas:

1. Preguntas abiertas:
    - ¿Cómo te sientes acerca de esta situación?
    - ¿Qué piensas que deberíamos hacer al respecto?
    - ¿Cuál es tu opinión sobre este tema?
2. Preguntas para clarificar:
    - ¿Podrías explicarme más detalladamente lo que quieres decir?
    - ¿Podrías darme un ejemplo específico para entender mejor tu punto?
    - ¿Me podrías decir qué te preocupa exactamente?
3. Preguntas para explorar emociones:
    - ¿Cómo te sientes ahorita?
    - ¿Cómo te hizo sentir eso que ocurrió?
    - ¿Qué es lo que más te molesta de esta situación?

4. Preguntas para validar:
   - Entiendo que esta situación es frustrante. ¿Quieres hablar más sobre esto?
   - Parece que estás preocupadx por esto, ¿es así?
   - Tiene todo el sentido que te sientas así, ¿cómo puedo ayudarte?
5. Preguntas para confirmar entendimiento:
   - Entonces, ¿quieres decir que...?
   - ¿Me estás diciendo que...?
   - ¿Estoy entendiendo correctamente lo que estás diciendo...?

Recuerda que el tono de voz y lenguaje corporal también son mensajes que pueden compartir empatía y son fundamentales al hacer estas preguntas. El objetivo es mostrar interés genuino por comprender las experiencias y emociones de la otra persona.

Otro punto importante para limpiar el canal de comunicación y remover obstáculos es la forma en la que yo decido hablar, y para que no tenga residuos de algo que "obstaculice" mi mensaje es importante que sea de forma clara, honesta y respetuosa. Es decir, **expresar nuestras necesidades y sentimientos de manera clara y directa, evitando la vaguedad o la agresividad**. Esto implica comunicar nuestras preocupaciones, deseos y límites de una manera que sea respetuosa, pero firme.

Recuerda que el contexto importa, aquí estoy hablando de personas que están teniendo una conversación, si alguien te está insultando y tu respuesta para protegerte es alejarte, fingir que nadie te está hablando, seguirle la corriente, señalar sus agresiones de la forma que te haga sentido, entre otras, es totalmente válido y se entiende que no en todos los casos se van a aplicar estas herramientas. **Recuerda que no existe algo que funcione exactamente igual para todas las personas, ni para todos los casos.**

La comunicación asertiva no sólo implica las palabras que utilizamos, sino también cómo, cuándo e incluso hasta el espacio o lugar donde las decimos también. **En la comunicación asertiva también existen algunas cosas que necesitamos remover y desinfectar para que el mensaje fluya sin contaminarse o perderse.**

—Oye yo quiero que la comunicación asertiva sea mi amiga, me cae bien —dice mi yo de la niñez.

—¡Oye! Buena idea, ¿te parece si nos la imaginamos como alguien que nos acompaña? —le pregunto con entusiasmo.

—¡Sí! ¿Cómo sería eso?

—Bueno, vamos a imaginarla como un personaje. ¿Qué nos diría?

¡Hola! Soy la Comunicación Asertiva

Me considero una herramienta poderosa para mejorar la calidad de vida y las relaciones interpersonales.

Cuando hablo, expreso mis sentimientos y pensamientos sin culpar ni responsabilizar a los demás.

Reconozco que mis emociones son mías y me responsabilizo de ellas, fomentando así un ambiente de responsabilidad y honestidad en nuestras interacciones.

1. Comenzar diciendo "yo" o "me siento": al expresar tus sentimientos y necesidades, es importante tomar responsabilidad de tus propias emociones y percepciones.

X (NO)	✓ (SÍ)
¡Qué coraje contigo!, ¿no puedes llegar temprano?	Me siento frustradx cuando llegas tarde.

Me encanta la claridad y honestidad al expresar las palabras.

No me gusta el uso de los absolutismos como los "siempres" o los "nuncas".

Me siento frustrada cuando escucho este tipo de generalizaciones.

2. Quitar absolutismos: evita el uso de términos absolutos que puedan aumentar la escalada emocional y bloquear la comunicación efectiva. Ejemplo: "tú siempre", "tú nunca", "siempre es lo mismo", "nunca haces...", etcétera.

X (NO)	✓ (SÍ)
¡Siempre cancelas a última hora nuestros planes!	Las últimas tres salidas, has cancelado los planes una hora antes de vernos.

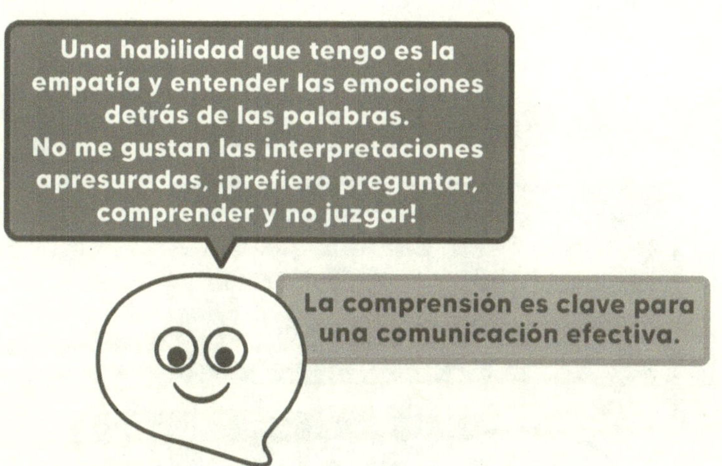

3. No asumir: evita hacer suposiciones sobre las intenciones o motivaciones de la otra persona. En su lugar, pregúntale directamente qué está pasando y cómo se siente al respecto. Cuando asumimos lo que la persona está pensando, sintiendo o sus intenciones, estamos "robándole su voz" y la oportunidad de expresarse.

X (NO)	✓ (SÍ)
¿Por qué no confías en mi trabajo?	He notado que he recibido menos tareas últimamente. Me gustaría entender si hay alguna razón en específico o hay algo que podría hacer diferente.

4. No traer el pasado al presente: evita traer eventos pasados que ya se han resuelto o usarlos como "armas" para ganar un argumento en el presente y obtener poder sobre la conversación. Concéntrate en la situación actual y en encontrar una solución constructiva. También del otro lado, la persona podría sentir que es constantemente recordada por su pasado cuando está trabajando esos temas en su presente.

X (NO)	✓ (SÍ)
Nunca me escuchas, igual que cuando ignoraste mis consejos el año pasado, ya sé que ya lo hablamos, pero yo tenía la razón como ahorita.	Es importante para mí sentir que me escuchas. ¿Podemos asegurarnos de que nos escuchemos más atentamente?

Creo firmemente que no necesito gritar, humillar, devaluar o amenazar para hacerme entender o escuchar en el momento adecuado.

La comunicación respetuosa es mi lema.

5. Evitar la comunicación violenta: abstente de utilizar lenguaje que humilla, devalúa o intimida. Aquí se incluyen los comentarios sarcásticos, "pasivo-agresivos", aunque colocar la palabra "pasivo" le quita responsabilidad, debe quedarnos claro que esos comentarios siguen siendo agresivos.

X (NO)	✓ (SÍ)
A veces se me olvida que estoy hablando con un robot.	Me siento solx/ignoradx cuando no me dices lo que piensas y sientes. Me gustaría escucharte.

Me aseguro de entender mis necesidades antes de comunicarlas de forma clara y específica.

No me siento cómoda asumiendo que la persona ya me entiende o sabe lo que necesito, ésa es mi responsabilidad.

6. Comunicar nuestra necesidad: tener presente qué estamos buscando lograr o satisfacer con nuestra comunicación, cuestionarnos si es la necesidad de ser escuchados, o de comprensión, colaboración, respeto o seguridad. Una vez identificada la necesidad, es importante expresarla de manera clara y específica. Evita generalidades, vaguedades o asumir que la otra persona ya entiende, sabe lo que necesitas o es importante para ti. Podemos pedirle que repita lo que entendió o escuchó para asegurarnos de que haya quedado claro. También algo importante es que al comunicar nuestras necesidades dejemos claro lo que queremos que suceda, el cambio que buscamos; lo ideal es evitar concentrarnos en lo negativo o la conducta que no queremos que suceda.

X (NO)	✓ (SÍ)
Nunca sé si lo que hago está bien o mal porque no dices nada.	Siento confusión sobre mi progreso cuando no recibo retroalimentación. Me gustaría que me des más comentarios sobre mi trabajo para saber en qué puedo mejorar.

—Oye, ¿pero si no me sale decirlo así? —me pregunta mi yo de la niñez.

—No tienes que decirlo así tal cual, con puntos y comas, lo importante es que se sienta genuino y que recuerdes las reglas. También hay que considerar el contexto y el tipo de relación que tienes con la persona para adecuar la forma en que te comunicas. Recuerda que no todo es blanco o negro —le contesto.

—¿No dijiste que también con el cuerpo hablamos? —sigue preguntando.

—¡Sí!, continuemos para descubrir más.

Lenguaje corporal y otras formas de expresión: puedes apoyarte de otras formas de comunicación, como el tono de voz, la postura de tu cuerpo y tus brazos. Si sientes tensión, intenta respirar lento y profundo para relajar tu postura y mantener un tono de voz tranquilo. Usar el contacto visual también es importante, aunque entiendo que en ocasiones puede ser difícil tomando en cuenta la neurodivergencia de las personas, por lo que puedes encontrar otras formas de hacerle saber a la persona que le estás dando importancia, incluyendo el hacerle saber que, aunque no lo veas a los ojos, esto es importante para ti.

¿Qué mensaje crees que envía?, ¿cómo se sentirá la otra persona?

- Estar viendo tu celular mientras hablas en persona con alguien más que está frente a ti.
- Levantar la voz, gritar.
- Señalar con el dedo a la persona.
- Evitar el contacto visual (es importante tomar en cuenta lo que dije arriba sobre la neurodiversidad).
- Golpear la mesa o la pared (esto es un acto de intimidación y debe parar).

¿Crees que sea importante mencionar alguna otra que pueda obstaculizar el canal de comunicación?

____

____

____

____

Considerar el tiempo y el espacio: ser sensible al momento y lugar en el que estás teniendo la conversación también es una forma de limpiar y remover obstrucciones del canal de comunicación. Buscar un momento y lugar que se sientan más adecuados para abordar el tema. Si necesitas hablar sobre un tema delicado, esperar hasta que estén a solas para evitar que otras personas intervengan. Escoger un momento en el que se sienta con mayor tranquilidad y/o sin tantas distracciones para tener una conversación más productiva. Siempre podemos ponernos en el lugar de la otra persona y preguntarnos cómo nos sentiríamos al respecto al comunicarnos en un lugar y momento determinado.

SITUACIÓN	¿DEL 1 AL 10 QUÉ TANTO ÉXITO CREES QUE TENGA ESTE ACERCAMIENTO?	¿CUÁL OTRA OPCIÓN PROPONES CON MEJOR RESULTADO?
Hablar de un tema complicado con una amistad en una fiesta ruidosa con muchas distracciones.		
Querer hablar sobre tu rendimiento y aumento de salario justo durante una crisis en la oficina.		
Hablar sobre el comportamiento de tu hijo/a cuando tu pareja siente cansancio o mucha hambre.		

SITUACIÓN	¿DEL 1 AL 10 QUÉ TANTO ÉXITO CREES QUE TENGA ESTE ACERCAMIENTO?	¿CUÁL OTRA OPCIÓN PROPONES CON MEJOR RESULTADO?
Hablar con tu pareja sobre algo que moverá muchas emociones justo antes de que vaya a una junta importante de su trabajo.		

Ahora imagina el siguiente escenario: un estudiante hace una presentación y comete un error significativo, ¿qué puede hacer su maestrx?

- Puede darle retroalimentación detallada después de la clase.
- Si es necesario, corregir en el momento porque puede crear confusión en la clase, y siempre procurar hacerlo de forma empática y no exponiendo al estudiante. Por ejemplo: "Eso fue un gran esfuerzo. Sólo quiero aclarar un pequeño punto para asegurarme de que todxs lo entiendan correctamente. Podemos hablar más sobre esto después de clase".
- ¿Qué otra opción se te ocurre si fueras su maestrx?

____

____

____

____

—Oye, ¿y si me da vergüenza hablar de temas incómodos? —pregunta mi yo de la niñez. En el silencio que sigue a la pregunta de mi yo de la niñez puedo sentir el eco de todas las veces en las que me he contenido por miedo al juicio o la incomodidad. ¿Quién nos enseña a hablar de estos temas? Entonces recuerdo los momentos en los que preferí guardar silencio, tragándome palabras que se enredaban en mi garganta como nudos de angustia. Pero también recordé la sensación liberadora de esas veces en las que pude encontrar un espacio seguro y permitirme hablar de temas incómodos, aunque fuera difícil.

—Eso nos pasaba mucho. El miedo a sentirnos expuestos, vulnerables o hablar de temas incómodos en ocasiones hizo que evitáramos alguna conversación. Entiendo perfecto de donde viene y es válido que te sientas así. Aun así, es importante poder encontrar un espacio que se sienta seguro para hablar de temas incómodos. Nos ayudará mucho a conectar con nuestra autenticidad —respondo con un suspiro cargado de memorias y siento cómo mis propias barreras emocionales se desmoronan ante la vulnerabilidad compartida con mi yo más joven.

—¿Como conectar con nuestra autenticidad? —pregunta con curiosidad mi yo de la niñez.

Sus palabras llenas de curiosidad me recuerdan a una época antes de que las capas de miedo y autoexigencia se acumularan. Me doy cuenta de cuánto me he alejado de esa curiosidad con el paso del tiempo, y de cuánto anhelo recuperarla.

—Sí, como una comunicación auténtica, desde un lugar de sinceridad. Esto implica estar en contacto con nuestras emociones y valores, y expresarlos de manera sincera. En ocasiones, nos tocará hablar de temas "incómodos" y vale la pena cuestionarnos: ¿qué es lo que me hace sentir así?, ¿de dónde viene?, ¿cuándo comenzó?, ¿qué necesito? Hablar de temas "incómodos", pero necesarios, puede hacer que el momento sea "incómodo", pero no la relación con la persona. Puede evitar confusiones, aclarar dudas y abrir espacios seguros —al responder a su pregunta, siento una mezcla de nostalgia y esperanza, sabiendo que cada palabra compartida es un pequeño paso hacia la reconexión con mi propia autenticidad.

—OK, entonces, ¿sí puedo hablar de temas incómodos? —pregunta de forma cautelosa mi yo de la niñez.

—¡Claro! No sólo puedes, estás en todo tu derecho. Se vale decir: "Esto no me gusta", "No quiero jugar", "No me siento cómodx", "No quiero un abrazo ahorita", "Esto me hizo sentir mal", "No me gusta jugar así", etcétera.

De adultos, la asertividad para hablar de temas incómodos también se puede escuchar así:

- Me siento rarx hablando de esto, pero creo que es importante hablar de...
- Me pongo nerviosx al hablar de esto, pero necesito ser honestx sobre lo que quiero.
- Me siento algo tensx al decir esto, pero es importante para mí.
- Me siento vulnerable al compartir esto contigo, pero creo que es importante para nosotrxs.

—¡Wow!, suena difícil —contesta sorprendido mi yo de la niñez.

—Al final es lo mismo, eres tú siendo humano y es esperado sentir estas emociones no placenteras al conversar de temas complicados. La incomodidad no es algo malo, sino algo que nos hace buscar y movernos a un espacio seguro o de calma —y, en ese momento, en medio de la conversación, siento cómo el peso de las expectativas y el miedo se desvanecen, dejando espacio para la posibilidad de una conexión más profunda y honesta.

"El entrenamiento en asertividad se basa en la premisa de que todas las personas somos iguales y poseemos los mismos derechos básicos. El objetivo de la asertividad es defender tus derechos sin violar los derechos de otras personas. Un buen punto de partida es recordar algunos de estos derechos básicos" (Powell, 2000):

- El derecho a expresar mis emociones.
- El derecho a expresar mis opiniones y creencias.
- El derecho a decir "sí" y "no".
- El derecho a cambiar de opinión.
- El derecho a ser yo mismx.
- El derecho a decir "No entiendo".
- El derecho a no tomar responsabilidades que le corresponden a otras personas.
- El derecho a tener mis prioridades.
- El derecho a que me escuchen y que me tomen en serio.
- El derecho a cometer errores y tener un espacio seguro para decirlo.
- El derecho a sentir emociones agradables y desagradables.
- El derecho a:

El derecho a establecer límites

—¿Límites?, ¿qué es eso?, ¿es como una línea que no puedes pasar? —pregunta mi yo de la niñez.

—Uy, éste es un tema complicado para mí. ¿Te acuerdas de la escena de *El rey león* cuando las hienas están diciendo "Mufasa" y repiten "Mufasa... Mufasa... uuuuh"?

—¡Sí! Uuuuuh... Mufasa —me contesta imitando la escena.

—Esa escena me la imagino, pero con la palabra *límites* uuuuhh. Una palabra que por sí sola es inofensiva, pero al ponerla en práctica puede transmitirnos una sensación de respeto mezclada con un poco de miedo o incomodidad.

—Pero dijiste que podemos hablar de temas incómodos, ¿no?

—Sí, claro que podemos. La pregunta aquí es ¿qué tan acostumbradxs estamos a ponerlo en práctica?, ¿qué nos enseñaron acerca de los límites en nuestra casa, escuela y espacios donde crecimos? —respondo, y mi voz suena más suave, cargada de pesar por las lecciones no aprendidas en el pasado. En la escuela y en casa, lo común era respetar y obedecer a adultos y demás personas, sin cuestionar. Poner límites podía interpretarse como una falta de educación o una muestra de rebeldía, generando un profundo conflicto interno.

Hablar de límites no siempre es fácil. **Muchas veces, establecer límites puede sentirse como un trabajo arduo y desafiante.** Puede que nos preocupe la reacción de otras personas, que temamos parecer egoístas o que simplemente nos resulte incómodo decir "no" cuando lo necesitamos.

—Los límites son fundamentales para proteger nuestro espacio emocional y mantener nuestras relaciones saludables. Al igual que en *El rey león*, Mufasa muestra amor y firmeza al guiar a Simba y mantener la armonía en el reino, establecer límites nos ayuda a cuidar de nuestro bienestar y a comunicarnos de manera clara y respetuosa con las demás personas... sin el final de Mufasa en la estampida, obviamente —añado, dejando escapar un sollozo involuntario al recordar la trágica escena.

Cabe mencionar que **la parte de establecer límites de forma respetuosa no siempre aplica, más adelante explico la razón.**

¿Qué es eso de los límites?

Los límites son una manera esencial de establecer una sensación de seguridad personal, física, emocional y mental, tanto con nosotrxs mismxs como con las personas que nos rodean.

Imagínate que es como una línea invisible que comunica a los demás **dónde empiezan y terminan tus zonas de confort y respeto.** Esta línea dice cosas como: "Aquí no es", "de esta forma no", "eso no me gusta", "esto es importante para mí", y otras similares.

Los límites pueden manifestarse de varias formas:

- Físicos, por ejemplo, **el espacio personal entre tú y otra persona.** Con cuánta cercanía física te sientes en comodidad al hablar con alguien o las muestras de cariño con las que te sientes bien.
- Materiales, por ejemplo, **la cantidad de recursos o dinero que decides o puedes gastar o compartir con otras personas.** Esto puede incluir desde compartir tus pertenencias hasta cómo administrar tus finanzas personales.
- Emocionales, por ejemplo, **lo que decides compartir emocionalmente con alguien.** Esto puede ser cómo, cuándo, cuánto, dónde y con quién compartes tus sentimientos y experiencias personales.
- Conducta, por ejemplo, **las acciones que son agresivas, no respetuosas con las que marcamos ese límite para protegernos.**
- Sexuales, por ejemplo, **las experiencias y sensaciones con las cuales sentimos comodidad o queremos**

experimentar y para las cuales hemos dado nuestro consentimiento. Recuerda que, para cualquier actividad sexual, hay consentimiento (decisión libre, entusiasta, informada, reversible y específica).

- Digitales, por ejemplo, **en el contexto de las redes sociales y el uso de la tecnología**, puede ser cuánto tiempo decides pasar en línea, a quiénes sigues, qué información compartes y qué tipo de contenido consumes.

Y la lista sigue, estos son sólo algunos ejemplos. También hay que tener en cuenta que los límites pueden ir cambiando con el tiempo, el contexto, nuestras necesidades, etcétera. **Podrían presentarse límites no negociables y habrá otros más flexibles.** Al final de cuentas son como pequeños acuerdos o contratos con nosotrxs y quien tiene la "firma" para modificarlos somos nosotrxs mismxs.

¿Cómo establecer límites?

1. **Reconocer que puede ser incómodo**, sobre todo si en nuestra niñez nos enseñaron a que es importante complacer a las demás personas y que no debemos "incomodar", es un primer paso crucial en el proceso de establecer límites. Este aprendizaje temprano puede habernos enseñado a evitar conflictos y priorizar las necesidades de lxs demás sobre las nuestras. Cuando crecemos con la idea de que nuestra valía está ligada a la aprobación y satisfacción de los demás, decir "no" o establecer un límite puede sentirse extremadamente incómodo, incluso amenazante. Podemos temer ser percibidxs como egoístas, desconsideradxs o conflictivxs. Sin embargo, es fundamental entender que los límites no son actos de egoísmo, sino de cuidado personal y respeto mutuo.

2. **Identifica tus necesidades**: antes de comunicar un límite, **es crucial que sepas qué necesitas y qué función cumple para ti.** Esto requiere autorreflexión hacia tus emociones, valores y necesidades. El prestarle atención a cómo responde tu cuerpo con ciertas situaciones, nos puede dar pistas sobre la necesidad de establecer un límite.
3. **Revisar el espacio o contexto**: se entiende que **hay lugares, personas o momentos donde tal vez comunicar ese límite no es lo más seguro para ti.** Es esencial considerar el contexto, los antecedentes que conocemos y la seguridad del espacio al momento de comunicar un límite. Si sientes que el ambiente no es seguro o propicio para una conversación honesta, busca otro momento o lugar más apropiado para hacerlo. Esto no sólo te protege a ti, sino que también aumenta la probabilidad de que tu mensaje sea recibido con respeto y consideración. También se vale expresar tus límites de otra forma que se sienta más segura.
4. **Comunicar tus límites**: a veces pensamos que los límites solamente son verbalizados; sin embargo, también **los comunicamos de muchas otras formas.** Imagina que estás en una cena con tu familia y en la mesa está el familiar que comienza a hacer chistes violentos, fuera de lugar. Ahora, una forma de comunicar un límite podría ser el hablar y decir: "Eso no es chistoso, por favor, no hagas esos comentarios nuevamente porque me siento incómodx", pero ¿qué pasaría después? Pudiera ser que se vuelva más violento, que comience a decirte que esto es una exageración y no "aguantas nada", puede ser que las demás personas en la mesa no intervengan y sientas que estás solx en esto. O por otro lado tal vez también pudiera pasar que la persona sienta culpa al hacer estos comentarios y decida ya no hacerlos más o que las demás personas también intervengan de forma positiva para evitar que en ese espacio se repliquen estos comentarios en el futuro. Si la situación es la primera: entonces, es totalmente válido que una de

tus respuestas para comunicar límites en ese momento no sea señalar y verbalizar la conducta de ese familiar, ya que sabes de experiencias pasadas que es posible que el escenario uno suceda. Así que también es muy válido otro tipo de respuestas que también son límites como no reírse del "chiste" (el mensaje que enviamos es: esto no es gracioso), retirarse al baño (el mensaje es, no voy a estar presente cuando decides hacer esos comentarios), el cambiar de tema (el mensaje es: este tema no es bienvenido en este espacio), voltear a ver tu celular (el mensaje es: no te voy a prestar atención al hacer esos comentarios), el hacer contacto visual con alguien más en la mesa que piense igual que tú (buscamos respuestas sociales positivas de nuestra red de apoyo), imaginarte en tu cabeza que le contestas, entre otras. Ahora, también sé que he dicho anteriormente sobre la importancia de comunicar límites de forma clara y respetuosa; sin embargo, es vital entender que nuestras respuestas y la manera en que comunicamos nuestros límites están profundamente influenciadas por el contexto en el que nos encontramos. Esto incluye las dinámicas de poder, la seguridad personal y la dignidad. Si tu seguridad o dignidad está siendo amenazada, puede ser necesario alzar la voz o hablar de manera más fuerte para protegerte. En contextos de peligro o abuso, la prioridad es asegurar tu integridad física y emocional. La voz puede ser una de las muchas herramientas para protegernos y comunicar nuestros límites. No siempre esa voz tiene que ser calmada.

5. **Presta atención a las respuestas de las personas cuando estableces un límite**, si deciden no respetarlo, te "castigan" o hay consecuencias negativas debido a esto, vale la pena reevaluar el tipo de relación que queremos tener con esa persona. No dudes en tomar medidas adicionales para protegerte si alguien sigue sin respetar tus límites.
6. **Poner límites conlleva práctica**, ya que a pesar de que lo hacemos para protegernos, el proceso puede ser difícil.

Es como cuando tomas medicina que tal vez no sabe nada bien; sabes que es para tu bienestar, pero aun así hacemos gestos al tomarla. Así que, para empezar a practicar, podemos comenzar estableciendo límites en situaciones más sencillas y cotidianas. De esta manera, nos vamos acostumbrando, tolerando el malestar y ganando confianza para establecer límites en situaciones más complejas. Aquí algunos ejemplos:

a) **En una reunión social**: si alguien te ofrece comida que no quieres, puedes decir: "Gracias, no tengo hambre en este momento".
b) **En una conversación**: si alguien interrumpe constantemente cuando estás hablando, puedes decir: "Me gustaría terminar lo que estoy diciendo, luego me encantaría escuchar tu opinión".
c) **En una tienda**: si un vendedor es demasiado insistente, puedes decir: "Muchas gracias por tu ayuda, en este momento sólo voy a mirar por mi cuenta".
d) **En el transporte público**: si alguien invade tu espacio personal, puedes decir: "¿Podrías moverte un poco, por favor? Necesito un poco más de espacio".
e) **En un trabajo en equipo**: si alguien no contribuye y se aprovecha del trabajo de las demás personas del equipo, puedes decir: "Necesitamos que todxs aportemos para que el trabajo salga más rápido".
f) **En un evento familiar**: si alguien hace preguntas personales que no quieres responder, puedes decir: "Prefiero no hablar de eso ahora, pero gracias por preocuparte".
g) **En una llamada telefónica**: si alguien habla demasiado tiempo y necesitas colgar, puedes decir: "Me encanta hablar contigo, pero necesito retirarme ahora. ¿Te parece si hablamos mañana?".
h) **En una salida de compras**: si alguien trata de convencerte de comprar algo que no quieres, puedes

decir: "Gracias por la sugerencia, pero no estoy interesadx en este momento".

7. **Recordar que los límites no son sólo tuyos**, los límites de las demás personas también son importantes y merecen ser respetados. Reconoce que **es normal sentir incomodidad al principio ya sea cuando damos o recibimos un límite.** Ten en mente para qué son, los beneficios que proporcionan, su función, la autonomía que estamos reconociendo en la otra persona y en unx mismx. Ten presente ser amable contigo, estás aprendiendo y reforzando una habilidad importante para tu bienestar.
8. **Los límites NO son una forma de manipulación**. Son pautas que establecemos para **proteger nuestro bienestar emocional, físico, social y mental.** No se trata de imponer restricciones a otra persona para controlarla, sino de comunicar nuestras necesidades y expectativas de manera clara y respetuosa (cuando aplica). Es crucial entender que los límites también respetan la autonomía de la otra persona.

Ejercicio de límites:

Hay una técnica para establecer límites que se llama *the safety sandwich* que tiene que ver con "sandwichear" tu límite entre dos declaraciones positivas de seguridad para comunicar tus necesidades y mantener una conexión con la otra persona.

El pan suave representa una declaración positiva de seguridad y la carne entre los panes es la necesidad o el límite que quieres establecer. Aquí van algunos ejemplos:

Te doy la bienvenida al menú de sándwiches para poner límites.

SÁNDWICH **INCÓMODO**

Es momento de estar en familia y disfrutar.

No quiero hablar de "x" tema.

Me encantaría pasarla bien hoy.

SÁNDWICH **GODINEZ**

Entiendo que las juntas son importantes.

Tengo estas entregas urgentes que me impiden estar en todas las juntas.

¿Te parece si pongo en calendario las urgentes?

SÁNDWICH **911**

Muchas gracias por confiar en mí, lamento mucho por lo que estás pasando.

¿Has pensado en hablar con algún especialista que sepa más sobre el tema?

Estoy aquí para ti y te acompaño en este proceso. ¿De qué otra forma te puedo ayudar?

SÁNDWICH **PRIORIDADES**

Me encanta colaborar contigo.

Sin embargo, estoy trabajando en un proyecto urgente y necesito concentrarme en completarlo.

Agradezco me hayas tomado en cuenta.

SÁNDWICH **FIESTA**

Muchísimas gracias por invitarme.

No podré asistir a la fiesta.

¿Te parece si después nos vemos para que me cuentes qué tal te fue?

SÁNDWICH **FUEGO**

En este momento siento mucho enojo.

Quisiera continuar la plática en otro momento que me calme.

¿Te parece si lo hablamos en la noche?

SÁNDWICH **PRESPECTIVA**

Aprecio escuchar tu punto de vista.

Aunque en este tema, tenemos opiniones diferentes y no parece que vayamos a coincidir.

Vamos a dejarlo por ahora pero agradezco que me compartas tu perspectiva.

Al final, **cada uno le pone los ingredientes que considere importantes, necesarios y sobre todo que apliquen y funcionen para cada caso.** Por eso cada sándwich se verá diferente, o habrá quien no utilice un sándwich para establecer límites y sea la pura carne o un mollete, y eso está bien, el contexto siempre importa.

Recordemos que somos responsables de nuestros límites, pero no de cómo responden otras personas ante ellos.

—Entonces usamos las pinzas para retirar obstáculos y poner límites, mientras desinfectamos y limpiamos el canal de la comunicación con el alcohol —digo en voz alta, tratando de asimilar la complejidad de las herramientas emocionales que tenemos a nuestra disposición.

—¿Te siguen dando miedo los límites? —me pregunta mi yo de la niñez, con una mirada llena de curiosidad y un destello de preocupación en sus ojos.

—La verdad sí, en ocasiones. No sé si en algún momento dejaré de sentir eso, pero no voy a dejar de intentarlo y practicar. Mi objetivo no es dejar de sentir ese miedo, sino aprender a manejarlo y seguir adelante a pesar de él. Los límites no son para herir a nadie, sino para protegernos y cuidar nuestras relaciones —respondo, sintiendo el peso de mis propias palabras mientras trato de convencerme a mí mismx de su veracidad.

—¿Y qué pasa si alguien se enoja porque puse un límite? —me pregunta mi yo de la niñez, y me doy cuenta de que su voz tiembla ligeramente, reflejando la preocupación que alberga en su interior.

—Pudiera ser que al principio a algunas personas no les guste, porque no están acostumbradas. Pero con el tiempo, la mayoría entenderá y respetará tus límites. Y si no lo hacen, tal vez no son las personas más adecuadas para estar cerca de ti —respondo, tratando de infundir un poco de seguridad en nuestras palabras compartidas.

—Entonces, ¿poner límites es bueno para mí? —pregunta mi yo infantil, inclinando la cabeza en un gesto de comprensión.

—Exacto, poner límites es una forma de cuidarnos y de enseñar a los demás lo que es importante para nosotrxs. Así que, aunque a veces dé miedo, es algo muy importante que hay que seguir practicando —confirmo, sintiendo esperanza en nuestras palabras compartidas.

—¡Voy a intentarlo! —dice mi yo de la niñez con determinación.

—Eso es lo mejor que podemos hacer, intentarlo una y otra vez. Recuerda, las pinzas y el alcohol están aquí para ayudarnos a limpiar y proteger, tanto en la comunicación como en los límites —concluyo, sintiendo un leve destello de confianza en el camino que tenemos por delante.

¿Qué herramientas, reflexiones y/o aprendizajes me llevo de este capítulo?

____

____

____

____

CAPÍTULO 8

ÁRNICA PARA LOS DÍAS DIFÍCILES

Algunos días nos resultan más difíciles que otros, como si esa sensación o emoción desagradable nos estuviera acompañando todo el tiempo. Pareciera que dicha sensación se sienta con nosotros al lado en el sillón, y está mientras nos lavamos los dientes, en las juntas de trabajo, cuando comemos, **lo que provoca que todo se sienta un poco más pesado y complicado.**

Es común que existan días que se sienten así; por ejemplo, si acabas de recibir una noticia muy triste, si estás pasando por una ruptura, si mañana tienes una junta de trabajo muy importante, si un ser querido se encuentra en el hospital, si acabas de recibir una nota reprobatoria de tu examen o si en el trabajo te llamaron la atención, si estás viviendo una situación injusta, entre otras. Tiene todo el sentido que estas emociones no placenteras nos estén acompañando a ayudarnos a procesar lo que acaba de suceder, **como si nuestro cuerpo nos desacelerara para indicarnos lo que nos duele**, lo que es importante para nosotrxs, a invitarnos a llorar para sacar el dolor, a observar si hay algún peligro, buscar soluciones, protegernos, etcétera. **Si consideras que esta visita se ha prolongado**, sigue presente de forma intensa y/o ha interrumpido o alterado tu calidad de vida o simplemente ante cualquier duda... **pide ayuda a un profesional y/o háblalo en un espacio seguro.**

Hay días que se pueden sentir abrumadores, con una carga emocional que es agotadora. Nuestro sistema nervioso puede sentirse sobrecargado y por lo tanto nuestra capacidad para manejar el malestar puede verse comprometida. **Estos días difíciles son inevitables y forman parte de la experiencia humana.** Es en estos momentos cuando necesitamos algo que nos ayude a sobrellevar el malestar y recuperar el equilibrio.

En ese instante, el botiquín emocional se ilumina con una luz suave, revelando un nuevo elemento. Observo con curiosidad mientras el pequeño frasco con la etiqueta "Árnica para los días difíciles" se muestra ante nuestros ojos.

—¿Árnica para los días difíciles? —pregunto, en voz alta, dejando que la sorpresa se refleje en mi tono mientras busco la confirmación de que mi yo de la niñez también lo nota.

—Eso me ponen cuando me caigo para que no me salga un moretón —responde mi yo más joven, con una expresión de reconocimiento en su rostro.

—Así es, pero esta árnica es diferente. No es para el dolor físico, sino para aliviar el malestar emocional causado por los días difíciles —le explico, tratando de encontrar las palabras adecuadas para hacer comprensible esa nueva dimensión del cuidado emocional para mi yo infantil.

Es importante recordar que, **al igual que el árnica no resuelve problemas físicos profundos o crónicos, las estrategias presentadas aquí no son "pociones mágicas".** No pretenden resolver opresiones sistémicas, ni todas las dificultades de la vida. Sin embargo, esta "árnica" puede ser utilizada, adaptada y adecuada para manejar el malestar en ciertos días utilizando los recursos que las personas ya poseen. Esto no significa que la emoción desaparecerá ya que esa no es la intención, pero este libro sí da herramientas para aprender a manejarla o, en ocasiones, simplemente dejarla estar un rato.

Ahora, las personas ya hemos sobrevivido a nuestros peores días, es decir, ya hemos utilizado algunos de nuestros recursos y herramientas para sobrellevar, manejar o soportar esos días. ¿Recuerdas qué fue lo que te funcionó para sobrellevar esos momentos difíciles? ¿Qué decisiones tomaste en ese momento que te ayudaron y colocaron en un espacio más seguro?

____

____

____

____

¿Cambiarías algo?, ¿harías algo diferente?

____

____

____

____

—¿Sabes a qué se refiere la expresión "día difícil"? —le pregunto a mi yo de la niñez, buscando entender su perspectiva.

—Mmm, pues como un día con corazón "apachurrado" —responde, con una expresión que refleja tanto su comprensión como su propia experiencia emocional, mientras hace un gesto con la mano como si estuviera apretando algo y haciéndolo más pequeño.

—¿Corazón apachurrado?, ¿a qué te refieres? —indago, queriendo profundizar en su explicación.

—Hay días en los que siento el corazón grandote y lleno con cosas que me hacen sentir muy feliz y en calma, pero cuando sucede algo que me hace sentir mal, que me duele o simplemente no me gusta, mi corazón se siente apachurrado —explica con una mezcla de inocencia y sabiduría infantil.

—Tienes razón, ahora entiendo. Sí, digamos que los días difíciles hacen que nuestro corazón se sienta apachurrado —confirmo, sintiendo una conexión profunda con mi yo de hace años y reconociendo la simplicidad y la pureza de su perspectiva sobre las emociones.

¿Cómo se ve un "mal día" o un día difícil para ti? Circula o subraya la palabra que te resuene.

1. Sentirse perdido
2. Abrumarse
3. Frustración
4. Nerviosismo
5. Vergüenza
6. Miedo
7. Agitación
8. Ansiedad
9. Desamor
10. Decepción
11. Humillación
12. Duelo
13. Depresión
14. Resentimiento
15. Irritación
16. Devastación
17. Tristeza
18. Inseguridad
19. Desesperación
20. Rabia
21. Desconexión
22. Rechazo
23. Agotamiento
24. Desánimo
25. Desolación
26. Sufrimiento
27. Confusión
28. Culpa
29. Desesperanza
30. Insatisfacción

Otra: ____________________

O bien, si gustas puedes dibujar o escribir cómo se ve un día difícil para ti:

—Las herramientas del botiquín invitan a identificar cómo te sientes como un paso importante, ¿por qué eso es importante? —pregunta mi yo de la niñez, con una curiosidad genuina reflejada en sus ojos brillantes.

—Muy buena pregunta. ¿Para qué identificar lo que estamos sintiendo? —reflexiono, buscando una forma de explicarle de manera clara y sencilla— imagina que frente a ti hay un gran rompecabezas, de esos de 1000 piezas que al momento de ponerlo en la mesa te preguntas en qué momento decidiste armar eso.

—¡Wow! ¡1000 piezas! No, no lo haría, ¡qué difícil! —exclama mi yo de hace años, dejando ver su asombro ante la magnitud del desafío.

—Exacto, es muy abrumador. Pero ya lo tienes frente a ti, con todas las piezas revueltas sobre la mesa y sin ninguna idea de por dónde empezar. Se vuelve una tarea imposible y es probable que desistamos y no lo armemos —continúo, tratando de hacerle ver la analogía entre el rompecabezas y nuestras propias emociones.

—Volvería a guardar las piezas en la caja —responde mi yo de la niñez, mostrando una solución práctica ante la situación.

—Si pensamos en las muchas piezas que faltan, seguramente eso sucederá, pero ¿qué pasa si decidimos empezar por lo más sencillo e intentar ver qué imagen estamos armando? Tal vez busquemos las esquinas, o si alcanzamos a ver alguna parte que tenga colores similares y que vaya haciendo sentido, vamos a ir formando poco a poco todo el rompecabezas. El identificar lo que siento es justamente eso, ir empezando a hacerle sentido a lo que estoy armando, a lo que estoy experimentando y, por lo tanto, lograr entender lo que necesito.

—Es como decir, ¡ay, es enojo lo que estoy formando en el rompecabezas! —exclama mi yo de la niñez, con entusiasmo y comprensión en su voz, como si el rompecabezas imaginario ya estuviera completado.

—¡Exacto! —confirmo, sonriendo ante su brillante comprensión—. De pronto ya no es un monstruo sin nombre y temeroso, un rompecabezas sin fin, sino una emoción que ya he sentido anteriormente, a la que puedo hacerle espacio y hacerme preguntas para entender su función y lo que necesita. Entonces, en esos días difíciles un primer paso es entender qué estamos sintiendo y experimentando.

A continuación, voy a presentar algunas de las técnicas de la DBT. Una de las cosas que se trabaja en este enfoque es la tolerancia al malestar y la habilidad de manejar las emociones intensas. **Aunque es verdad que es muy importante validar y honrar nuestras emociones, no siempre tenemos que actuar ante el impulso de éstas.** Es decir, no siempre lo que nos dicen las emociones que quieren hacer, será lo más adecuado o funcional para nosotrxs; se vale cuestionar y hacer algo diferente o, en ocasiones, hasta hacer algo diametralmente opuesto. Las emociones no son nuestras jefas, nosotrxs somos jefxs de ellas. Las emociones son simples mensajeras, pero ellas no toman las decisiones, aunque a veces se sienta así.

Todas las personas experimentamos una gama de emociones, y es importante recordar que todas éstas son legítimas y válidas, incluso cuando son dolorosas. Sin embargo, el mayor desafío radica en cómo respondemos a esas emociones, ya que nuestras acciones impulsadas por éstas pueden tener consecuencias negativas. Recordemos que las emociones son mensajeras que nos dicen que hagamos algo basándose en nuestro aprendizaje previo.

Cuando decidimos que la ira nos lleve a expresarnos con palabras hirientes, corremos el riesgo de dañar nuestras relaciones. Del mismo modo, hacerle siempre caso al miedo puede llevarnos a evitar desafíos importantes en el trabajo, lo que puede limitar nuestro crecimiento profesional.

En lugar de decidir que nuestras emociones determinan nuestros resultados, la práctica de la acción contraria puede ser una herramienta poderosa para regular y cambiar nuestras respuestas emocionales. La acción contraria implica actuar de manera opuesta a lo que la emoción nos impulsa que hagamos, lo que puede ayudarnos a romper el ciclo y encontrar una perspectiva más equilibrada.

Claro que no vamos a ir por la vida haciendo lo contrario que nos digan las emociones, esto es solamente en ciertos momentos cuando ya hemos revisado los hechos, la razón por la cual apareció la emoción y no coinciden con la meta que yo quiero.

—¿Pero por qué la emoción se equivocaría? —pregunta mi yo de la niñez, con una expresión de confusión en su rostro infantil.

—No es que se equivoque tal cual, sino que también depende de la información que tenga —explico con calma, tratando de simplificar un concepto complejo para que tanto mi yo de hace años como mi yo de ahorita lo comprendamos—. Tal vez la información no sea suficiente o no sea real. Recuerda que nuestros pensamientos, nuestras creencias y las respuestas de las demás personas o nuestra interpretación de los eventos influyen en la emoción.

Mi yo infantil asiente, tratando de procesar esta nueva información. Parece estar entendiendo la analogía que le estoy presentando.

—Imagínate como un rompecabezas —continúo, buscando una forma de hacerle ver la conexión entre nuestras emociones y la información que recibimos—, donde en un lado está una pieza que representa la emoción y en el otro lado está el evento que está haciendo que aparezca la emoción. Lo que vamos a hacer es observar si las piezas coinciden.

—¿Cómo hacemos esto? —pregunta mi yo de la niñez, con curiosidad palpable en su voz.

—Vamos a ser muy preguntones y mantenernos llenos de curiosidad. Este tema tú lo dominas —respondo con una sonrisa, alentándolx a confiar en su capacidad innata de cuestionar y explorar el mundo que le rodea.

Preguntas:

1. ¿Qué emoción está apareciendo?
2. ¿Qué hizo que apareciera esta emoción?
3. ¿Estoy interpretando o asumiendo algo sobre el evento? De ser así, practicamos el verlo desde diferentes puntos de vista y nos preguntamos si se ajusta o concuerda con el hecho; es decir, si las dos piezas del rompecabezas hacen clic (lo que estoy experimentando en mi mente + cuerpo versus los hechos).
4. ¿Estoy asumiendo alguna amenaza? De ser así le damos un nombre a esa amenaza, la posibilidad de que realmente ocurra y todos los posibles resultados que te puedas imaginar.
5. ¿Cuál es la catástrofe de esa amenaza? Imagina la catástrofe realmente ocurriendo y que le hacemos frente y la sobrellevamos (a través de lluvia de ideas, preparándonos de forma anticipada, actuando como si ya hubiéramos aceptado lo que está sucediendo y estuviéramos listxs para el cambio, etcétera).
6. ¿La emoción y/o su intensidad realmente se ajusta o concuerda con el hecho? Es decir, si las dos piezas del rompecabezas hacen clic (emoción y/o su intensidad versus los hechos).

—¿Cómo que la emoción o su intensidad hacen clic con los hechos? —pregunta mi yo de la niñez, con una expresión de curiosidad en sus ojos.

—Sí —respondo, buscando una forma de explicarle de manera clara y concisa—. Imagina que estás en una situación donde sientes miedo, y ese miedo te dice que corras y te alejes lo más rápido posible; pero si el peligro no es tan grande como parece, o si correr te llevaría a una situación aún más peligrosa, entonces la intensidad de ese miedo podría ser demasiado alta para la situación real.

Mi yo de la niñez asiente, tratando de seguir el hilo de mi explicación.

—Lo mismo sucede con otras emociones —continúo—. A veces, una emoción puede ser demasiado intensa para la situación, lo que nos lleva a reaccionar de manera desproporcionada o a tomar decisiones apresuradas que pueden no ser las más adecuadas. O, por el contrario, la intensidad de la emoción puede ser demasiado baja, lo que nos lleva a subestimar la importancia de la situación o a ignorar nuestras necesidades emocionales.

—¿Entonces vamos a ver si las piezas encajan? —pregunta mi yo de la niñez, empezando a comprender la analogía del rompecabezas que estamos utilizando.

—Exactamente —confirmo con una sonrisa—. Vamos a ver si las piezas se unen o no, como en un rompecabezas, para que podamos tomar una decisión de qué acciones queremos tomar de acuerdo con la situación que estamos enfrentando.

Unos ejemplos:

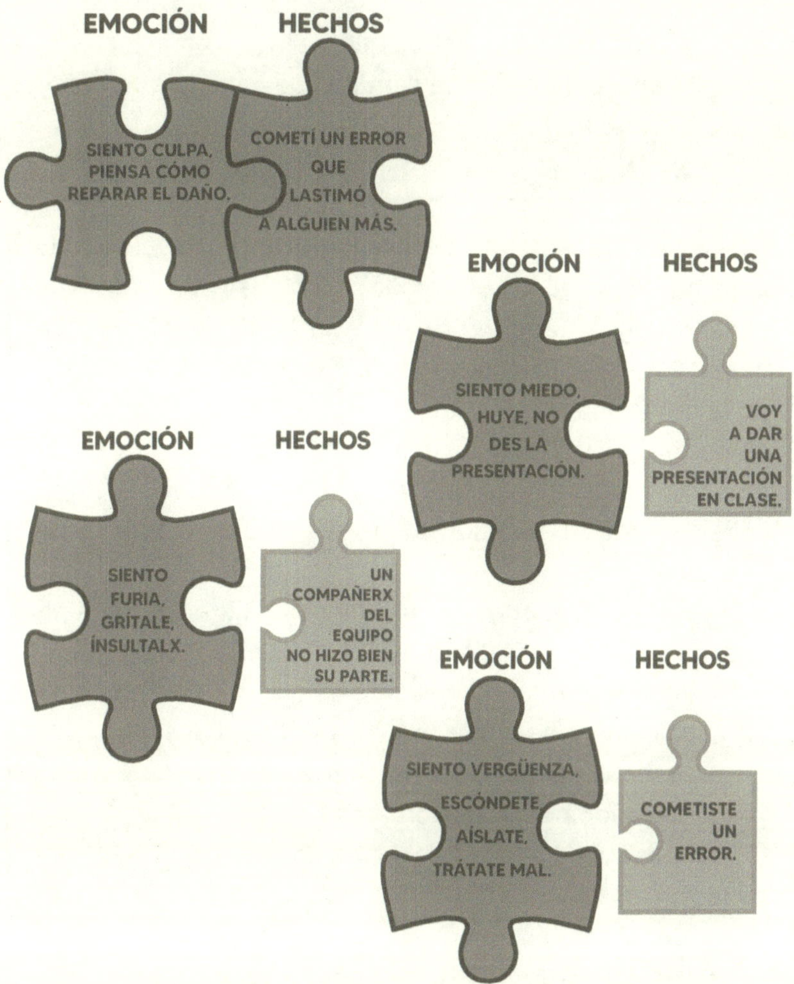

Aclaración:

- No quiere decir que sólo los ejemplos anteriores concuerdan o no con los hechos, cada quién puede hacerse las preguntas para llegar a su propia conclusión.
- Tampoco quiere decir que la emoción deja de ser válida dependiendo de si concuerda o no con los hechos. **La emoción siempre será válida**, recordemos que validar no significa que estemos de acuerdo con algo, es simplemente aceptar y reconocer que hace sentido, que estamos experimentando una emoción.

- Una cosa es "hace sentido que **sienta la emoción**" y otra muy diferente es "hace sentido que haga lo que me dice **la emoción**".

—Entonces, se trata de preguntarnos: ¿tiene sentido para mí seguir lo que la emoción nos está diciendo que hagamos? ¿La función de esta emoción se alinea con nuestra meta o lo que queremos lograr? ¿La intensidad de la emoción nos ayuda a obtener el resultado que buscamos? ¿La consecuencia que tendría actuar como la emoción me dice es lo que yo quiero o necesito? —explico, buscando la atención de mi yo más pequeño, quien escucha interesado.

—¿Y si la respuesta es "sí"? —pregunta mi yo de la niñez, mostrando curiosidad.

—Entonces podemos hacer lo que la emoción nos indica, pero debemos ser responsables de las consecuencias —respondo, tratando de transmitirle la importancia de la responsabilidad en nuestras acciones.

—¿Consecuencias? —pregunta, con un toque de preocupación en su voz.

—Cuando digo consecuencias me refiero simplemente al resultado de nuestras decisiones y acciones. No significa que sea algo bueno o malo, sino lo que ocurre después de que hacemos algo, y es importante hacernos responsables de ello —aclaro, intentando tranquilizar sus temores.

—¿Y si la respuesta es "no"? —pregunta mi yo de la niñez, mostrando su interés por explorar más allá.

—Entonces podemos utilizar habilidades de regulación emocional para modificar la intensidad de la emoción y detener el impulso que nos está diciendo qué hacer —explico, tratando de ofrecerle una solución práctica.

—¿Vamos a surfear la emoción, como lo hicimos al inicio? —pregunta mi yo de la niñez, recordando las habilidades que habíamos aprendido anteriormente.

—Exactamente —confirmo con una sonrisa—. A lo largo de este camino hemos aprendido varias habilidades de regulación, como surfear la emoción al inicio, el ejercicio de M.A.R., la exploración consciente de nuestros pensamientos, sentimientos y sensaciones corporales, ejercicios de respiración y escaneo corporal, y otras más.

—¿Y vamos a usar el árnica? —pregunta, mostrando su curiosidad por el nuevo elemento del botiquín emocional.

—Sí, parece que hay un ejercicio para cuando lo que una emoción nos está diciendo que hagamos no tiene sentido o no es adecuado para la situación —respondo, preparadx para explicarle el ejercicio.

—¿Cuál es ese ejercicio? —pregunta mi yo de la niñez, ansiosx por aprender algo nuevo.

—Vamos a sacar nuestro lado "contreras". Nos opondremos a lo que la emoción nos está diciendo que hagamos, dejando de alimentarla con nuestras acciones, pensamientos y sensaciones corporales. Esto implica hacer lo contrario a lo que nos impulsa la emoción, pensar en algo opuesto a lo que nos sugiere la emoción y llevar a mi cuerpo a que sienta algo opuesto.

Mi yo de la niñez se ríe con vergüenza, pero también con curiosidad, mostrando su disposición a explorar nuevas formas de entender y manejar las emociones.

Acción opuesta: ¿cómo hacemos esto? Haciendo lo contrario de lo que me dice la emoción

CUANDO SIENTAS...	Y, POR LO TANTO, TE DAN GANAS DE...	EN LUGAR DE ESO INTENTA...
tristeza	aislarte, quedarte en cama y estar a solas con tus pensamientos	activarte, hablar con una amistad o familia.
furia	ir con la persona y atacarla o insultarla	alejarte.
miedo / ansiedad	evitar algo, huir, esconderte	enfrentar el miedo lo mejor posible de acuerdo con tus habilidades, aceptar el desafío. Aunque sea en pasos pequeños.
culpa/ vergüenza	esconderte, evitar, aislarte, pretender que nada sucedió	hablar abiertamente de lo que sucedió en un espacio seguro. Y, de ser el caso, tomar responsabilidad y restaurar.

—Recuerda que lo anterior es sólo si evaluamos que hacer exactamente lo que nos dice la emoción no es algo beneficioso para nosotrxs, no se acerca a nuestro objetivo ni a lo que necesitamos en ese momento —explico a mi yo más pequeñx.

—¿Puedes darme un ejemplo? —pregunta, buscando comprender mejor.

—Claro. Por ejemplo, imagínate que nuestra mascota murió y la tristeza nos dice que queremos estar solxs por un rato, pausar el juego por un rato y llorar la pérdida, y eso es exactamente lo que necesitamos, entonces vamos a permitirnos precisamente eso —explico, intentando ilustrarlo con un caso concreto.

—Ah, ya entiendo. Entonces, si el miedo nos dice que evitemos algo porque en serio estamos en peligro, ¿debemos escucharlo? —pregunta, reflexionando sobre la idea.

—Exactamente. Si el miedo nos indica que debemos evitar un lugar, persona o situación porque creemos que estamos en peligro, entonces sí, vamos a hacer lo necesario para aumentar o mantener nuestra seguridad —confirmo, tratando de hacer que el concepto resulte claro—. Es como si nuestras emociones fueran como un GPS que nos guía por el camino a seguir, pero podemos decidir si queremos seguir sus indicaciones o no —continúo explicando.

—Entonces nuestras emociones nos dan información sobre cómo nos sentimos y qué necesitamos, pero al final, somos nosotrxs quienes decidimos cómo responder. ¡Gracias por explicármelo! —responde mi yo de la niñez con una sonrisa, pareciendo haber comprendido el concepto.

Pensamiento opuesto: ¿cómo hacemos esto? A través de la autovalidación

CUANDO SIENTAS...	Y POR LO TANTO, PIENSES...	EN LUGAR DE ESO, INTENTA DECIRTE...
tristeza	"No puedo con este dolor, todo está mal".	"Es comprensible que me sienta así ahora, está pasando ___________ (autovalidación). Tengo la capacidad de sobrellevar estos sentimientos y encontrar alivio". Podemos traer a la mente algún momento donde nos hemos sentido en calma y pedir ayuda.
furia	"Esto es injusto, no debería estar pasando".	"Mi enojo es una respuesta válida a la injusticia, está pasando ___________ (autovalidación). Puedo usar mi energía para buscar soluciones constructivas". Puedo traer a la mente pensamientos neutros, y hablar de esto con alguien.
miedo / ansiedad	"No puedo controlar mis nervios, me saldrá mal".	"Es normal sentir nervios, está pasando ___________ (autovalidación). Puedo enfocarme en mi respiración y concentrarme en lo que puedo hacer en este momento". Puedo traer a la mente momentos donde he enfrentado satisfactoriamente algún miedo.

CUANDO SIENTAS...	Y POR LO TANTO, PIENSES...	EN LUGAR DE ESO, INTENTA DECIRTE...
culpa/ vergüenza	"Debería haberlo hecho mejor, soy un inútil".	"Cometer errores no me define (autovalidación). Estoy aprendiendo y creciendo cada día, y eso es valioso". Puedo traer a la mente ideas para reparar y restaurar una situación si es el caso.

Si nos fijamos en la tabla anterior, no todos los pensamientos necesariamente son hacia algo totalmente opuesto, puede ser algo neutro —explico, señalando la tabla que tenemos frente a nosotros. Mi yo de la niñez asiente, tratando de entender la idea.

—Entonces, ¿qué significa eso de la autovalidación? —pregunta, curiosx por aprender más.

—Bueno, la autovalidación es como darte permiso para sentir lo que estás sintiendo, aceptando tus emociones tal como son, sin juzgarlas. Esto ayuda a regular nuestras emociones porque nos permite clarificar los hechos dolorosos y procesar las emociones de una manera más saludable —respondo, tratando de simplificarlo para que pueda entenderlo mejor.

—¿Cómo hacemos eso? —pregunta, buscando una explicación más concreta.

—La validación puede ocurrir de diferentes maneras. Puede ser verbal, es decir, diciéndonos a nosotrxs mismxs que lo que estamos sintiendo tiene sentido. También puede ser implícita, cuando lo comunicamos a través de nuestras acciones o de nuestro lenguaje corporal. Por ejemplo, cuando ofrecemos un pañuelo a alguien que está llorando o cuando tomamos una pausa breve y prestamos atención a lo que estamos experimentando —explico, tratando de ilustrar el concepto con ejemplos prácticos. Mi yo de la niñez asiente, pareciendo entender la idea hasta ahora.

—Entonces, la autovalidación nos otorga el permiso de sentir nuestras emociones y nos brinda la oportunidad de procesarlas sin prisa —responde, indicando que empieza a captar la idea.

—Exactamente. No es necesario resolver todo de inmediato; podemos darnos el tiempo necesario para permitir que nuestra mente y cuerpo respondan a esas emociones —añado a su reflexión.

Tensión opuesta: ¿cómo hacemos esto? A través del cuerpo[1]

Para comunicarnos con nuestro cuerpo es importante hablar su lenguaje a través de nuestras sensaciones corporales.

CUANDO TU CUERPO RESPONDA...	EN LUGAR DE ESO, INTENTA...
con tensión muscular	realizar ejercicios de relajación muscular progresiva (ver anexo al final del capítulo, página 196): primero tensa y luego relaja cada grupo muscular, de los pies a la cabeza.
con respiración acelerada	realizar ejercicios de respiración (ver anexo al final del capítulo, página 194).
con el corazón acelerado	realizar una actividad física ligera: caminar despacio o hacer estiramientos suaves para reducir la frecuencia cardíaca.

[1] Estas técnicas anteriores fueron obtenidas y modificadas (para que la lectura sea sencilla) del *The Dialectal Behavior Therapy Skills Workbook* de McKay McKay, Jeffrey C. Wood y Jeffrey Brantley.

CUANDO TU CUERPO RESPONDA...	EN LUGAR DE ESO, INTENTA...
con la mandíbula apretada	hacer ejercicios de relajación de la mandíbula: abre y cierra la boca lentamente varias veces y realiza movimientos circulares con la mandíbula para liberar la tensión.
con los hombros tensos	practicar estiramientos de hombros: levanta los hombros hacia las orejas, mantén la posición unos segundos y luego relájalos. Repite varias veces.
con el estómago revuelto	beber agua lentamente: tomar pequeños sorbos de agua para calmar el estómago y realizar respiraciones profundas para relajar el área abdominal (Ver en el anexo al final del capítulo los ejercicios de respiración).
con voz temblorosa	Hablar despacio y claramente: tómate tu tiempo para articular las palabras y respirar profundamente antes de hablar.

—Estos ejercicios nos ayudan a transformar cómo responde nuestro cuerpo en momentos intensos de emoción —afirmo.

—¿Recuerdas cómo nos sentimos tensos a veces cuando estamos muy emocionados o asustados? —pregunto a mi yo de la niñez.

—Sí, como cuando me pongo nerviosx antes de un examen o cuando veo una película de miedo —responde mi yo más joven.

—Exactamente, pero ¿sabes? a veces esa tensión es necesaria, especialmente cuando enfrentamos algo que puede representar un peligro real. Es como cuando te preparas para correr en una carrera o huir de algún peligro, tu cuerpo se tensa para estar listo para el desafío —explico.

—¿Entonces significa que siempre está bien sentirse tenso? —pregunta mi yo de la niñez, con una expresión de confusión.

—Más que algo que esté "bien" o "mal", se trata de enfocarnos en si te resulta útil en ese momento. Y eso depende del contexto. A veces esa tensión es útil, pero en otras ocasiones puede ser molesta o representar un obstáculo y necesitamos aprender a relajar nuestro cuerpo. Estos ejercicios nos ayudan a hacer precisamente eso, a aprender a manejar nuestra tensión y malestar para sentirnos mejor —concluyo, esperando que mi yo más joven comprenda la idea.

Ahora te toca a ti darle seguimiento y monitorear lo que te funciona:

En este momento me siento: ______________________________

____

Del 1 al 10 la intensidad es ______________________________

____

Me siento de esta forma porque ___________________________

____

La acción que me impulsa a hacer es ______________________

____

Pero en lugar de eso voy a ______________________________

____

Mi cuerpo se siente ____________________________________

____

Pero en lugar de eso voy a ______________________________

____

Lo que estoy pensando es _______________________________

____

Pero en lugar de eso voy a pensar en ______________________

____

Después de una hora, me siento ______________________
____

—Observa si sientes algún cambio en tu emoción, en tus pensamientos o en tu cuerpo. Este ejercicio no se trata de fingir que la emoción no existe, sino de tolerarla y aprender a manejarla de una manera diferente.

—¿Entonces no se trata de desaparecer la emoción, sino de encontrar formas de manejarla mejor? —pregunta mi yo de la niñez, con curiosidad.

—Exactamente. La idea no es desaparecer lo que sentimos, sino encontrar estrategias para bajar o aumentar su intensidad, según lo necesitemos, para proceder a tomar decisiones y seguir con nuestras actividades de acuerdo con nuestras metas —concluyo, esperando que mi explicación sea clara para mi yo más joven.

—Algo que yo hago cuando siento una emoción muy intensa es usar mi "kit de la calma" —dice mi yo de la niñez.

—Tener un "kit de la calma" suena interesante. ¿Qué hay en éste? —pregunto intrigadx por la idea que mi yo de la niñez acaba de compartir.

—Bueno, cuando siento una emoción muy fuerte, como si mi cabeza fuera un volcán a punto de hacer erupción, uso mi kit de calma. Lo tengo listo para usar en esos momentos porque cuando la emoción intensa aparece, a veces no tengo ni idea de qué hacer —explica mi yo más joven con sinceridad.

—¡Ah!, como cuando nos ponemos árnica en un golpe: el kit nos ayuda en el momento y nos da el espacio para después saber cómo seguir.

—Exactamente. Y en mi kit, utilizo mis cinco sentidos para llenarlo. ¿Quieres que te muestre cómo? —me pregunta, irradiando un orgullo y emoción genuinos al compartir algo propio conmigo.

A continuación, veremos algunos ejemplos, pero cada quien decide qué le puede funcionar. La siguiente lista no tiene que resonar contigo y puede adecuarse a tus necesidades.

Autocalmarse a través de la vista:

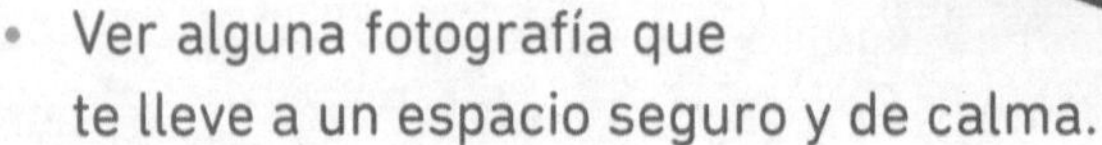

- Ver alguna fotografía que te lleve a un espacio seguro y de calma.
- Leer una "carta para los días nublados" (ver anexo al final del capítulo, página 200).
- Leer un capítulo de tu libro favorito.
- Leer alguna frase que te permita recordar el momento presente y soltar.
- Salir a algún lugar que se sienta seguro y observar la naturaleza y sus colores, texturas, formas.
- Prender una vela y observar detenidamente el movimiento de la vela, la cera derretirse, los colores, el fuego.
- Ver una película reconfortante, por lo general una que ya conozcas y sepas que es agradable para ti.
- Crear arte, dibujar, pintar o incluso mirar obras que te brindan calma.
- Ver el video musical de tu artista y de tu canción favorita.
- Concentrarte en los colores: elige un color y busca objetos de ese color a tu alrededor.
- Si es de noche y el cielo está despejado, toma unos minutos para mirar las estrellas.

—Yo en mi kit de calma puse la cartita que me hizo mi mejor amigx por mi cumpleaños —contesta con entusiasmo mi yo de la niñez.

—Eso suena genial. ¿Por qué no lo agregamos a la lista? —propongo, animadx por la idea de mi yo más joven.

Las cosas que veo que me brindan calma son las siguientes:

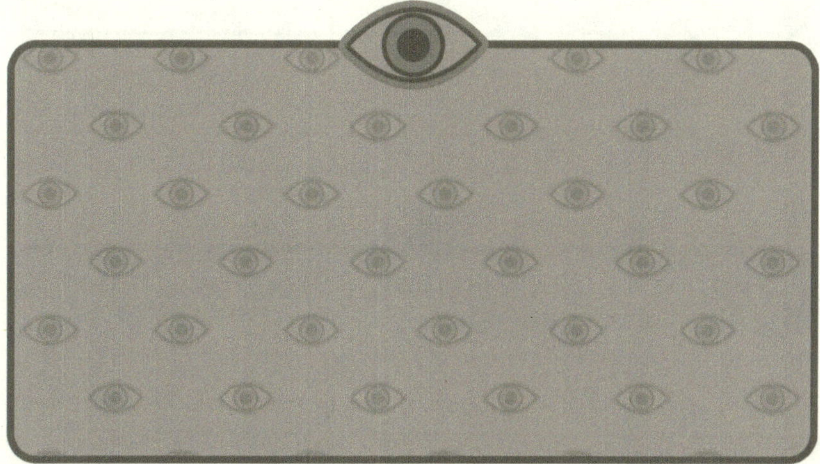

Autocalmarse a través del olfato:

- Utilizar aceites esenciales o velas con aromas relajantes, como lavanda, eucalipto, o menta.
- Preparar una taza de té y disfrutar de su aroma.
- Usar jabones o geles de baño con fragancias que te gusten y relajen.
- Si tienes plantas como albahaca, menta o romero, frota sus hojas y huele su aroma.
- Salir al parque (si se siente seguro) e intentar prestar atención al olor de la naturaleza o simplemente al aire fresco.
- Agregar algún aroma a tu hogar para que huela reconfortante.
- Si te apetece y puedes hacerlo, cocina algo con aromas que sabes que te recuerdan algún buen momento.

—Yo aquí puse una crema que huele muy rico y me relaja —me comparte mi yo de la niñez.

—Esa es una excelente idea. ¿Por qué no la incluimos en nuestro kit de calma? —propongo, intrigadx por la sensibilidad de mi yo más joven para encontrar pequeños placeres que le brindan tranquilidad.

Las cosas que huelo que me brindan calma son las siguientes:

Autocalmarse a través del gusto:

- Comer una fruta fresca que te guste.
- Probar algo que te guste mucho, que sea bueno para ti (por ejemplo: que no sea contraproducente y después te duela o irrite el estómago) y reconfortante.
- Comer lento, saborear el momento, la textura y el sabor del alimento o *snack*. Como si fuera algo que probaras por primera vez.
- Dejar que tu chocolate favorito se derrita lentamente en tu boca.

- Comer algo que te encantaba cuando eras pequeñx.
- Tomar agua para hidratarte.

Mi yo de la niñez saca un puñado de dulces envueltos en colores brillantes, con una sonrisa traviesa en el rostro.

—¡Estos son mis dulces favoritos! A veces los pongo en mi kit —explica con entusiasmo, mostrándome los dulces con orgullo—. Otras veces, sólo pongo un recordatorio para tomar agua. Me ayuda a sentirme mejor.

Me quedo impresionadx por la versatilidad de su kit.

—Eso es genial. Agregaré esto a nuestra lista, ¡nunca se sabe cuándo necesitaremos un recordatorio para cuidarnos! —respondo, admirandx la ingeniosa forma en que mi yo más joven encuentra maneras de sobrellevar situaciones difíciles.

Las cosas que pruebo que me brindan calma son las siguientes:

Autocalmarse a través del tacto:

- Acariciar a tu mascota.
- Darte un abrazo o pedir un abrazo.
- Masajear alguna parte de tu cuerpo, puedes utilizar algún aceite o crema.
- Baño caliente o frío.
- Ponerte algo reconfortante, como pijama, colchas, almohadas, calcetas, etcétera.
- Colocarse hielos o cosas frías (tener cuidado de no lastimarse, es sólo para sentirlo brevemente en tus manos).
- Usar juguetes sensoriales como plastilina, *slime*, pelotas antiestrés o juguetes apachurrables.
- Usar ropa cómoda y agradable al tacto.

—Para mí, ponerme mi pijama, abrazar mi peluche favorito y acurrucarme se siente muy lindo —explica mi yo más joven con una sonrisa en el rostro, como si estuviera revelando un pequeño secreto de felicidad.

Me conmueve su sencilla, pero poderosa forma de encontrar consuelo en las pequeñas cosas.

—Eso suena como un gesto muy reconfortante. Agregaré esa idea a nuestra lista.

Las cosas que toco que me brindan calma son las siguientes:

Autocalmarse a través de lo que escuchas:

- Hacer una lista de reproducción de música para regular diferentes emociones (ver anexo al final del capítulo, página 202).
- Utilizar audífonos que cancelan el sonido, sobre todo si se sienten muy abrumadores los estímulos auditivos.
- Escuchar alguna meditación guiada, puede ser en Youtube o en alguna aplicación de tu elección.
- Visitar una cafetería o lugar de tu elección para escuchar los sonidos de las personas hablando o el ambiente alrededor tuyo. Si no puedes ir, en internet hay videos donde colocas: "sonido ambiental de ________", y puedes colocar cafetería, biblioteca, lluvia, naturaleza, lo que se te ocurra.
- Escuchar un podcast o audiolibro relajante.
- Oír el sonido de tu respiración.

—A mí me gusta escuchar que me cuenten una historia o la música con instrumentos suaves —comparte con una chispa de emoción en sus ojos.

Me recuerda la magia de sumergirse en un cuento o dejarse llevar por la melodía tranquila de un instrumento.

—Eso suena muy reconfortante. Añadiré eso a nuestro kit de calma.

Las cosas que escucho que me brindan calma son las siguientes:

Ahora, como algo extra, incorporamos también el movimiento. ¿Qué cosas haces que te brindan calma?

- Ejercicio de relajación muscular (ver anexo al final del capítulo, página 196).
- Ejercicios de respiración (ver anexo al final del capítulo, página 194).
- Contacto social: interactuar con personas que brindan respuestas sociales positivas (de esto hablaremos en el siguiente capítulo).
- Limpiar y/o organizar mi cuarto.
- Ejercicio físico, actividad recreativa o *hobbie*.
- Bailar.

- Tomar una siesta.
- Pasear a tu mascota.
- Realizar un acto de amabilidad hacia alguien.
- Explorar un nuevo lugar que no hayas visitado antes (por ejemplo: parque, museo, plaza, supermercado, tienda, librería, mercaditos, etcétera).

—¡Yo creo que aquí me pondría a jugar! Eso a mí me calma mucho —añade con una sonrisa traviesa, como si estuviera recordando momentos de alegría y libertad en su infancia.

Su comentario me hizo reflexionar sobre la importancia de mantener viva esa chispa de diversión y creatividad en la vida adulta.

—Tienes toda la razón. ¡Jugar definitivamente debería estar en nuestro kit de calma! —respondo, contagiadx por su energía.

Las actividades que me brindan calma son las siguientes:

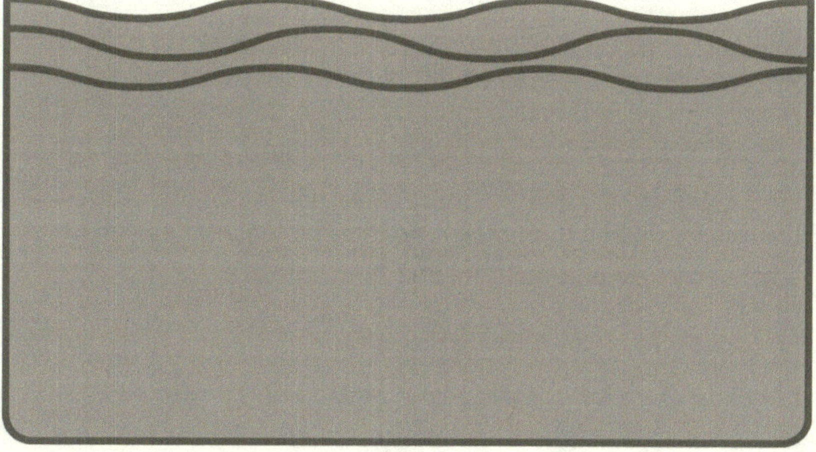

Puedes ir llenando poco a poco esta información, en ocasiones no sabemos que algo nos brinda tranquilidad o nos ayuda a regular lo que estamos sintiendo hasta que lo probamos. Recuerda que ésta es tu lista y tú puedes agregar, borrar o cambiar lo que gustes.

—¿Oye, y todo esto lo guardas en una caja o en algún otro lugar? —pregunto con cierta incertidumbre, consciente de que algunas de las cosas mencionadas no cabrían fácilmente en una caja.

—Bueno, no creo que todo quepa en una caja, pero puedo organizar algunas cosas allí —responde mi yo de la niñez, reflexionando sobre la logística.

—Sí, y aquellas que no quepan podríamos tenerlas a la mano o incluso anotarlas en una lista dentro de la caja para recordar las otras opciones que tenemos y que no cupieron ahí —añado, ofreciendo una solución práctica para la situación.

Cuando estamos experimentando una emoción intensa, nuestro cerebro puede entrar en un estado de reactividad emocional. Este estado puede hacer que decidamos reaccionar impulsivamente. **El kit de la calma actúa como una herramienta para interrumpir este ciclo de reactividad emocional.** Al buscar la caja y elegir un objeto, o ir a tu lista de cosas que te brindan calma, estás realizando un acto consciente que desvía tu atención de la emoción intensa y te invita a concentrarte en una actividad diferente.

El uso de objetos sensoriales puede ayudar a activar el sistema nervioso parasimpático, responsable de la relajación y la calma. Por ejemplo, la respiración profunda y lenta, que puedes practicar al concentrarte en la textura de un objeto suave o el aroma de un aceite esencial, envía señales al cerebro para reducir la activación de la amígdala y aumentar la activación del sistema parasimpático.

El acto de concentrarse en los objetos o actividades del kit de la calma promueve la práctica de la atención plena. La atención plena implica centrarse en el momento presente y observar tus pensamientos y sensaciones sin juicio. Al prestar atención a los detalles de los objetos sensoriales o las actividades, te permites estar en el presente, lo que puede reducir la rumiación y la emoción intensa. Recuerda que el objetivo no es que dejes de pensar en el futuro o pasado por completo, sino que captes el momento cuando eso ocurre y regreses tu mente al momento presente las veces que sea necesario sin dejar de ser amable contigo en el proceso.

Estamos frente a frente, compartiendo nuestras listas de elementos reconfortantes que nos ayudan a encontrar la calma en los días difíciles. La curiosidad brilla en los ojos de mi yo más joven mientras revisamos detenidamente nuestras selecciones.

—¡Me encantó esta actividad!, pero ¿por qué si somos la misma persona, nuestras listas de cosas que nos brindan calma se ven diferentes? —me cuestiona mi yo más pequeñx con una inocencia que enternece mi corazón, mientras sus dedos se deslizan sobre el papel, explorando las diferencias entre nuestras elecciones.

Su pregunta me hace reflexionar profundamente. Aunque somos una sola persona en diferentes etapas de la vida, nuestras perspectivas, experiencias y necesidades han evolucionado con el tiempo. Respondo con cuidado, tratando de transmitir la complejidad de la vida y el crecimiento personal de una manera que él pueda entender.

—Esa es una excelente pregunta —empiezo, pausando un momento para organizar mis pensamientos—. A medida que crecemos, nuestras preferencias y formas de afrontar el malestar pueden cambiar. Lo que nos brinda calma hoy puede ser diferente de lo que nos calmaba antes, y eso está bien. Es parte natural de nuestro proceso de crecimiento y autoconocimiento. Además, es maravilloso ver tu lista y recordar cosas que me traen paz, quizás había olvidado su importancia y ahora puedo volver a integrarlas en mi vida.

Al escuchar mis palabras, mi yo de la niñez asiente con entendimiento, como si estuviera absorbiendo cada enseñanza con avidez. Entonces, recuerdo la metáfora del árnica que habíamos discutido anteriormente, una comparación simple, pero poderosa que resuena en nuestros corazones.

—Recuerda, el árnica no elimina el dolor de inmediato, ni pretende sanar dolores enormes, pero nos ayuda a tolerar el malestar mientras continuamos tomando decisiones que nos permitan sobrellevarlo y nos conduzcan hacia un espacio seguro —le recuerdo con suavidad, deseando que esta lección le acompañe en sus momentos difíciles.

Antes de irnos a otro elemento del botiquín emocional, hagamos el siguiente diagrama de acuerdo con lo que hemos reflexionado hasta ahora:

¿Qué herramientas, reflexiones y/o aprendizajes me llevo de este capítulo?

Anexos al capítulo:

Lo más rápido para calmar nuestro sistema nervioso es la respiración. Por eso, los ejercicios de respiración son tan útiles para bajar una respuesta muy intensa, como la ansiedad. Cuando respiras profundamente con tu abdomen y exhalas más tiempo del que inhalas, tu cerebro reconoce ese patrón de respiración como algo que te da calma y empieza a relajarse.

También es importante ser amables con nosotrxs mismxs. Si te sientes asustadx, no ignores o rechaces lo que sientes. En vez de eso, di algo como: "Entiendo que estoy asustadx y por eso siento ____________________, esto es sólo una respuesta natural de mi cuerpo".

Ejercicios de respiración

RECOMENDACIONES

Practicar los ejercicios una y otra vez para aumentar nuestra habilidad.

Es como aprender a andar en bicicleta; seguramente batallamos las primeras veces, pero luego se volvió más fácil. **Es importante tener paciencia.**

Podemos seguir los siguientes ejercicios con nuestro dedo en la hoja, con nuestro dedo en el aire (imaginándonos la figura frente a nosotrxs) o en nuestra cabeza.

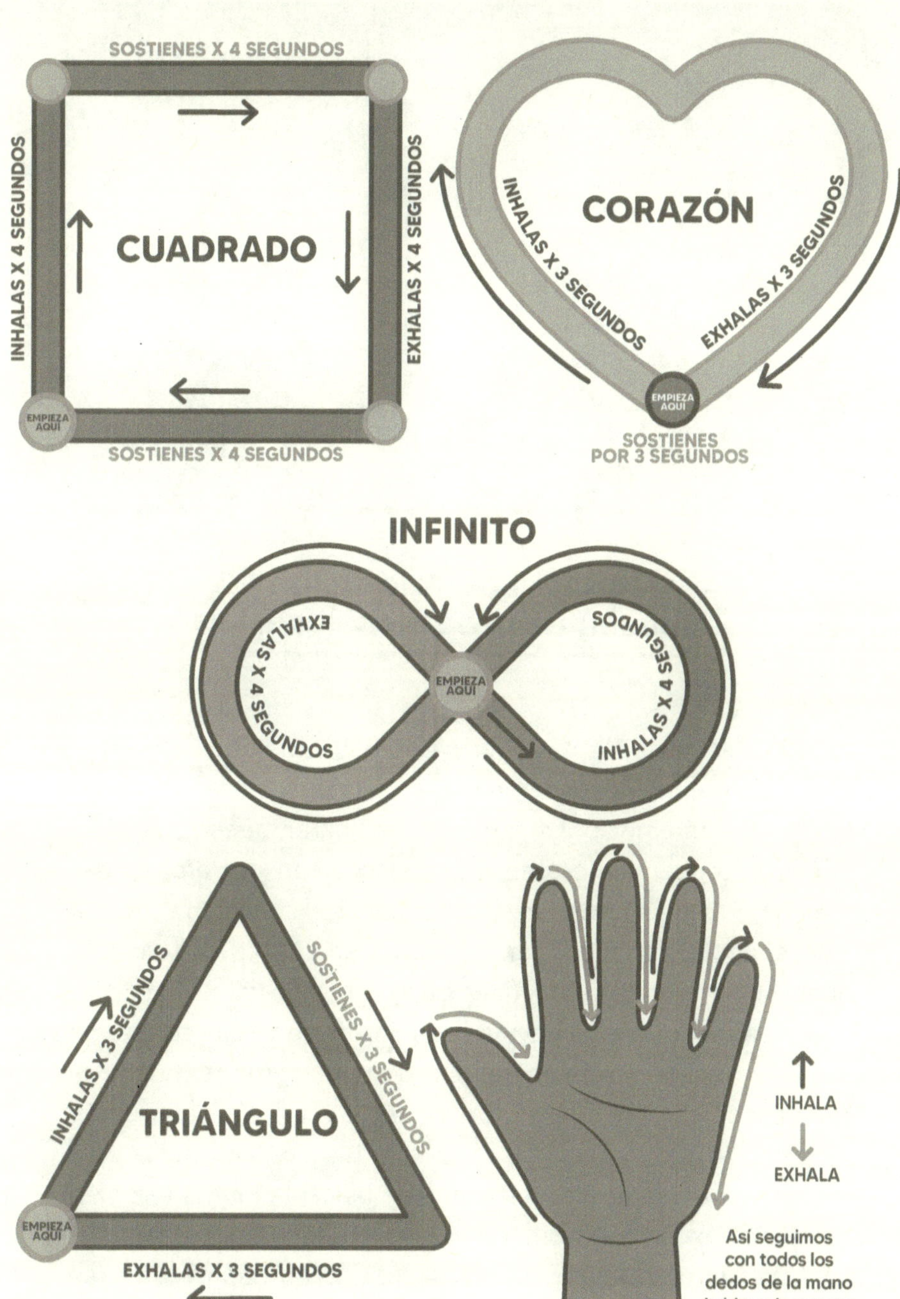

¿Se te ocurre hacer otro ejercicio de respiración usando otra figura? ¿Cuál sería?
Dibújala:

Ejercicio de relajación muscular progresiva (RMP)

La relajación muscular progresiva (RMP) es una técnica altamente efectiva para disminuir la tensión física y fomentar la tranquilidad. Recordemos que ciertos factores "alimentan" nuestras emociones, como la tensión en nuestro cuerpo, nuestros pensamientos, las interacciones con los demás, además de nuestras acciones. Cuando una persona experimenta estrés, ansiedad, miedo, enojo u otro, su cuerpo se tensa, lo que a su vez puede intensificar estas emociones.

Al realizar la RMP, se lleva a cabo una serie de ejercicios que implican tensar y relajar deliberadamente grupos musculares específicos del cuerpo. **Este proceso ayuda a aumentar la conciencia corporal y a liberar la tensión acumulada en los músculos.** Al liberar esta tensión física, la mente también se relaja. Es como si nuestro cuerpo le dijera a nuestra mente: "Oye, estoy relajadx, no es necesario que aparezcan las emociones de forma tan intensa, no necesito que me protejan en este momento".

Este proceso ayuda a reconocer la diferencia entre tensión y relajación, permitiendo una mayor conciencia corporal y llevando al cuerpo a un nivel de relajación.

Instrucciones para la relajación muscular progresiva

Preparación:

1. Encuentra un lugar tranquilo donde no te interrumpan.
2. Siéntate o acuéstate en una posición cómoda.
3. Cierra los ojos y toma unas cuantas respiraciones profundas, inhalando por la nariz y exhalando por la boca (o si prefieres por la nariz también se puede, es lo que sientas más adecuado y natural para ti). Primero vamos a familiarizarnos con el ejercicio, por ello lo haremos con los ojos abiertos, pero una vez que lo domines puedes hacerlo con los ojos cerrados, pues es lo ideal.

Paso 1: tensión y relajación de los pies y piernas

Pies:

- Tensa los músculos de los pies doblando los dedos hacia la planta del pie. Mantén la tensión durante 7 segundos.
- Relaja los pies y deja que se aflojen durante 10 segundos.

Pantorrillas:

- Tensa los músculos de las pantorrillas levantando los dedos de los pies hacia ti. Mantén la tensión durante 7 segundos.
- Relaja las pantorrillas y permite que los pies vuelvan a una posición cómoda durante 10 segundos.

Muslos:

- Tensa los músculos de los muslos empujando las rodillas hacia abajo como si estuvieras tratando de enderezar las piernas. Mantén la tensión durante 7 segundos.

- Relaja los muslos y deja que se suelten durante 10 segundos.

Paso 2: tensión y relajación del abdomen y de la espalda

Abdomen:

- Tensa los músculos del abdomen como si estuvieras preparándote para recibir un golpe. Mantén la tensión durante 7 segundos.
- Relaja los músculos abdominales y deja que se aflojen durante 10 segundos.

Espalda:

- Arquea la espalda ligeramente hacia atrás para tensar los músculos. Mantén la tensión durante 7 segundos.
- Relaja la espalda y permite que vuelva a una posición natural durante 10 segundos.

Paso 3: tensión y relajación del pecho y de los hombros

Pecho:

- Tensa los músculos del pecho respirando profundamente y sosteniendo el aire mientras expandes el pecho. Mantén la tensión durante 7 segundos.
- Exhala y deja que el pecho se relaje durante 10 segundos.

Hombros:

- Levanta los hombros hacia las orejas, tensando los músculos. Mantén la tensión durante 7 segundos.
- Suelta los hombros y deja que caigan hacia una posición relajada durante 10 segundos.

Paso 4: tensión y relajación de las manos y brazos

Manos:

- Tensa los músculos de las manos haciendo un puño fuerte. Mantén la tensión durante 7 segundos.
- Suelta el puño y permite que las manos se relajen por completo durante 10 segundos. Observa la diferencia entre la tensión y la relajación.

Antebrazos:

- Tensa los músculos de los antebrazos doblando las manos hacia las muñecas. Mantén la tensión durante 7 segundos.
- Suelta la tensión y deja que los antebrazos se relajen durante 10 segundos.

Brazos:

- Tensa los músculos de los brazos doblándolos hacia los hombros como si estuvieras haciendo una flexión. Mantén la tensión durante 7 segundos.
- Relaja los brazos y deja que se suelten durante 10 segundos.

Paso 5: tensión y relajación de la cara y el cuello

Frente:

- Arruga la frente levantando las cejas lo más alto posible como si estuvieras recibiendo una noticia sorprendente. Mantén la tensión durante 7 segundos.
- Suelta y relaja la frente durante 10 segundos.

Ojos y mejillas:

- Aprieta los ojos cerrándolos con fuerza y sonríe ampliamente para tensar los músculos de los ojos y las mejillas. Mantén la tensión durante 7 segundos.
- Relaja y suelta los músculos durante 10 segundos.

Mandíbula:

- Aprieta los dientes y tensa los músculos de la mandíbula. Mantén la tensión durante 7 segundos.
- Relaja la mandíbula y deja que se afloje durante 10 segundos.

Cuello:

- Tensa los músculos del cuello empujando la cabeza hacia atrás, como si intentaras tocar la nuca con la espalda. Mantén la tensión durante 7 segundos.
- Relaja el cuello y deja que caiga suavemente hacia una posición cómoda durante 10 segundos.

Finalización:

- Tómate unos momentos para disfrutar de la sensación de relajación que has creado en tu cuerpo.
- Respira profundamente varias veces, permitiendo que cualquier tensión residual se disipe con cada exhalación.
- Abre los ojos lentamente y regresa suavemente al momento presente.
- Si 7 segundos no son suficientes para sentir esa tensión, puedes prolongarlo hasta sentir tensión suficiente, mientras no provoque un calambre.

Reflexión:

Este ejercicio puede realizarse diariamente o cuando sientas que necesitas calmar tu mente y cuerpo. La práctica regular de la relajación muscular progresiva puede ayudarte a desarrollar una mayor conciencia de las tensiones en tu cuerpo y aprender a liberarlas de manera efectiva.

Una carta para los "días nublados"

Los días nublados son una analogía a aquellos días que sentimos tristeza, desesperanza, nos sentimos con el corazón "apachurrado" o simplemente con menos energía y ánimo. ¿Recuerdas el termómetro emocional? Básicamente es cuando nos encontramos en el cuadrante azul (el que se siente con menor energía y emociones no agradables).

Escribir una carta a nosotrxs mismxs para estos días cuando nos encontramos con mayor tranquilidad puede ser una herramienta poderosa para reconectarnos con nuestras capacidades, brindar esperanza, consuelo y perspectiva cuando más lo necesitamos.

Instrucciones:

1. **Encuentra un lugar tranquilo:** tómate unos minutos para respirar profundamente y centrarte.
2. **Dirígete la carta a ti mismx:** usa un tono amable y compasivo, como si estuvieras hablando con una buena amistad que necesita apoyo.
3. **Reconoce tus sentimientos:** acepta que los días nublados son normales y que está bien sentir lo que sientes. Puedes empezar la carta con algo como: "Queridx [tu nombre], sé que hoy es un día difícil ya que...".
4. **Recuerda tus recursos y tus logros:** haz una lista de tus recursos y logros. Acuérdate de los momentos en los que has superado dificultades en el pasado. Escríbele a tu yo futuro sobre esas veces en las que has visibilizado y puesto en práctica esas herramientas para sobrellevar una situación. Si no se te ocurre alguna, si tuvieras frente a ti a las personas que te tienen mucho cariño, ¿qué dirían al respecto sobre tus recursos y logros?

   Aquí tienes alguna lista de recursos (hay muchos más de estos, pero es sólo para que te des una idea).

   1. **Resiliencia:** la capacidad para recuperarte de las dificultades.
   2. **Paciencia:** la habilidad de esperar con calma en situaciones difíciles.
   3. **Creatividad:** la capacidad para encontrar soluciones innovadoras a problemas complejos.
   4. **Empatía:** la habilidad de comprender y compartir los sentimientos de las demás personas.
   5. **Determinación:** la firmeza del propósito para alcanzar tus metas, incluso frente a obstáculos.
   6. **Habilidades de comunicación:** la capacidad de expresar tus pensamientos y sentimientos de manera clara y efectiva.

7. **Adaptabilidad:** la habilidad de ajustarte a nuevas circunstancias y cambios.
8. **Habilidades de resolución de problemas:** la capacidad de analizar situaciones y encontrar soluciones prácticas.
9. **Capacidad de autocuidado:** la habilidad de reconocer cuando necesitas descansar y tomar medidas para cuidar de tu bienestar físico y mental.
10. **Trabajo en equipo:** la capacidad de colaborar eficazmente con otras personas para alcanzar un objetivo común.
11. **Liderazgo:** la habilidad de guiar y motivar a otros para alcanzar metas comunes.
12. **Manejo de emociones:** la capacidad de regular tus emociones y comportamientos en situaciones difíciles.
13. **Habilidad para pedir ayuda:** reconocer cuándo necesitas apoyo y buscarlo activamente.
14. **Organización:** la capacidad de planificar y gestionar tus tareas de manera eficiente.
15. **Atención plena (*mindfulness*):** la capacidad de estar presente y consciente en el momento (no en todo momento porque eso no se puede, sólo cuando decides hacerlo).
16. **Habilidades de negociación:** la capacidad de alcanzar acuerdos beneficiosos en situaciones de conflicto.
17. **Sentido del humor:** la habilidad de encontrar humor en situaciones difíciles y usarlo para aliviar el estrés.
18. **Gratitud:** la práctica para reconocer y apreciar las cosas buenas en tu vida.
19. **Observación**: la habilidad para dirigir nuestra atención a lo que está sucediendo dentro de nosotrxs y/o a nuestro alrededor.

5. Entre muchos otros recursos más.

   Escribe algún otro(s) recurso(s) que identifiques que tienes:

   ____

___

___

___

¿En qué te han ayudado estos recursos?

___

___

___

___

6. **Ofrece palabras de empatía:** incluye palabras de empatía y afirmación. Por ejemplo: "Entiendo que me esté sintiendo ___, estoy pasando por un momento difícil. Voy a permitirme darle un espacio a esto que siento y entender que será pasajero. Ya he sobrellevado momentos difíciles anteriormente".

7. **Incluye estrategias que funcionan para ti:** anota algunas estrategias que sabes que te ayudan a sentirte mejor. Esto puede incluir actividades, decisiones, herramientas que has identificado que te funcionan.
8. **Establece intenciones positivas:** para terminar la carta, establece intenciones positivas y realistas para el futuro, pueden ser pequeños, pero firmes pasos. Esta no es una nota de esperanza vacía, sino un recordatorio de tu capacidad para tomar decisiones que puedan hacerte sobrellevar los momentos más difíciles.
9. **Guarda la carta en un lugar especial:** Guarda la carta en un lugar donde puedas encontrarla fácilmente cuando la necesites, como en tu escritorio, en un cajón especial, o incluso en tu caja sensorial de calma.

A medida que continúas enfrentando y superando desafíos, añade nuevos logros y recursos a tu carta. Este documento es un testimonio en evolución de tu capacidad para salir adelante. Este ejercicio no sólo te ayudará a recordar tus propias capacidades en momentos de dificultad, sino que también fortalecerá tu sentido de agencia y autoeficacia, recordándote que, incluso en los días más nublados, tienes dentro de ti la capacidad de encontrar luz y avanzar.

Espacio para tu propia carta:

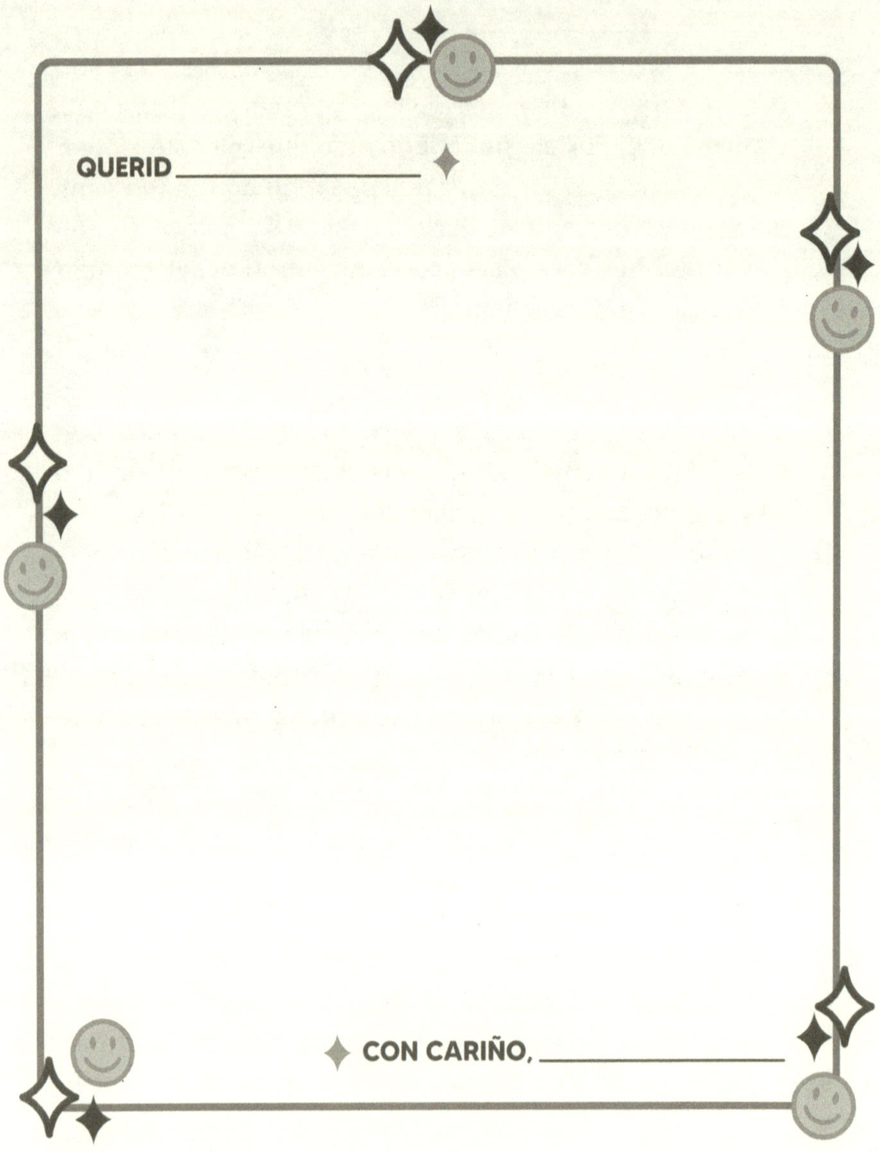

Lista de reproducción de música para la calma

¿Te ha pasado que una canción puede cambiar tu estado de ánimo?

La música puede provocar:

- Reacciones en nuestro cuerpo (por ejemplo: corazón acelerado, escalofríos)
- Pensamientos (por ejemplo: recuerdo de una persona o evento)
- Emociones (por ejemplo: tristeza, orgullo, calma, alegría)

La música envía un mensaje que recibimos e interpretamos, provocando variedad de emociones. Los ritmos lentos en la música pueden inducir calma, tristeza y ternura; mientras que los rápidos pueden provocar alegría, energía y excitación. La intensidad del volumen puede ayudar a calmar, si es bajo, o a irritar, si es alto. El tipo de instrumento también puede producir diferentes efectos; por ejemplo: los de viento pueden causar alegría y los de percusión algo más enérgico. Y, por supuesto, no olvidemos que las letras pueden permitir expresar aquello para lo que no hemos encontrado palabras.

Sabiendo todo lo anterior, la música puede ayudarnos a...

- relajarnos,
- concentrarnos en el momento presente,
- mejorar nuestro estado de ánimo,
- motivarnos a realizar tareas difíciles,
- socializar, etcétera.

Cierta música puede provocar en tu cerebro sentimientos de fortaleza o tranquilidad. Escuchar estas melodías puede ayudar a llevar tu mente a un estado más tranquilo. Tómate un momento para hacer una lista de tus canciones favoritas que te brindan calma. Recuerda que este proceso es personal y único para cada individuo. Lo que te funciona a ti puede ser diferente para otra persona. Además, es importante tener en cuenta que a veces necesitaremos canciones que nos ayuden a procesar nuestras emociones. Por ejemplo, cuando estemos tristes por una ruptura amorosa, escuchar canciones que reflejan este sentimiento puede ayudarnos a comprender lo que estamos experimentando y permitirnos sentir esa emoción. Sin embargo, habrá otros momentos en los que necesitaremos lo contrario: canciones que nos lleven de la tristeza a un estado más energético o calmado.

A continuación, puedes colocar las canciones que te ayuden a procesar la emoción (en la columna izquierda), eso puede hacer que en ocasiones la intensidad de la emoción displacentera se eleve, aunque esto puede ser necesario para acomodar y procesar; en la derecha, van las canciones para bajar la intensidad de la emoción displacentera y elevar emociones placenteras, ya sea alegría, calma, entusiasmo, orgullo o amor, entre otras.

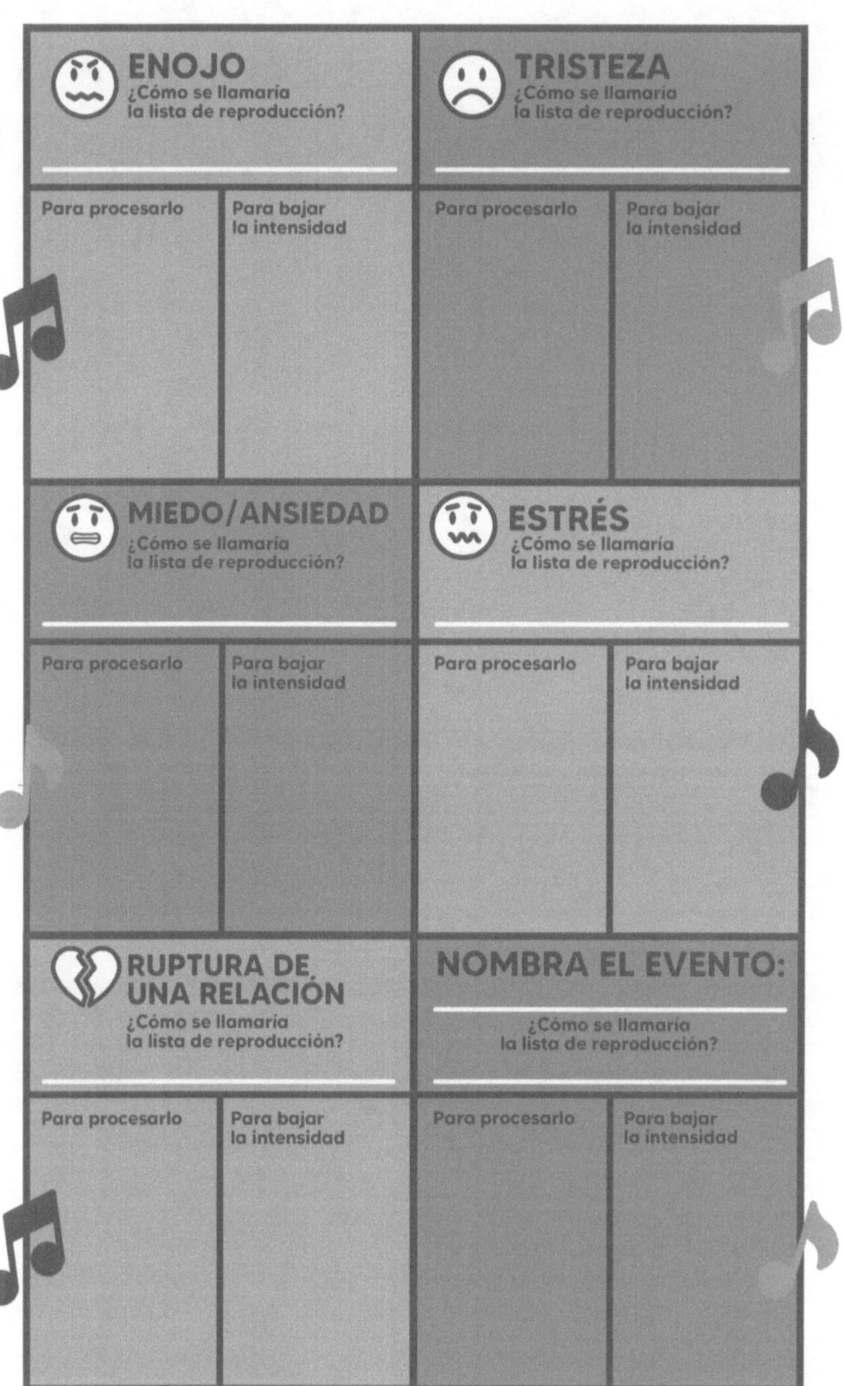

ENOJO
¿Cómo se llamaría
la lista de reproducción?
Para procesarlo
Para bajar
la intensidad
TRISTEZA
¿Cómo se llamaría
la lista de reproducción?
Para procesarlo
Para bajar
la intensidad
MIEDO/ANSIEDAD
¿Cómo se llamaría
la lista de reproducción?
Para procesarlo
Para bajar
la intensidad
ESTRÉS
¿Cómo se llamaría
la lista de reproducción?
Para procesarlo
Para bajar
la intensidad
RUPTURA DE
UNA RELACIÓN
¿Cómo se llamaría
la lista de reproducción?
Para procesarlo
Para bajar
la intensidad
NOMBRA EL EVENTO:
¿Cómo se llamaría
la lista de reproducción?
Para procesarlo
Para bajar
la intensidad

CAPÍTULO 9

LAS VENDAS DE LAS RESPUESTAS SOCIALES

Mientras seguimos explorando nuestro botiquín emocional, una energía especial comienza a provenir de éste. Como si estuviera respondiendo a nuestra necesidad de apoyo, el botiquín comienza a emitir una luz suave, cálida y reconfortante. De repente, sin que lo esperemos, del botiquín comienzan a brotar vendas, pero no son las vendas ordinarias que podríamos esperar. Estas tiras de tela parecen estar impregnadas de atención y afecto, como si estuvieran tejidas con hilos de empatía y comprensión. Cada venda es un recordatorio tangible de las personas que están ahí para nosotrxs en momentos difíciles.

Es posible que ya hayas escuchado hablar sobre **las redes de apoyo como una parte importante de nuestro bienestar emocional.** Estas redes, a menudo mencionadas en el contexto de la salud mental y el cuidado personal, son parte importante para afrontar los desafíos emocionales de la vida.

Las redes de apoyo se refieren a las personas, grupos e instituciones a los que podemos recurrir cuando necesitamos ayuda. Estas redes pueden incluir familiares, amistades cercanas, colegas de trabajo, profesionales de la salud, grupos de apoyo comunitario y más. Son como un tejido invisible que nos envuelve y nos sostiene en momentos vulnerables. De hecho, hay quienes consideran a sus mascotas como parte de sus redes de apoyo (yo soy una de ellas).

Redes formales e informales

Existen dos tipos principales de redes de apoyo: las formales y las informales. Las redes formales incluyen servicios profesionales y organizaciones diseñadas específicamente para brindar apoyo, como terapeutas, líneas de ayuda telefónica, grupos de terapia y centros de crisis. Estos recursos suelen tener estructuras y procedimientos establecidos para proporcionar ayuda especializada.

Por otro lado, las redes informales son conexiones personales más cercanas y cotidianas, como amistades, familiares, colegas de trabajo, personas del vecindario, mascotas, etcétera. Estas redes son igualmente importantes y a menudo ofrecen un apoyo emocional más inmediato y empático debido a la relación personal.

Recordemos que **lo más importante no es la cantidad de personas, sino la calidad de sus respuestas y acompañamiento.**

En este capítulo exploraremos a detalle las respuestas sociales, entendidas no sólo como redes estáticas de apoyo, sino como interacciones dinámicas que moldean nuestra experiencia emocional, social y mental. El Dr. Allan Wade, destacado investigador y terapeuta familiar canadiense reconocido por su trabajo pionero en el campo de la terapia narrativa y la respuesta ante la violencia, propone cambiar el enfoque de las redes de apoyo hacia las respuestas sociales. Este cambio de términos refleja una comprensión más profunda de cómo las personas responden a otras en situaciones de necesidad o crisis. En lugar de enfocarnos únicamente en quiénes están en nuestra red de apoyo, nos concentramos en las acciones y respuestas sociales positivas que estas personas ofrecen.

—¿Qué es eso de una respuesta social positiva? —pregunta mi yo más joven, con curiosidad.

—Son como mensajes de apoyo y comprensión que recibimos por parte de otras personas cuando necesitamos ayuda o la estamos pasando mal. Esos mensajes nos brindan mucha información e influyen en cómo nos sentimos y respondemos a las situaciones difíciles —explico, tratando de encontrar las palabras adecuadas para conectar con mi versión más joven.

—¿Para qué son? —pregunta, mostrando interés en comprender más a fondo.

—Imagina que estás en la escuela y alguien te ha estado molestando por días y la estás pasando mal. Vas y le cuentas a la maestra, pero ella te contesta que está ocupada, que "al rato se contentan" y que "tú también a veces empiezas". ¿Cómo te sentirías? —planteo, buscando un ejemplo claro para ilustrar mi punto.

—Me sentiría muy triste y ya no le diría nada —responde mi yo de la niñez, reflejando la empatía que todos hemos experimentado en alguna ocasión.

—Exactamente —asiento con comprensión—. Aunque quizá la maestra representa una red de apoyo en el salón, su respuesta no fue positiva. Lo que pudo haber hecho es escucharte atentamente, validar lo que estabas sintiendo y buscar una solución en conjunto. O incluso, otra respuesta social positiva puede ser por parte de otros estudiantes de la escuela. Aunque quizá no los consideres como parte de tu red de apoyo porque no son de tu círculo de amistades, si vieran que alguien está molestando a otra persona, pueden intervenir y señalar que eso no está bien.

—¡Uy!, de ese tipo de respuestas se necesita mucho en la escuela —comenta mi yo de la niñez, con una expresión decepcionada.

—Sí, lo recuerdo y lamento mucho que así sea —respondo con sinceridad, compartiendo su sentimiento de frustración ante la falta de apoyo adecuado en situaciones difíciles.

Las respuestas sociales van más allá de la simple presencia de personas en nuestras vidas. Se refieren a las interacciones y comportamientos concretos que recibimos de lxs demás en momentos clave. Estas respuestas pueden ser positivas o negativas, y tienen un impacto significativo en nuestro bienestar emocional y psicológico.

Características de las respuestas sociales

- **Validación emocional:** una respuesta social positiva implica validar las emociones y experiencias de la persona, reconociendo su dolor o malestar y mostrando empatía. Importante: habrá ocasiones en que no vayamos a recibir validación por parte de quienes nos rodean, es importante recordar que eso nunca significa que tu experiencia no sea válida.

  De hecho, la Dra. Teresa Wiseman, especialista en enfermería, comenta que la empatía va más allá de simplemente entender las emociones de las demás personas; implica una conexión profunda y auténtica que requiere esfuerzo y vulnerabilidad. Ella, al trabajar con muchas personas con enfermedades terminales, identificó cuatro atributos de la empatía:

1. **Asumir la perspectiva de la otra persona:** cuando te abres a compartir o adoptar la perspectiva de alguien más, es esencial tener la habilidad de honrar su punto de vista como su propia verdad.
2. **Escuchar activamente sin juzgar:** para verdaderamente adoptar el punto de vista de esa persona es importante apartar nuestras suposiciones y prejuicios, practicando la escucha activa. Sin etiquetar lo que nos está diciendo la persona como algo bueno o malo.
3. **Reconocer las emociones de la otra persona:** para establecer una conexión con la otra persona es fundamental reconocer lo que está sintiendo a través de lo que dice, su cara, su voz, cuerpo, etcétera.
4. **Comunicar tu comprensión de los sentimientos de la otra persona:** es importante expresar tu comprensión de las emociones de la otra persona y validarlo. Demuestra que reconoces y comprendes lo que te está diciendo. Puedes hacer preguntas para que sea más fácil de corroborar que hayas entendido la información recibida.

Podemos practicar y enseñar la empatía al mostrar y verbalizar nuestras propias emociones, tener conversaciones sobre éstas, prestar atención a los sentimientos de las demás personas, observar diferentes puntos de vista, practicar escucha activa, entre otras.

- **Apoyo práctico:** las respuestas sociales también pueden implicar acciones concretas para ayudar a la persona, como ofrecer ayuda material, económica, información o llevarlos a un espacio donde puedan recibir lo que necesitan.

- **Escucha activa:** es fundamental que las respuestas sociales incluyan una escucha empática y activa, permitiendo que la persona exprese sus sentimientos y preocupaciones sin juicios. Este tema lo vimos en el capítulo 7, donde usamos las pinzas y el alcohol.
- **Respeto y comprensión: l**as respuestas sociales positivas se basan en el respeto mutuo y la comprensión de las necesidades individuales de cada persona, sin robarles su autonomía, es decir, su capacidad para tomar decisiones.

—Entonces las respuestas sociales positivas tienen validación, apoyo, escucha activa, respeto y comprensión —comenta mi yo de la niñez, repasando lo que acabábamos de discutir.

—Sí, eso es correcto. Son pilares fundamentales que contribuyen al bienestar emocional y al fortalecimiento de nuestras relaciones interpersonales —respondo, reconociendo su comprensión del tema.

—¡Lo voy a practicar! —exclama emocionadx mi yo de la niñez—. Y así, la gente a mi alrededor tal vez haga lo mismo conmigo cuando yo lo necesite —su entusiasmo era contagioso, y sonreí ante su determinación de poner en práctica lo aprendido para fomentar un entorno más solidario y comprensivo.

La importancia de las interacciones sociales

Allan Wade plantea en una de sus pláticas que nos imaginemos la escena de un niño o niña que se cae en un parque. Este momento aparentemente simple se convierte en una oportunidad para observar las respuestas sociales en acción. ¿Qué sucede cuando dirige su mirada a sus cuidadores en busca de apoyo? La respuesta de los adultos revela mucho más que las palabras; comunica una forma de estar presente y responder ante el sufrimiento. La respuesta de cuidadores le dará a ese niño/a un montón de información sobre cómo vivir esta experiencia, qué hacer con lo que está sintiendo, si es seguro o no comunicarlo, si sus cuidadores se pueden convertir en ese pilar de seguridad. **Una respuesta social positiva sería escucharle, atenderle, explicarle lo que sucedió y traducir emocionalmente lo que está sintiendo para que pueda entenderlo y recibir el apoyo que necesita.** Una respuesta social negativa sería castigarlo, regañarlo, humillarlo o ignorarlo por lo que sucedió. Esta respuesta marca una diferencia significativa en la vida emocional y relacional del niño/a. Las respuestas sociales, como destaca Allan Wade, no sólo reflejan la presencia física de cuidadores, sino del mensaje que transmiten sobre aceptación, cuidado y comprensión emocional.

Cuando un niño o una niña se cae y busca a sus cuidadores en busca de consuelo, lo que está buscando es validación emocional y seguridad, más que una solución práctica para su dolor físico. Una respuesta social positiva implica estar presente de manera empática, validar las emociones del niño o niña y ofrecer el apoyo necesario para procesar la experiencia. No significa que tú como adultx resolverás la situación, pero sí le vas a brindar un espacio seguro para que ese niño/a tome las decisiones para saber qué hacer con lo que está sintiendo, primero teniendo permiso de sentir y entender qué significa.

Por otro lado, **una respuesta social negativa, como el castigo o ignorar que está buscando ayuda o que le dolió, puede llevar al niño o niña a sentir vergüenza, incomprensión o incluso sentir una desconexión emocional de sus cuidadores.** Este tipo de respuestas pueden tener un impacto duradero en su dignidad, en la forma en que el niño o la niña aprende a relacionarse con otras personas y a expresar sus emociones.

Allan Wade enfatiza que las respuestas sociales son una forma de acción concreta que puede promover el bienestar emocional y relacional en situaciones cotidianas. Al observar y reflexionar sobre nuestras propias respuestas sociales, así como las que recibimos de quienes nos rodean, podemos empezar a comprender mejor cómo nuestras interacciones impactan en la vida emocional y social de quienes nos rodean.

No basta con identificar a las personas en nuestras redes de apoyo, es fundamental entender cómo suelen responder ante nuestras necesidades emocionales. Las respuestas sociales van más allá de la presencia física; son el eco de nuestras emociones en el entorno social.

—Entonces estos vendajes son nuestra red de apoyo y las respuestas sociales positivas. Imagina que te lastimas y tienes una herida, las respuestas sociales son como vendajes: algunas son suaves y reconfortantes, mientras que otras pueden irritar, cortar circulación o incluso empeorar la situación —le explico a mi yo de la niñez..

—Uy, yo quiero que sean suaves, no que me dejen peor —contesta con seguridad mi yo más joven.

En momentos de dificultad, buscámos apoyo en nuestros seres queridos y nuestra comunidad. La forma en que responden estas personas puede determinar la rapidez y eficacia de nuestra recuperación emocional. **Las respuestas sociales son más que palabras, son acciones que nos envuelven como un vendaje protector.**

Así como es importante tener el material adecuado para curar una herida, es crucial obtener las respuestas sociales adecuadas para cada situación emocional. ¿Es una respuesta empática como un vendaje suave que alivia el dolor?, ¿o es una respuesta con falta de sensibilidad que se siente como un vendaje áspero y que lastima?

Las respuestas sociales positivas en nuestras vidas desempeñan un papel crucial en nuestro bienestar emocional. La calidad de estas respuestas puede influir profundamente en cómo nos sentimos y cómo percibimos el mundo que nos rodea. Reflexionar sobre estas interacciones nos permite identificar qué aspectos contribuyen positivamente a nuestro bienestar emocional y relacional.

¿Quiénes han sido para ti tus principales redes de apoyo emocional? ¿Cómo te sentiste antes y después de recibir una respuesta social positiva por parte de estas personas? ¿Qué fue lo más reconfortante o significativo para ti en esas interacciones?

Ejercicio de reflexión

1. **Identifica momentos clave:** piensa en una situación difícil que hayas enfrentado. Identifica quién o quiénes estuvieron presentes y cómo respondieron ante esa situación.
2. **Analiza las respuestas:** reflexiona sobre las respuestas sociales que recibiste. ¿Fueron empáticas y solidarias, te sentiste en compañía o te sentiste que minimizaron la situación o te juzgaron?
3. **Impacto emocional:** describe cómo te sentiste antes y después de recibir esas respuestas sociales. ¿Te sentiste con apoyo, comprensión, calma, confusión, angustia, culpa, vergüenza, etcétera? ¿Dirías que fueron una venda suave o áspera y dolorosa?
4. **Reflexión de la experiencia:** utiliza estas reflexiones para identificar qué tipo de respuestas sociales son beneficiosas para ti. ¿Qué características valoras en una respuesta?

Las respuestas sociales positivas pueden ocurrir en todos los espacios:

En casa: fomentar un ambiente de apoyo emocional y comprensión entre familiares y seres queridos. Practicar la escucha activa y expresar empatía en las interacciones diarias.

En el trabajo: promover un clima laboral que valore la comunicación abierta y respetuosa. Brindar apoyo emocional a colegas en momentos de dificultad o estrés.

En la escuela: apoyar a compañerxs y estudiantes mediante respuestas sociales que promuevan un ambiente seguro y acogedor.

En la comunidad: contribuir a una comunidad más comprensiva y solidaria. Ofrecer respuestas sociales positivas a vecinxs, amistades y miembros de las comunidades en situaciones de opresión.

Reflexiones y anotaciones

Toma un momento para reflexionar y escribir sobre las respuestas sociales que has identificado a lo largo de tu vida:

- **Valoración personal:** ¿qué valoras más en las respuestas sociales que recibes? ¿Qué características o comportamientos te hacen sentir con mayor apoyo, seguridad y comprensión?

  ____

  ____

  ____

  ____

  ____

  ____

- **Patrones de respuesta:** ¿hay algún patrón o tendencia en las respuestas sociales que has experimentado? ¿Qué diferencias encuentras entre las respuestas que te han beneficiado y aquellas que no?

____

____

____

- **Desarrollo relacional:** ¿cómo crees que estas interacciones influyen en tus relaciones personales? ¿Hay algo que puedas hacer para propiciar respuestas sociales más positivas en tu entorno?

____

____

____

- **Acciones futuras:** basándote en tus reflexiones, ¿cómo puedes comunicar tus expectativas y necesidades emocionales a las personas significativas en tu vida? ¿Qué pequeños pasos puedes tomar para fortalecer tus relaciones y promover un ambiente de apoyo mutuo?

____

____

____

Registro de redes de apoyo con respuestas sociales positivas

1. **Red de apoyo:**
   - Nombre:
   - Relación contigo:
   - Número de contacto:
   - Características de la respuesta social:

   1. ¿En qué situación esta persona te brindó apoyo emocional? ______________________________

      ____

2. Describe cómo te ayudó esta persona y qué hizo que su respuesta fuera positiva. ______________________
____

3. ¿Qué emociones experimentaste al recibir esta respuesta? ______________________________________
____

4. ¿Cómo influyó esta respuesta en tu bienestar?
____
____

5. ¿Qué te gustaría agradecerle? ________________
____

2. Red de apoyo:

- Nombre:
- Relación contigo:
- Número de contacto:
- Características de la respuesta social:

1. ¿En qué situación esta persona te brindó apoyo emocional? ______________________________________
____

2. Describe cómo te ayudó esta persona y qué hizo que su respuesta fuera positiva. ______________________
____

3. ¿Qué emociones experimentaste al recibir esta respuesta? ______________________________________
____

4. ¿Cómo influyó esta respuesta en tu bienestar?
____
____

5. ¿Qué te gustaría agradecerle? ________________
____

3. Red de apoyo:

- Nombre:
- Relación contigo:
- Número de contacto:
- Características de la respuesta social:

1. ¿En qué situación esta persona te brindó apoyo emocional? ______________________________
____
2. Describe cómo te ayudó esta persona y qué hizo que su respuesta fuera positiva. ______________________________
____
3. ¿Qué emociones experimentaste al recibir esta respuesta? ______________________________
____
4. ¿Cómo influyó esta respuesta en tu bienestar?
____
____
5. ¿Qué te gustaría agradecerle? ______________________________
____

Recursos comunitarios (Redes de apoyo formales)

Además de las respuestas sociales que recibimos de las personas cercanas, otro tipo de respuestas sociales proviene de los recursos comunitarios y de apoyo que puedan complementar tu bienestar emocional.

En tu botiquín emocional, los teléfonos de emergencia son como una línea directa de ayuda cuando más la necesitas: líneas de apoyo, centros de crisis, grupos de apoyo, terapeutas, entre otros.

Te invito a investigar y familiarizarte con las líneas de ayuda y teléfonos de emergencia disponibles en tu comunidad.

Estos recursos pueden ser fundamentales para obtener apoyo inmediato o acceder a servicios especializados cuando enfrentas desafíos emocionales o situaciones difíciles.

Pasos para investigar recursos comunitarios:

1. **Identifica líneas de ayuda locales:** investiga las organizaciones y servicios en tu comunidad que ofrecen líneas de ayuda telefónica o en línea para apoyo emocional. Pueden ser centros de crisis, centros de salud, servicios de orientación psicológica, entre otros.
2. **Explora recursos en línea:** visita sitios web de organizaciones comunitarias, hospitales o centros de salud para obtener información sobre recursos y servicios disponibles. Muchas organizaciones ofrecen información detallada sobre cómo acceder a apoyo emocional y servicios especializados.
3. **Recopila información relevante:** anota los números de teléfono, direcciones y detalles de contacto de los recursos comunitarios que consideres útiles. Mantén esta información en un lugar accesible y compártela con familiares y amistades cercanas. Incluso puedes hacer una prueba y llamar para asegurarte de que los teléfonos sigan vigentes.

Contar con acceso a líneas de ayuda y teléfonos de emergencia puede ser crucial en momentos de crisis emocional o situaciones de emergencia. **Estos recursos proporcionan un soporte vital** para poder conectarte con profesionales capacitados que pueden ofrecer orientación y apoyo especializado.

Ejercicio

Investiga y anota al menos tres recursos comunitarios relevantes para apoyo emocional y atención de emergencia en tu área local. Incluye los detalles de contacto y la descripción de los servicios que ofrecen. Reflexiona sobre cómo puedes utilizar estos recursos en caso de necesidad y comparte esta información con personas de confianza en tu círculo social.

Al tomar medidas para investigar y familiarizarte con los recursos comunitarios disponibles, fortaleces tu capacidad para buscar ayuda cuando la necesites y contribuyes a la construcción de una respuesta social sólida en tu comunidad.

Teléfonos y servicio que investigué:

NOMBRE DEL LUGAR	TELÉFONO	SERVICIO QUE OFRECE

—Oye, ¿cómo le hago si yo quiero ayudar a un amigx de la escuela? —pregunta con curiosidad mi yo de la niñez.

—Uf, gran pregunta. Fíjate que a menudo creemos que ayudar a alguien significa realizar grandes acciones o decirles palabras muy profundas y elaboradas. Pero la verdad es que lo más valioso que podemos ofrecer es simplemente nuestra presencia auténtica y la disposición genuina de escuchar y comprender.

—OK, sí como lo que hemos visto. ¿Y qué podría decirle?

—Algo poderoso que podemos hacer cuando alguien está pasando por una situación complicada es hacer la pregunta: "¿Qué necesitas de mi parte?" o "¿Cómo puedo ayudarte?". Estas preguntas nos orientan hacia la mejor manera de ofrecer apoyo emocional a esa persona. A veces, el simple acto de escuchar sin juzgar puede ser increíblemente reconfortante para quien está pasando por un momento difícil.

—"¿Necesitas ayuda?", "¿cómo puedo ayudarte?". OK, lo recordaré —me confirma mi yo de la niñez, con orgullo por su aprendizaje.

Cuando buscamos acompañar y ofrecer ayuda a alguien, es esencial recordar que cada persona tiene autonomía y por lo tanto capacidad de tomar decisiones. **La ayuda verdaderamente efectiva respeta dicha autonomía y no busca imponer soluciones** o decisiones a la persona que está pasando por dificultades.

Imaginemos que queremos apoyar a un ser querido que está atravesando un momento complicado. Es natural querer aliviar su sufrimiento o resolver sus problemas, pero es importante recordar que cada individuo tiene el derecho de decidir sobre su propia vida y su proceso emocional. **Forzar soluciones o tomar decisiones en su lugar puede llevar a una sensación de pérdida de autonomía y agencia personal.**

Cuando ofrecemos ayuda emocional, es esencial adoptar una actitud de respeto hacia la capacidad de la persona para tomar decisiones informadas sobre su propia vida. Esto significa:

1. **Escucha de verdad sin imponer:** pon toda tu atención en lo que te están diciendo, sin distraerte con otras cosas. Acepta lo que siente sin criticar ni juzgar, sólo escucha y valida permitiendo que la persona exprese sus sentimientos y necesidades sin sentirse presionada a aceptar ciertas soluciones o consejos.

2. **Acompañar en silencio:** a veces, estar ahí es suficiente, no necesitas decir nada. Tu simple presencia puede transmitir mucho apoyo y solidaridad.
3. **Dar consejos sólo si te lo piden o te dan luz verde:** si te pide consejo, espera a que termine de hablar y luego ofrécelo de forma amable y respetuosa. No des consejos a menos que te los pidan, a veces sólo necesita que lx escuches. Puedes hacer también la pregunta: "¿te puedo dar un consejo?", y respetar la decisión.
4. **Ofrecer opciones:** en lugar de dictar soluciones, podemos ofrecer opciones y recursos para que la persona elija cómo desea abordar su situación. Esto fortalece su sentido de control y capacidad para tomar decisiones informadas.
5. **Acompañar en la búsqueda de ayuda:** ayúdale a encontrar recursos o profesionales si lo necesitan. Acompañarlx en el proceso de búsqueda le ayuda, porque le muestras que estás ahí en el camino.
6. **Recordarle que no está solx:** hazle saber que estás ahí, que no está solx. Recuérdale que tiene gente a su lado que le apoya y acompaña de forma incondicional.
7. **Pasar tiempo juntxs:** simplemente estar juntxs, compartir momentos sin grandes expectativas. Esto fortalece la conexión y fortalece la interacción social.
8. **Respetar los límites:** reconocer y respetar los límites de la persona en cuanto a la ayuda que desea recibir. Es importante no cruzar líneas personales o imponer nuestra propia agenda.

Es crucial recordar que **nuestra intención al ofrecer ayuda emocional debe ser facilitar el bienestar de la persona, no controlar o dirigir su vida.**

Respetar la autonomía y la agencia personal es fundamental para establecer relaciones saludables y significativas basadas en el respeto mutuo.

—¿Y qué pasa si estoy muy preocupadx por alguien? —pregunta con angustia mi yo de la niñez.

—Cuando sentimos preocupación por alguien o por una situación específica, podemos comunicar nuestras emociones. ¿Te acuerdas de nuestra amiga, la comunicación asertiva?

—¡Sí! —responde con el rostro iluminado.

Aquí te presento algunos pasos clave para expresar tus preocupaciones de manera clara y desde tu experiencia emocional:

1. **Identifica tus emociones:** tómate un momento para reconocer y entender tus propias emociones. Por ejemplo, puedes decir: "Siento preocupación porque...".
2. **Comparte, con empatía, lo que has observado:** describe lo que has observado sin agregar absolutismos o evaluaciones subjetivas (como lo vimos en el capítulo 7). Por ejemplo, en lugar de decir "porque ya nunca quieres salir", puedes decir: "porque he notado que en las últimas semanas no has salido a los planes que te propongo".
3. **Pregunta abiertamente:** "¿cómo te has sentido últimamente?" o "¿hay algo de lo que te gustaría hablar o compartir?".
4. **Ofrece espacio para la respuesta:** después de expresar tus preocupaciones, permite que la otra persona responda y comparta su perspectiva. Escucha activamente y muestra empatía hacia sus sentimientos y puntos de vista.

Si una persona no se abre contigo inicialmente, es esencial respetar su espacio y tiempo. Aquí hay algunas sugerencias:

1. **Muestra empatía y paciencia:** reconoce que cada persona tiene su propio ritmo para compartir sus emociones y experiencias. Demuestra empatía y paciencia, mostrando que estás disponible cuando la persona esté lista para hablar.
2. **Ofrece oportunidades de conversación:** hazle saber a la persona que estás disponible para escuchar cuando lo desee. Puedes decir algo como: "Estoy aquí para ti si en algún momento quieres hablar o compartir algo".
3. **Proporciona un espacio seguro:** es importante preguntar o entender qué necesita la persona para que se sienta en un espacio seguro y no obviar que ya lo está. Evita presionar o hacerlo en un lugar que se sienta expuesta, respeta sus límites.
4. **Evita juzgar o interpretar:** evita hacer juicios o interpretaciones sobre por qué la persona no se está abriendo contigo. Mantén una actitud comprensiva, sin dar por sentado lo que la otra persona pueda estar sintiendo.
5. **Sigue demostrando interés:** continúa demostrando interés genuino en la persona y su bienestar emocional, confirmando que estás presente cuando la persona esté lista para hablar.

Importante: si es un tema de peligro, también es válido preguntarle a la persona con quién se sentiría cómoda hablando o si preferiría que te dirigieras a alguien de su red de apoyo para compartir tu preocupación.

Es esencial recordar que cada persona y cada situación son únicas, por lo que es importante adaptarnos según las necesidades individuales de quienes queremos acompañar. El arte de acompañar con autenticidad y sencillez radica en la capacidad de ofrecer nuestra presencia de manera genuina y respetuosa.

—¡Ay estas vendas se sintieron como un abrazo en mi corazón! —exclama mi yo más joven.

—Sí, se sintió un apapacho en el corazón. Al final, las respuestas sociales positivas de parte de quienes nos rodean actúan como vendajes emocionales en nuestro viaje emocional.

¿Qué herramientas, reflexiones y/o aprendizajes me llevo de este capítulo?

CAPÍTULO 10

ASPIRINA DE AUTOCOMPASIÓN Y ACEPTACIÓN RADICAL

Mientras exploramos nuestro botiquín emocional una vez más, algo extraordinario sucede. Una energía vibrante comienza a emanar del interior, y el botiquín comienza a moverse ligeramente como si estuviera vivo. De repente, del botiquín emergen unas pequeñas píldoras brillantes, cada una irradiando una suave luz reconfortante. Estas son las aspirinas de autocompasión y aceptación radical, destinadas a aliviar el dolor emocional.

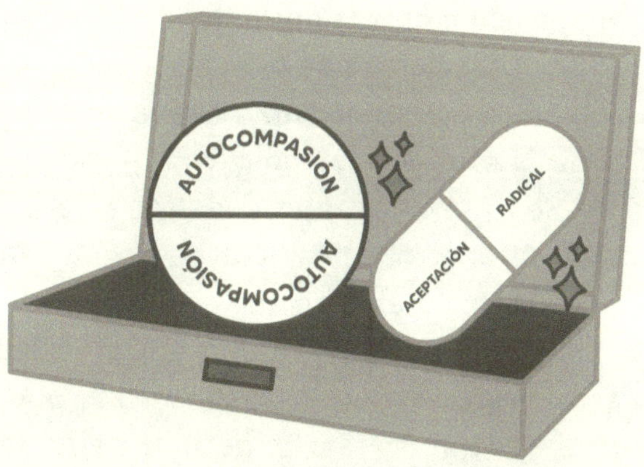

—¿Qué son esas píldoras? —pregunta mi yo más joven, con curiosidad, mientras observa las pequeñas pastillas en la palma de mi mano.

—Son como pequeñas dosis de entendimiento y tranquilidad —le explico con una sonrisa, todavía un poco en conmoción por lo que acaba de suceder—. Nos ayudan a entender cómo nos tratamos a nosotrxs mismxs, a aceptar la realidad y nuestras emociones sin castigarnos.

—¿Cómo funcionan? —pregunta mi yo de la niñez.

—Imagina que estás pasando por un momento difícil, como cuando te sientes muy triste o con mucha preocupación. Estas aspirinas de autocompasión y aceptación radical actúan para brindar algo de calma a ese dolor emocional o mínimo evitar que aumente. Pero ten en cuenta que no son soluciones instantáneas; son herramientas que requieren tiempo y práctica. Es como cultivar un jardín: necesitas cuidarlo y nutrirlo para ver los resultados —le explico, tratando de encontrar las palabras adecuadas para mi yo de la niñez.

—Quiero saber más —me contesta.

—Yo también —le respondo con curiosidad y entusiasmo.

La autocompasión empieza por entender nuestra relación con ésta, por ser conscientes de nuestro proceso interno, de cómo nos hablamos, cómo afrontamos los retos y de cómo nuestro diálogo interno influye positiva o negativamente en nuestros días. Se trata de aceptar nuestros errores e imperfecciones como parte de nuestra naturaleza humana en lugar de como evidencia irrefutable de que estamos "descompuestos". Por lo tanto, quiero que invites a la curiosidad en este proceso interno. **Imagina la curiosidad como un puente entre lo que piensas y lo que haces.** Te permite dejar de lado las suposiciones y los pensamientos automáticos y, en su lugar, dejar espacio para explorar qué otra cosa podría ser cierta, qué otra cosa podría ser posible. Cuando pensamos en ser curiosxs, puede que al principio nos sintamos incómodxs o poco naturales. Si tiendes a criticar o juzgar inmediatamente, pensar en la curiosidad puede ser un reto. Recuerda avanzar un paso a la vez para familiarizarte con el proceso. Se trata simplemente de una invitación a explorar y sentir curiosidad por la curiosidad (por raro que suene).

- ¿Cuál es tu relación actual con la curiosidad?

____

____

____

____

- ¿Qué sientes al pensar en la idea de utilizar más la curiosidad en tu vida?

____

____

____

____

- Cuando digo la palabra *autocompasión*, ¿qué se te viene a la mente?

____

____

____

____

Quizá pienses que *autocompasión* significa tenerse lástima, en una postura "pasiva", en "debilidad" o en disminuir tu capacidad de salir adelante. En muchas culturas, la autocrítica se ve como una herramienta necesaria para el éxito. Se promueve la idea de que solamente a través de la autocrítica severa se pueden alcanzar grandes logros. Esta mentalidad puede llevar a la creencia de que ser amable con uno mismx es indulgente y que podría disminuir el rendimiento o la motivación. Cabe destacar que no me refiero a la autocrítica desde un lugar constructivo, sino de devaluación, como ser tu propio *hater* o enemigx. Es decir, ¿la intención detrás de la crítica es hacerte sentir mal, humillarte, devaluarte o la intención es cumplir una meta, crecer? Y no, **no tenemos que hablarnos horrible para cumplir una meta** y aunque sí puede ser un acelerador para algunas personas, ¿cuánto nos va a costar eso?

Muchas personas han internalizado las críticas devaluativas y/o humillantes de figuras de autoridad durante su infancia, críticas que se convierten en ocasiones en una voz interna. La idea de ser compasivx con uno mismx puede chocar con esta voz interna crítica, generando una "lucha de poder". El primer paso para abrirle espacio a la autocompasión es reconocer y aceptar que existen creencias culturales y personales que pueden estar impidiendo el desarrollo de una voz más amable. Esto implica una autorreflexión honesta sobre las propias creencias y actitudes hacia la autocrítica y la compasión.

Me gustaría que reflexionemos sobre ¿qué tanto nos ha funcionado hablarnos de manera violenta? Por ahí había escuchado la frase "un árbol no crece más rápido por mucho que le grites o insultes". Me parece que si a estas alturas ya te has percatado de que hablarte feo no te funciona como quisieras y has tenido intentos fallidos, hacer lo mismo resultará en obtener los mismos resultados una y otra vez. ¿Qué pasaría si intentas algo diferente?

El hablarnos de forma agresiva en ocasiones se vuelve este ciclo:

Por el contrario, la autocompasión plantea la pregunta esencial:

¿Qué sería útil en este momento?

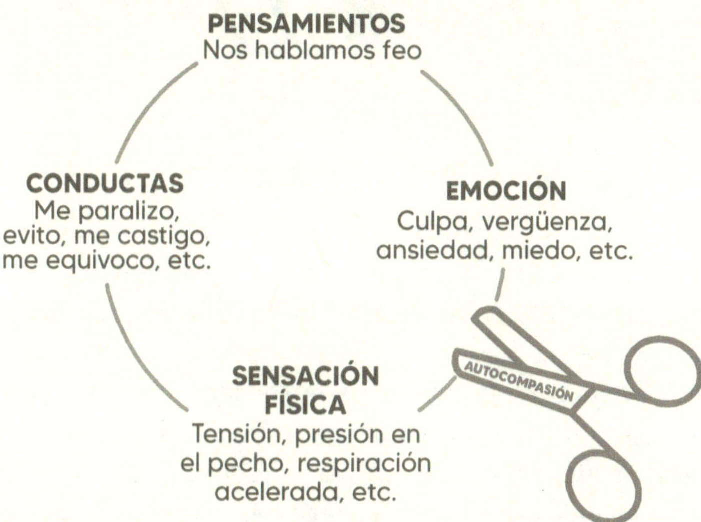

—¿Y por qué a veces me hablo feo?, ¿por qué aparece esa voz? ¡No la quiero! —pregunta con angustia mi yo de la niñez.

—Cada quien tiene su voz o diálogo interno por así decirlo. Es la forma en que te hablas a ti mismx y sobre ti mismx. Tu voz interior son esos pensamientos automáticos que flotan en tu cabeza a lo largo del día. Cuando cometes un error, ¿qué comentarios te dices? Cuando hablas de ti con otras personas, ¿eres amable? —le pregunto a esa voz más joven.

—Mmmm, no soy tan amable —me contesta con voz triste.

¿Cómo clasificarías tu voz interior en un día normal?

____ Muy positiva
____ Positiva
____ A veces positiva, a veces negativa
____ Muy negativa
____ Negativa
____ Generalmente neutral

Si tu media es negativa, no estás solx. Podemos imaginarnos a nosotrxs mismxs como computadoras, constantemente recibiendo y codificando información del mundo que nos rodea. Sin embargo, nuestras "computadoras internas" vienen con un sesgo de negatividad incorporado, un mecanismo de supervivencia que nos ayuda a reconocer y reaccionar ante posibles amenazas. Este sesgo de negatividad nos hace prestar más atención a lo negativo y recordar más fácilmente los eventos desagradables o los errores.

El sesgo de negatividad es un fenómeno psicológico donde los eventos negativos tienen un impacto mayor en nuestros pensamientos, emociones y comportamientos que los positivos.

Evolutivamente, esto nos ha ayudado a sobrevivir, ya que prestar más atención a los peligros nos permitía reaccionar rápidamente para evitar daños. Sin embargo, en el contexto de nuestra vida diaria moderna, este sesgo puede convertirse en un obstáculo.

Automáticamente reconocemos lo negativo, lo recolectamos y lo almacenamos en nuestra memoria. Por eso, a menudo recordamos más fácilmente los errores y los fracasos, confirmando nuestro sesgo de que somos "malxs" o "ineptxs". Esto puede llevar a un ciclo negativo de autoevaluación crítica y disminución de la percepción de nuestra dignidad.

—¿Dignidad?, ¿qué es eso? —pregunta mi yo de la niñez.

—*Dignidad* significa que todas las personas merecen ser tratadas con respeto y cuidado. Piensa en la dignidad como una especie de tesoro que todxs tenemos dentro de nosotrxs, es el saber que valemos por lo que somos. Es como una luz brillante que nos hace seres especiales y únicos. Significa amabilidad y consideración con lxs demás, sin importar quiénes sean o cómo sean —le respondo.

—¿Y yo tengo dignidad? —pregunta.

—¡Claro que tienes dignidad! —le respondo con un tono suave—. Significa que eres valiosx y mereces que te traten con respeto. Aunque a veces, cuando nos hablamos de manera negativa, podemos sentir que se lastima esa dignidad. ¿Recuerdas cómo hablamos sobre los vendajes y las respuestas sociales? Bueno, esas respuestas que recibimos de las personas que nos rodean pueden influir en cómo nos hablamos a nosotrxs mismxs. Si escuchamos muchos comentarios negativos, es como si nuestra voz interna aprendiera a ser crítica y dura con nosotrxs mismxs. Como si fuera una esponja que absorbe esa información.

—¡Ah!, ya entendí. Es como si mi voz interior copiara lo que escucha afuera —me dice con mayor seguridad de entender lo que estamos diciendo.

—Sí, exacto. Imagina que te equivocaste en la escuela, en un examen. Ahora visualiza que las personas a tu alrededor ya sea maestrxs, compañerxs o tus padres te dicen: "¡Pero qué burrx eres!", "¿Por qué no puedes hacer las cosas bien?", "Siempre con lo mismo, no puedes ser inteligente como lxs demás", "Es que eres flojx, eso es lo que eres", "Contigo no se puede, siempre es lo mismo".

—¿Mi voz va a repetirme lo mismo? —pregunta con decepción y temor.

—Hay posibilidades de que en momentos difíciles, como equivocarse nuevamente en algo, esas voces se repitan, pero esta vez vendrán de adentro. Nuevamente vemos cómo las respuestas de las otras personas son importantes —le contesto.

—¿Y qué puedo hacer? —me pregunta con preocupación y curiosidad.

—Vamos a rescatar esa voz interior que es tuya, que es genuina y amable —le respondo.

David Epston y Michael White, en su trabajo sobre terapia narrativa, explican que las voces críticas de nuestros cuidadores y de la sociedad pueden convertirse en las historias dominantes que guían nuestras vidas. Estas historias a menudo incluyen voces críticas que internalizamos desde una edad temprana. La terapia narrativa se enfoca en externalizar estos problemas, es decir, separar el problema de la persona y ver el problema como algo que se puede abordar y cambiar.

A continuación, vamos a darle "vida" a esas voces.

—¿Te acuerdas de que la aspirina de la autocompasión viene acompañada de mucha curiosidad? —le pregunto a mi yo de la niñez.

—¡Sí! —me responde con entusiasmo y sabiendo parte de lo que implica eso: hacer muchas preguntas.

¿De dónde viene esa voz crítica interna? Esa voz que nos dice que tal vez no somos suficientes, que todo lo hacemos mal, que nadie nos va a querer, que vamos a fallar, que somos un desastre... y más expresiones por el estilo.

- ¿Quién me dijo eso?
- ¿Cuándo fue la primera vez que lo escuché?
- ¿Quién me hizo sentir de esta forma?

Incluso si la respuesta a esas preguntas es "nadie", vamos a imaginarnos que la voz crítica se materializa, convirtiéndose en algo que podemos ver. Puede ser lo que sea que te imagines y se venga a la mente cuando piensas en esa voz.

- ¿Qué nombre le pondrías? Puede ser un nombre genérico o algo más personal (sobre todo si has empezado a identificar que esa voz ya la has escuchado de alguien anteriormente).

  ____

  ____

  ____

- ¿Cómo se ve? Describe cómo es esa voz en tu mente.

  ____

  ____

  ____

- ¿Cómo habla?, ¿qué tipo de cosas dice?

  ____

  ____

  ____

- Piensa en los comportamientos y actitudes de esta voz. ¿Es severa, sarcástica, negativa?

  ____

  ____

  ____

- ¿Cuándo suele aparecer?

  ____

  ____

  ____

- ¿Cómo te hace sentir? Por ejemplo, podría llamarle La jueza sarcástica porque cuando cometo un error, me habla con un tono sarcástico y severo, y me hace sentir incapaz de lograr las cosas.

____

____

____

Conversación con la voz crítica:

Ahora que has identificado y personificado a tu voz crítica, ten una conversación con ella. Puedes preguntarle cosas como:

- ¿Para qué me dices esas cosas?, ¿cuál es tu función?, ¿qué quieres lograr?

  ____

  ____

  ____

- ¿Qué miedos o inseguridades está reflejando?

  ____

  ____

  ____

- ¿Qué necesita?

  ____

  ____

  ____

- Aquí puedes agregar más preguntas que se te ocurran y la respuesta de la voz:

  ____

  ____

  ____

Encuentra momentos de excepción:

Ahora vamos a encontrar momentos de tu vida en los que la voz crítica se haya equivocado. Por ejemplo, si tu voz interna dice "Soy un desastre", recuerda momentos en que realizaste una tarea con éxito, resolviste un problema en el trabajo o le ayudaste a alguien. Si tu voz interna te dice: "Nadie me va a querer", recuerda momentos en los que te sentiste amadx y valoradx, como recibir un agradecimiento, disfrutar de una salida con amistades, o tener una conversación muy linda o profunda con alguien que valoras. Si tu voz te dice: "Voy a fallar", trae a tu mente ocasiones en las que enfrentaste desafíos y saliste adelante, ya sea al superar una prueba difícil, aprender una nueva habilidad, o manejar una situación complicada con éxito.

También vamos a buscar otros momentos de excepción donde hayas logrado silenciar, hacer a un lado o reducir el impacto de esta voz crítica.

- ¿Qué hiciste diferente? Por ejemplo: hubo una vez que me concentré en lo que había salido bien en lugar de mis fallas, y La jueza sarcástica no tuvo mucho que decir.

  ____

  ____

  ____

- ¿Cómo te sentiste en esos momentos?

  ____

  ____

  ____

Crear una nueva voz de apoyo, una voz compasiva: Ahora quiero que imagines una nueva voz en tu mente, tal vez sea una voz que haya estado por ahí ya anteriormente. Una voz que contrarreste la severidad de la voz crítica. Utiliza tu imaginación y creatividad.

—¿Cómo se escucharía una voz de apoyo y compasiva? —pregunta mi yo de la niñez.

—Pues podría escucharse algo así:

En lugar de "Soy un desastre", se escucharía "Estoy haciendo lo mejor que puedo".

"No puedo hacer esto" por "Me voy a concentrar en el siguiente paso".

"Nunca hago nada bien" por "Sigo aprendiendo".
"Soy un cobarde" por "Es válido tener miedo y estoy trabajando en enfrentarlo".
"Soy demasiado sensible" por "Mis emociones son válidas e importantes".

- ¿Cómo te imaginas que se ve y habla esta voz?

____
____
____

- ¿Qué te dice en lugar de las críticas?

____
____
____

- ¿Cómo la nombrarías? Por ejemplo: La voz flexible es una voz amable, pero firme que cuando aparece me permite ver las cosas desde otras perspectivas, no rígidas que me reconfortan.

____
____
____

- ¿Cómo te hace sentir esa voz?

____
____
____

- ¿De qué forma interfiere esa voz con tu vida en el presente? ¿Qué pasaría si le dieras más protagonismo a esa voz?, ¿qué cambiaría?

____
____
____

- Si te cuesta encontrar una voz interna amable, imagina a alguien que te apoya y te quiere. O a una persona que admires y que también sea amable. ¿Qué te diría esa persona en los momentos en que la voz de la autocrítica aparece?______________________________________

____

____

Dialogar entre las voces:

Escribe un diálogo entre tu voz crítica y tu nueva voz compasiva. Permite que tu nueva voz de apoyo desafíe a la voz crítica de una manera constructiva, donde también integre los momentos de excepción que vimos arriba.

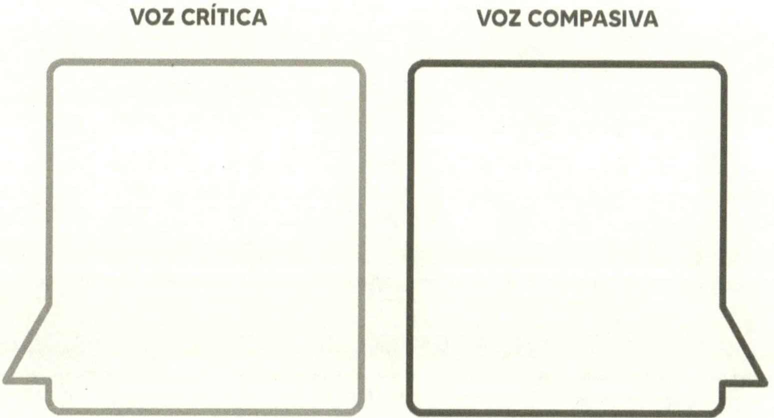

Revisa nuevamente tus frases autocríticas y las respuestas compasivas. Lee ambas en voz alta. Nota cómo te sientes al decir cada una. **Observa si la voz compasiva cambia algo en tu percepción o en cómo te sientes.**

Tomarte el tiempo para identificar y debatir con tu voz crítica interna puede cambiar la manera en que te ves a ti mismo y cómo te sientes en tu día a día. Este ejercicio es un paso importante para cultivar una voz interna más amable y comprensiva.

Recuerda que este proceso lleva tiempo y práctica, es como ejercitar tu músculo al levantar pesas o aprender a tocar un instrumento, no sucede de la noche a la mañana, es un ejercicio que se practica una y otra vez. Sé paciente contigo y reconoce cada pequeño progreso que hagas. **Cada vez que eliges escuchar la voz compasiva estás construyendo un hábito de bienestar psicológico.**

—¿Para ti es fácil encontrar esa voz amable? —pregunta mi yo de la niñez.

—No ha sido fácil, pero aquí contigo la estoy empezando a encontrar. Muchas gracias por eso —le contesto con un nudo en la garganta, mientras siento un abrazo cálido e inesperado.

—Muchas gracias por responder mis preguntas y acompañarme —me contesta mientras me abraza y me ve con ojos de admiración y cariño.

Mientras le doy la bienvenida y me permito sentir esa mezcla agridulce de alegría, esperanza y tristeza, me preparo para continuar con el siguiente ejercicio del botiquín y para seguir fortaleciendo esa voz amable y compasiva.

Antes de dormir:

1. **Piensa en 3 pequeñas cosas que salieron bien durante el día:**
   - » Pueden ser cosas que salieron ligeramente bien, aunque sean pequeñas. Aquí tienes algunos ejemplos:
     - Me tomé un delicioso café.
     - Tuve una plática muy agradable con una amistad.
     - Entregué un reporte a tiempo en el trabajo.
     - No salí tan tarde del trabajo.
     - Terminé de leer un capítulo del libro que me gusta.
     - Cociné una comida que me quedó muy rica.
     - Recibí un mensaje amable de un ser querido.

- Organicé mi espacio de trabajo y siento más comodidad.
- Pude hacer tiempo para ver mi serie favorita.

2. **Identifica las decisiones que tomaste para que eso sucediera:**
   » Después de identificar las cosas que salieron bien o ligeramente bien, vamos a colocar al lado de ellas las decisiones que tomaste para que eso sucediera. Recuerda que las cosas no suceden por magia o combustión espontánea, suceden porque tomamos decisiones.
   » Por ejemplo, si una de las cosas que salió bien fue que te la pasaste bien en una reunión, quizá podrías pensar que no fue por ti, sino por tu amiga que es muy platicadora y que tenía a todos riéndose. Sin embargo, incluso en esos casos se toman decisiones que contribuyen al resultado:
   - Asistir a la fiesta (pudiste decidir no ir y perderte de ese momento).
   - Escuchar a tu amiga (pudiste decidir no prestarle atención).
   - Permitir reírte y disfrutar de sus chistes (pudiste decidir estar pensando que no querías estar ahí y que eso afectara tu apertura para los chistes).

   » O si lo que salió bien fue que tomaste un delicioso café, las decisiones que contribuyeron a ese resultado pueden ser:
   - Fuiste a la tienda y compraste café para tenerlo en tu cocina.
   - Te levantaste a la hora indicada para tener tiempo de servirte un café.
   - Decidiste que, a pesar del caos del día, el café es algo importante para ti y lo preparaste, vaciaste o compraste.

Este ejercicio **nos invita a visibilizar las excepciones y reconocer lo que está funcionando bien y cómo podemos replicarlo**, destacando las decisiones que contribuyen a nuestras experiencias positivas. Al identificar momentos en los que hemos tomado decisiones que traen consecuencias agradables, reescribimos nuestra narrativa personal para enfatizar nuestras capacidades y recursos. Estamos tan acostumbrados a señalar lo que hacemos mal y nuestros errores, que en ocasiones nos parece extraño reconocer cuando algo lo hacemos bien, aunque sea algo pequeño.

Ahora tú:

1. Lo que salió bien fue ____
____
____
____
____

- Las decisiones que tomé para que esto sucediera fueron
____
____
____
____

2. Lo que salió bien fue ____
____
____
____
____

- Las decisiones que tomé para que esto sucediera fueron
____
____
____
____

3. Lo que salió bien fue ____
____
____

- Las decisiones que tomé para que esto sucediera fueron

—Me gustó este ejercicio, fue como una "palmadita en la espalda" que me recordó que, incluso en medio del caos, hay cosas que salen bien. Hay decisiones que puedo tomar para avanzar un paso a la vez, aunque sean pequeñas y en ocasiones pasen desapercibidas —me dije en voz alta, volteando a ver a mi yo infantil.

—Me gusta esto de la autocompasión, no se trata de decirnos cosas lindas y ya, sino de lo que pensamos, sentimos, hacemos y escuchamos de lxs demás. Son un montón de cosas —afirma mi yo más joven con un tono de sorpresa y descubrimiento.

—Y todavía nos falta entenderla más a profundidad, que siga la curiosidad —le respondo.

La compasión se entiende como la capacidad de sentir lo que otrxs sienten (empatía), junto con el deseo de aliviar su sufrimiento. Empatía sin el deseo de ayudar sólo nos deja sintiéndonos mal por el dolor ajeno. Por otro lado, el deseo de reducir el sufrimiento sin empatía es como intentar ayudar a alguien sin realmente entender lo que está pasando. Por lo que aplicado hacia unx mismo implicaría ser consciente de tu propio dolor (empatía) y querer aliviar tu propio sufrimiento, imaginando y trabajando para una versión tuya más segura y en paz. Juntas, estas dos cosas constituyen la autocompasión.

Kristin Neff en su libro *Autocompasión* la define como **la capacidad de tratarnos a nosotrxs mismxs con la misma amabilidad, cuidado y comprensión que le ofreceremos a un buen amigx** cuando enfrentamos momentos difíciles. La autocompasión tiene tres componentes principales:

1. **Amabilidad hacia unx mismx:** practicar calidez y comprensión hacia unx mismx en lugar de crítica con severidad.
2. **Humanidad compartida:** reconocer que todos los seres humanos somos imperfectxs y que todxs pasamos por momentos difíciles. Esto nos ayuda a sentirnos conectados con lxs demás en lugar de aislarnos por nuestros sufrimientos.
3. ***Mindfulness* / Atención plena:** prestar atención a nuestras emociones y pensamientos, sin juzgarlos ni suprimirlos. La atención plena nos permite estar presentes con nuestro dolor sin exagerarlo ni ignorarlo, sólo reconocerlo por lo que es, sin sobreidentificarte con ello.

—¿Qué es eso de "sobreidentifi"... no sé qué? —pregunta con cara de mucha confusión.

—*Sobreidentificarse*, suena a un trabalenguas, ¿verdad? Imagínate que los pensamientos son como libros en un estante. Podemos voltear a ver ese estante y simplemente observar los títulos de los libros, reconocer que están ahí, sin necesariamente sentarnos a leer esos libros, subrayarlos, analizarlos y hacer un ensayo al respecto.

—Ah, ya entendí. Pero hay libros que me llaman mucho la atención y quiero leerlos —contesta.

—Sí, es un ejercicio complicado. Lo que podemos hacer es lo siguiente:

1. **Observa tus pensamientos:** simplemente observa los "títulos de esos libros". Reconoce que están ahí y valida su existencia sin automáticamente responder al impulso de leer cada uno de ellos.
2. **No juzgues:** si te encuentras queriendo analizar o juzgar algún pensamiento, recuérdate a ti mismx que sólo estás observando. No necesitas hacer nada más con esos pensamientos en este momento. Sólo observa.
3. **Deja que los pensamientos fluyan:** permítete recorrer tu mirada por los títulos de esos libros. Algunos libros pueden ser más llamativos que otros como bien dices, pero no necesitas agarrarlos del estante. Sólo observa cómo están ahí y déjalos estar.
4. **Regresa a tu respiración:** si te sientes abrumadx o encuentras que quieres tomar uno de los libros para leerlo, vuelve a centrar tu atención en tu respiración. Siente el aire entrando y saliendo de tu cuerpo. Las veces que sea

necesario hacerlo. No importa que tu mente se vaya nuevamente a ese pensamiento... "atrápalo" y regresa la atención a tu respiración.

La compasión consciente se trata de reconocer nuestros pensamientos no deseados, aceptar que los tenemos y, sin juzgarlos, estar dispuestxs a cuestionarlos como lo hicimos en el ejercicio anterior o dejarlos ir y venir sin necesariamente sobreanalizarlos.

Entrenar la mente requiere un esfuerzo constante, paciente y repetido. Uno no entrena para correr un maratón dando una vuelta a la manzana de vez en cuando y listo, sino que empieza a correr con regularidad, transformando lentamente los músculos de las piernas, al igual que el poder de la neuroplasticidad (la capacidad del cerebro para formar y reorganizar las conexiones entre las células cerebrales en respuesta a nuevos aprendizajes o experiencias) entrena el cerebro de forma lenta, pero constante para que piense de forma diferente. No todos los pensamientos, al igual que todas las carreras, van a sentirse tan bien como otros o van a ser fáciles de sobrellevar, así que a veces desafiar tus pensamientos puede parecer muy mecánico, pero lo importante es que te comprometas con pensamientos más beneficiosos y lo hagas suavemente, una y otra vez.

¿Cómo se vería poner en práctica lo anterior?

Existe una afirmación de autocompasión, desarrollada por Kristin Neff (ella la llama mantra) en la cual utiliza los tres componentes mencionados anteriormente: atención plena (tomar conciencia del momento presente y prestar atención a lo que surge dentro y fuera de ti sin juzgar), humanidad compartida (reconocerse a unx mismx en lxs demás, saber que no se está solx en lo que se está experimentando) y amabilidad con unx mismx (decirnos algo nutritivo y de apoyo). He aquí un ejemplo:

» **Situación:** me siento muy triste después de una discusión con una amistad cercana, siento que soy la peor amistad y que me odia.

- **Aplicando la afirmación/mantra de autocompasión:** "Me siento solx y triste ahora mismo, mi cuerpo se siente con poca energía. Es normal sentirse así después de una discusión con alguien que quiero mucho (atención plena y autovalidación). Muchas personas experimentan estos sentimientos después de una discusión con un ser queridx (humanidad compartida). Me voy a dar el tiempo de procesarlo y buscaré la manera de resolver el conflicto" (amabilidad).

Lo importante de crear nuestra propia afirmación de autocompasión es que podemos hacerla única, individual y personal. Puede adaptarse a cualquier situación por la que estemos pasando, y nos permite invitar más de estos tres componentes a nuestros momentos de desafío: **1)** atención plena + autovalidación, **2)** humanidad compartida y **3)** amabilidad.

Importante: si te diste cuenta, agregué la parte de autovalidación, recordemos que esta actividad trata de:

- Comprensión empática hacia unx mismx, prestando atención a los propios sentimientos, pensamientos y conductas.
- Reflexión precisa y descripción sin juicio de las propias experiencias.
- Reconocimiento de cómo nuestras respuestas tienen sentido en términos de adaptación, dadas nuestras creencias, aprendizajes previos, etcétera.
- Validación de las propias respuestas en términos del contexto presente.
- Validación NO ES estar de acuerdo, celebrar, positividad, mentir o arreglar.

Este tipo de afirmación y reconocimientos nos ayuda a tener una mejor relación con nosotrxs y a diferenciar lo que el mundo espera de nosotrxs versus lo que realmente somos y podemos ofrecer. ***Autocompasión* significa dejar ir las expectativas no realistas** de la perfección y también soltar la idea rígida de que "siempre me voy a sentir bien, en todo momento" y que voy a "reaccionar espectacularmente a todo". Y es precisamente ser amables con nosotrxs mientras reconocemos que no siempre nos vamos a sentir bien ni a seguir exactamente lo que dice este libro. Esto nos hace sentir más segurxs, auténticxs, aceptadxs y vivxs. Nos quitamos de una presión y una expectativa que es imposible de cumplir.

Ahora, se menciona que la autocompasión consiste en tratarse a unx mismx como se trataría a un ser querido. Pero no siempre tratamos a nuestros seres queridos "amablemente", incluso cuando los tratamos con amor y amabilidad, ¿verdad? Por ejemplo, si tienes un ser querido que está pasando por una situación peligrosa, puede que seas directx a la hora de disuadir de un comportamiento poco saludable y animarle a buscar ayuda. Podrías ser amable validando lo duro que es, reconociendo lo mucho que tú deseas que no sufra. Es decir, incluso cuando somos directxs, podemos no ser violentxs.

Diferenciando autocompasión y evasión de responsabilidades

Muchas personas dudan en practicar la autocompasión porque, de algún modo, les parece que están haciendo "trampa" o no haciéndose responsables ante la situación. En realidad, la autocompasión es la mejor forma de responsabilizarse de situaciones en las que uno pudo no haber puesto en práctica sus habilidades y, por lo tanto, tener la oportunidad de aprender de ello. Puede que estés pensando: "OK, pero ¿cómo puedo tener la seguridad de que estoy asumiendo la suficiente responsabilidad por lo que he hecho y de que no estoy siendo amable conmigo para tomar la salida fácil?". La autocompasión también involucra tomar en cuenta la responsabilidad que tenemos con nosotrxs y las demás personas. Sin embargo, estas siguientes preguntas nos pueden ayudar a evaluar si nuestra autocompasión está acompañada de una genuina toma de responsabilidad por nuestras acciones y sus consecuencias. Aquí te dejo algunas preguntas que podrías hacerte:

PREGUNTA REFLEXIVA	PARTE RESPONSABLE	PARTE AUTOCOMPASIVA
¿He reconocido el error claramente?	Identificar y describir lo que hice y cómo afectó a otros.	Verbalizar lo sucedido sin minimizar ni exagerar, con compasión.
¿Entiendo las consecuencias de mis acciones?	Reflexionar sobre cómo mis acciones afectaron a otrxs y a mí.	Reconocer los efectos sin juzgarme severamente, entendiendo que todxs cometemos errores.
¿Estoy siendo honestx conmigo y con las demás personas?	Ser completamente honestx sobre mis acciones y motivaciones.	Mantener la honestidad como una forma de autocompasión, dándome espacio para críticas constructivas.
¿Qué estoy haciendo para corregir el daño?	Tomar acciones concretas para reparar el error y restaurar la situación.	Ver estas acciones como una forma de cuidado hacia mí mismx y hacia otrxs, no como un castigo.

PREGUNTA REFLEXIVA	PARTE RESPONSABLE	PARTE AUTOCOMPASIVA
¿Qué aprendí de esta experiencia?	Generar ideas creativas y constructivas sobre cómo evitar cometer el mismo error.	Enfocarme en el aprendizaje y el crecimiento, sin centrarme sólo en el error.
¿Estoy siendo paciente y comprensivx conmigo mismx?	Darme tiempo y espacio para aprender y crecer, sin esperar perfección inmediata.	Practicar la autocompasión siendo paciente y comprensivx conmigo mismx mientras trabajo en mejorar.
¿Estoy buscando apoyo cuando lo necesito?	Pedir ayuda o consejo a personas de confianza para manejar mejor la situación.	Reconocer que es válido y humano buscar apoyo externo como parte de ser responsable y compasivx.
¿Estoy evaluando mi progreso?	Revisar mi comportamiento y decisiones periódicamente para asegurarme de que estoy en el camino adecuado para mí.	Evaluar mi progreso con una actitud compasiva, celebrando los avances y aprendiendo de los tropiezos.

—Sabes, ahora veo con más claridad por qué la autocompasión vino en forma de "aspirina" —le digo a mi yo de la niñez.

—¿Por qué? —me cuestiona con cara curiosa.

—En algún trayecto de nuestra vida de pronto se nos olvida que somos personas, de carne y hueso, que a veces la estamos pasando mal, que venimos con emociones, pensamientos, sensaciones, expectativas, creencias, dolores, etcétera. Pero la autocompasión nos recuerda esa humanidad que a veces olvidamos que seguimos teniendo, que está bien ser imperfectxs, está bien cometer errores, está bien no ser siempre fuertes ni tener la respuesta de todo. Y con el simple hecho de encontrarme con esto y tenerlo presente empiezo a sentir cómo levemente la presión y el dolor que la acompañan disminuyen.

—Es como si nos estuviéramos dando un abrazo cálido desde adentro, ¿no crees? —comenta esa voz joven, con una chispa de comprensión en sus ojos.

—Exactamente, así es —asiento con una sonrisa—. Y al practicar la autocompasión, estamos cuidando nuestro corazón y nuestra mente de la misma manera que cuidamos nuestro cuerpo cuando estamos enfermxs. Nos estamos dando permiso para ser humanos, con todas nuestras debilidades y vulnerabilidades. Y eso, quiero que recuerdes que es un regalo que merecemos darnos a nosotrxs mismxs.

En ese momento nos percatamos de un movimiento, como si la aspirina de la aceptación radical empezara a moverse, como un pequeño recordatorio de que no quiere que la olvidemos y dándonos a entender que también ella es una forma importante de aliviar nuestro sufrimiento emocional.

ACEPTACIÓN RADICAL

Ahora que hemos explorado la autocompasión y la curiosidad, es momento de hablar sobre la aceptación radical. **En la vida las cosas a veces pueden ser injustas o muy difíciles**; sin embargo, **luchar contra la realidad de lo que ya sucedió puede ser desgastante.** Esto no significa resignarse o rendirse y no hacer algo para modificar el futuro, sino reconocer los hechos de la situación presente tal cual como se presentan. Claro que podemos intentar cambiar las cosas a futuro, pero para que eso ocurra, primero necesitamos aceptar las cosas tal cual son ahora mismo.

¡Importante! Evaluar si esta situación es una amenaza en el presente. Si es una amenaza es necesario buscar ayuda, ya sea de tu red de apoyo, terapeuta o algún centro de ayuda o institución. Recuerda que aceptar no significa ponerse en peligro. La seguridad es siempre prioritaria.

—¿Qué es *radical*? —pregunta mi yo de la niñez.

—*Radical* significa "completamente" y "hasta el final". Es aceptar con pensamiento, cuerpo y emociones. ¿Recuerdas cómo hablábamos de aceptar nuestras emociones y pensamientos, incluso cuando son difíciles?

—Sí, como cuando nos sentimos tristes o asustados, pero no tratamos de ignorar esos sentimientos, sino que los reconocemos y aceptamos —me contesta.

—Exactamente. En este caso, la aceptación radical va un poco más allá. Es aceptar la realidad tal como es, sin intentar cambiarla a la fuerza o negarla.

—¿Aceptar la realidad?

—Se acepta la realidad tal como es. Los hechos del pasado y el presente son simplemente eso: hechos.

Aceptarlos no significa estar de acuerdo con ellos, pero reconocer su existencia nos permite avanzar.

—¿Pero si no quiero la realidad? —me pregunta mi yo de la niñez.

—Bueno, el problema es que rechazar la realidad no la cambia. El dolor que sentimos por las cosas que no podemos cambiar persiste, incluso si tratamos de ignorarlo. La aceptación nos permite enfrentar ese dolor y encontrar formas de avanzar, aunque no estemos de acuerdo con la realidad —le contesto.

—Entonces, ¿la aceptación radical no significa que estamos de acuerdo con lo que sucedió o cómo sucedió?

—Exactamente. Podemos aceptar los hechos sin necesariamente estar de acuerdo con ellos. Y, lo más importante, la aceptación radical no es pasividad. No significa que nos resignemos o que dejemos de buscar soluciones. Al contrario, aceptar la realidad nos permite actuar de manera más efectiva para cambiarla en el futuro.

—Ah, entiendo. Entonces, esta pastilla es amarga, ¿verdad?

—Sí, algo así. Esta aspirina de la aceptación radical es amarga, pero necesaria para poder avanzar y encontrar la calma después del dolor. ¿Listx para seguir explorando esta nueva herramienta?

—Sí —me contesta sabiendo que esta pastilla no sería como la otra, como un abrazo cálido, pero aun así es necesaria.

A continuación, te presento algunos ejercicios y reflexiones sobre la aceptación radical obtenidos del *Manual de entrenamiento en habilidades* DBT (Linehan, 2020).

¿Qué se acepta?

La realidad tal como es, los hechos sobre el pasado y presente son hechos, incluso si no queremos aceptarlos.

¿Por qué aceptar la realidad?

1. Rechazarla no la cambia.
2. Cambiar la realidad requiere que primero la aceptemos.
3. El dolor no se puede evitar, es una señal de que algo está mal. Sentimos dolor cuando no obtenemos algo que queremos o cuando obtenemos algo que no queremos.
4. Rechazar la realidad transforma el dolor en sufrimiento.
5. Negarse a aceptar la realidad puede mantenernos atrapados en la angustia y el sufrimiento. Dolor + No aceptación del dolor = Sufrimiento.
6. La aceptación radical puede causar tristeza al inicio; sin embargo, después puede venir la calma.

¿Qué NO es la aceptación radical?

1. NO es estar de acuerdo con la realidad, se pueden aceptar los hechos sin estar de acuerdo con lo que sucedió o cómo sucedió.
2. NO es pasividad.
3. NO es estar en contra del cambio.
4. NO es pensar que ya no hay nada que se puede hacer y detenernos.

Pero te preguntarás ¿cómo no va a ser "rendirse" o "pasivo" eso de aceptar algo y no luchar contra la realidad? La aceptación radical significa mirarte a ti mismx y a la situación, y ver las cosas como son en realidad sin negarlo, es decir, validar lo que está ocurriendo o lo que sucedió, para así centrar tu atención en lo que puedes hacer ahora. Esto te permitirá pensar con más claridad y encontrar una mejor forma de afrontar la situación.

Practicar la aceptación radical (pensamiento, cuerpo y emociones)

Piensa y escribe una situación que te esté causando dolor o malestar:

____

____

____

____

—Al pasar por situaciones difíciles, en ocasiones nos cuesta trabajo aceptarlas tal como son. Es justo ahí donde es importante recordarnos que está bien sentir lo que estamos experimentando y que nuestras emociones son válidas —le digo a mi yo de la niñez.

—Sí, a veces me siento mal por sentirme mal y quiero arreglarlo —me contesta.

—Y es frustrante porque las emociones no se arreglan, simplemente se sienten. Se trata de aceptar y validar lo que estamos sintiendo y darnos permiso para sentirlo. Permítete sentir decepción, tristeza, enojo o cualquier otra emoción no agradable sin juzgarla. Después vamos a conectarlo con nuestra experiencia y realidad tal como es sin luchar contra ella.

—¿Cómo hacemos eso? —pregunta mi yo de la niñez.

—Podríamos decir algo como "Acepto que (la realidad) está sucediendo y que siento (emociones / sentimientos)" o "Tiene sentido sentirme (emociones/sentimientos) ya que está sucediendo (la realidad).

—Ah, ya entendí. Es como decir: "Acepto que no es justo, no debió haber pasado y es la realidad presente".

—Exacto, de esta forma estamos aceptando y validando la realidad y lo que sientes al respecto.

Escribe una frase o afirmación que refleje la aceptación de la situación y lo que sientes tal como es sin luchar contra ella:

____

____

____

—Podemos ser creativxs y buscar formas de practicar aceptación con todo nuestro ser. Puede ser desde una frase que te dices, algo que piensas o incluso a través de tu cuerpo —le digo a mi yo de la niñez.

—¿Con el cuerpo? ¿Cómo es la aceptación con el cuerpo? —me pregunta riéndose y con cara curiosa.

—También es importante conectar nuestra aceptación con nuestro cuerpo. Cuando nos aferramos a algo, nuestro cuerpo se tensa, ¿recuerdas cómo solíamos sentir esa tensión?

—Sí, a veces sentía mi estómago y manos apretadas, cuando estaba preocupadx por algo.

—Exacto, es como esa tensión que ponemos cuando no queremos dejar ir algo y lo agarramos muy fuerte —le digo apretando muy fuerte mis brazos, cara y abdomen—, ahora podemos practicar para soltar esa tensión. Podemos relajar nuestros brazos, respirar profundamente, relajar nuestras manos y adoptar una media sonrisa para relajar nuestra cara. Cuando soltamos la tensión en nuestro cuerpo, también podemos soltar la tensión en nuestra mente —le contesto, mostrándole cómo mi cuerpo se relaja y suelta después de estar en tensión.

—¿Entonces voy a fingir una sonrisa?

—No, de hecho, eso sería mandar una señal equivocada al cerebro. Vas a realizar una media sonrisa, no es necesario que las demás personas la vean; es sólo para ti, para poder relajar los músculos de tu cara.

—Oh, ya entendí.

—También puedes relajar brazos y manos para evitar la tensión. Si estás de pie, puedes comenzar soltando tus brazos, manteniéndolos rectos o ligeramente doblados. Gira tus manos hacia afuera, con los pulgares hacia afuera, las palmas hacia arriba y los dedos relajados.

—¿Y si estoy sentadx?

—Simplemente coloca tus manos sobre tu regazo o muslos, girándolas hacia afuera con las palmas hacia arriba y los dedos relajados.

—¿Y si estás acostadx?

—Deja tus brazos a los lados, con las manos relajadas, girando las palmas hacia arriba y manteniendo los dedos relajados. Al relajar nuestras manos, estamos enviando una señal a nuestro cerebro de que estamos dispuestxs a soltar y aceptar lo que sea que esté sucediendo.

—¿Y si me paro de manos? —pregunta viéndome con cara burlona y empezando a reírse.

—Bueno, no me cabe duda de que creatividad y ocurrencias tienes muchas y me encanta eso de ti. Ahora, sentadx, de pie, acostadx, con los pies arriba, dando maromas o como sea, podemos acompañar al cuerpo a relajarse, con alguna frase o mantra para "soltar", algo que al decirnos en voz alta automáticamente lo relacionemos con soltar.

Aquí algunos ejemplos:

- Respiro profundamente y dejo ir la tensión.
- Acepto que hay cosas que no puedo controlar.
- Está bien no tener todas las respuestas ahora.
- Suelto lo que no puedo cambiar y confío en el proceso.
- Me permito sentir sin juzgar.
- Acepto mis emociones tal como son.

- Mi valor no depende de esta situación.
- Estoy en paz con lo que no puedo cambiar.
- Suelto las expectativas y abrazo la realidad.
- Confío en mi capacidad para manejar lo que venga.
- Elijo la calma en medio de la incertidumbre.
- Acepto lo que es, sin necesidad de cambiarlo ahora.
- Estoy presente en el momento, sin aferrarme al pasado.
- Dejo ir el miedo y abrazo la confianza.
- Inhalo calma, exhalo tensión.

¿Qué otra frase se te ocurre a ti?

____

____

____

____

—Oye y ¿aquí no podemos hacer lo del rompecabezas? —me pregunta mi yo de la niñez.

—¿Qué rompecabezas? —le respondo confundidx.

—Sí, lo de hacer lo contrario que te diga la emoción. Si la emoción me dice "no sueltes", "tensiona", ¿puedo hacer lo contrario? —me responde— confirmando que ya entendió y absorbió la información más rápido que yo.

—Claro, podemos hacer una lista de todas las cosas que harías si aceptaras radicalmente los hechos y luego actuar como si ya lo hubieras hecho —le respondo con orgullo.

—Me gusta, es como imaginar en mi mente que ya acepté y hacerlo para que mi cuerpo y mente se unan —me confirma.

Si yo aceptara los hechos, podría hacer______________________

____

____

Observa las sensaciones de tu cuerpo al pensar sobre lo que necesitas aceptar. ¿Cómo se siente tu cuerpo aceptando? Mis sensaciones son las siguientes: ____________________________

Realiza una lista de pros y contras si te encuentras resistiéndote a practicar la aceptación:

PROS	CONTRAS

Desarrolla un plan para cuando te atrapes de nuevo queriendo luchar contra la realidad de los hechos.

Mi plan de acción es ____________________________

—Aquí es bien importante practicar una y otra vez, las veces que sean necesarias, incluso empezar practicando por soltar cosas pequeñas para soltar la tensión mental y física. El dolor y/o emociones displacenteras no las vamos a poder evitar en el proceso; sin embargo, nos ayudará a avanzar y movernos a un espacio más tranquilo —le digo a mi yo de la niñez.

—Entonces, la aceptación radical es saber y entender que hay cosas que no nos van a gustar y que no podemos cambiar, ¿verdad? —pregunta mi yo más joven, con una mirada de comprensión.

—Exactamente. La aceptación radical nos brinda la habilidad de enfrentar y aceptar la realidad de cualquier situación tal como es. Sólo cuando aceptamos la situación tal como es, podemos decidir cómo responder de una manera que nos cause menos sufrimiento. Evitar quedarnos estancados en la angustia nos permite avanzar hacia una nueva forma de abordar los desafíos —le respondo.

Durante este proceso, hemos explorado el poder transformador de la autocompasión y la aceptación radical. Hemos aprendido que la autocompasión no es decir "pobre de mí", sino reconocer nuestras luchas y tratarnos con la amabilidad y comprensión que merecemos, respetando nuestra dignidad. Es un acto que nos permite enfrentar nuestras imperfecciones y errores con una perspectiva más amable y constructiva.

Hemos también descubierto que **la aceptación radical no significa rendirse o resignarse**, sino aceptar la realidad tal como es en este momento. Es **reconocer que algunas cosas no están bajo nuestro control** y, en lugar de luchar contra ellas, podemos encontrar maneras de coexistir con ellas mientras trabajamos hacia nuestras metas. Aceptar lo que **no** podemos cambiar nos libera para enfocarnos en lo que **sí** podemos mejorar.

La autocompasión y la aceptación radical son prácticas que requieren tiempo, paciencia y repetición. No se trata de alcanzar un estado perfecto de aceptación o compasión, sino de comprometernos con el proceso de crecer y aprender continuamente. Recuerda que es normal sentir resistencia al principio, nos puede parecer natural hablarnos de forma agresiva, pero cuando se trata de un trato digno hacia nosotrxs es curioso cómo se puede llegar a sentir extraño. Pero con el tiempo, estas prácticas se convertirán en una parte genuina de tu forma de ser.

Recuerda también que es normal si algo de lo que presenta el botiquín emocional no resuena contigo, se vale cuestionar y encontrar lo que a ti te funcione y te haga sentido.

¿Qué herramientas, reflexiones y/o aprendizajes me llevo de este capítulo?

____

____

____

____

CAPÍTULO 11

DOSIS DE AUTOCUIDADO

Mientras reflexionamos sobre la importancia de lo que hemos aprendido, de repente, el botiquín comienza a temblar ligeramente. Observo con curiosidad mientras una pequeña puerta se abre y un objeto sale de su interior con suavidad. Es un frasco pequeño, con un delicado gotero en la parte superior. Lo tomo entre mis manos y veo que está etiquetado con la inscripción "Dosis de autocuidado".

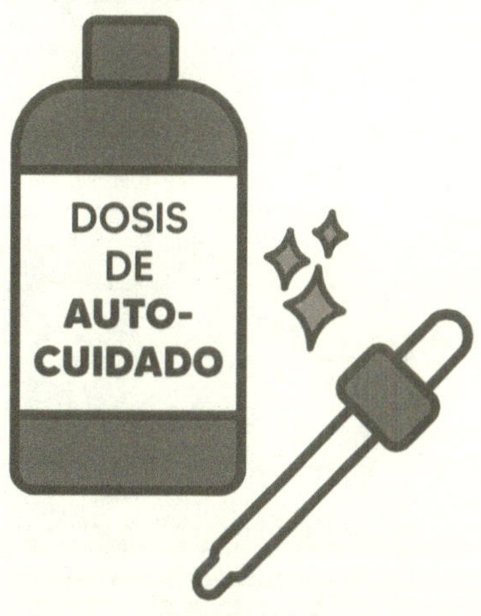

—¡Mira esto! —exclamo, mostrándole el frasco a mi yo de la niñez—. Parece que el botiquín emocional quiere enseñarnos acerca del autocuidado.

—¿Qué es eso del autocuidado? —me pregunta, con curiosidad en sus ojos.

—Es como tener un cuidado especial con nosotrxs mismxs para nuestra parte física, emocional, social y mental. Esto nos ayuda a aumentar nuestra protección ante los días difíciles —le contesto.

—Entonces, ¿cómo se supone que tomamos esta "dosis de autocuidado"? —pregunta mi yo de la niñez con interés.

—Bueno, cada persona es diferente, así que la dosis de autocuidado puede variar de una persona a otra. Lo que funciona para una persona puede no ser adecuado para otra o puede que no esté dentro de sus posibilidades. Autocuidado no se trata de una sola habilidad, sino de una variedad de decisiones y acciones para identificar tus necesidades y atenderlas de una forma que sea posible y adecuada para ti —le respondo.

Pero antes de comenzar, para ti, ¿qué es autocuidado?

____

____

____

____

Lo complicado del autocuidado es que en ocasiones se vuelve difícil llevarlo a cabo cuando estamos pasando por una situación complicada. Tiene sentido, ¿no? Nuestra mente y cuerpo están haciendo lo posible por sobrellevar o sobrevivir a una situación tan agotadora que tal vez mover nuestro cuerpo (actividad física), tomar agua, dormir suficiente, hablar de lo que siento, no está dentro de nuestras prioridades o incluso posibilidades. Y tal vez estar en el celular viendo Tiktok o Instagram para "apagar" un poco nuestra mente que está en caos sea lo que más se nos acomoda o nos hace sentido en esos momentos; es totalmente entendible. Y aunque es muy válido eso y tal vez lo llevemos a cabo por un tiempo, **eventualmente será importante retomar ciertos hábitos para fortalecernos.** Por ahí había escuchado alguna vez que en ocasiones necesitamos entrar en pánico para volver a acomodar, retomar o solucionar.

Una parte importante de entender el autocuidado y lo que conlleva es poder entender lo que necesito. ¿Recuerdas que las emociones son mensajeras? Bueno, parte de ese mensaje es entender lo que necesito: un descanso, dormir, acompañamiento, sentirme fuerte, alimento, placer, seguridad, límites... entre muchas otras más.

—A mí me gusta pensar en el autocuidado como una forma de responder a mi cuerpo por todo lo que está haciendo por mí, especialmente si está teniendo que hacer un extraesfuerzo para sobrellevar situaciones difíciles. Es complicado definir exactamente lo que es el autocuidado porque tiene que ver con las experiencias, posibilidades y necesidades de cada persona.

—¿Cómo? ¿No es cuidar de ti y listo? ¿Qué no los adultos hacen eso? —pregunta mi yo de la niñez.

—¡Uy!, no es tan fácil como suena. Imagina que yo te digo que autocuidado es salir a caminar, comer nutritivo y dormir 8 horas diarias. Pero qué tal si alguien me dice: "Oye, soy enfermera, trabajo un turno de 15 horas, vivo sola con mi hijx, cuando llego estoy agotada, ayudo a mi hijx con su tarea y le doy de cenar, apenas y me alcanza para la despensa, no puedo salir a caminar porque vivo en una zona donde hay muchos asaltos, aparte que no tengo quien cuide a mi hijx mientras lo hiciera", ¿qué me dirías?

—Ay, eso sí que suena muy complicado —responde mi yo de la niñez con un gesto de comprensión en su rostro—. No había pensado en eso. Entonces, ¿qué puede hacer esa persona para cuidarse?

—En realidad, el autocuidado puede tomar diferentes formas, adaptadas a las circunstancias y necesidades de cada unx. Para esa persona, podría implicar acciones simples, pero significativas, como tomar un breve momento para respirar profundamente, pasar tiempo con su hijx, encontrar pequeños placeres en el día a día, buscar respuestas sociales positivas en la comunidad, etcétera. Es cuestión de encontrar prácticas que sean factibles y efectivas dentro de su realidad.

—OK, entiendo. Entonces para cada uno se verá diferente.

—Sí, las "recetas" de autocuidado tradicionales no van a encajar con todas las realidades y eso no significa que esa persona no se está cuidando o no se quiere. Reconocer esto nos permite ser más compasivxs con nosotrxs y con lxs demás. El autocuidado puede tomar muchas formas y debe adaptarse a nuestras realidades específicas.

Cuando hablamos de autocuidado, es importante considerar las inequidades y privilegios que existen en nuestra sociedad. No todas las personas tienen acceso a los mismos recursos de tiempo, dinero, atención médica, educación, transporte adecuado, vivienda segura y otros factores que influyen en la forma que nos cuidamos. No se trata de cumplir con un estándar idealizado, sino de encontrar momentos de cuidado en medio de nuestras realidades.

Sabiendo que el autocuidado es una amplia gama de prácticas que se adaptan a las necesidades y realidades de cada persona, hay muchas formas de cuidar de nosotrxs mismxs. Por ejemplo, existe el autocuidado físico.

Autocuidado físico

—¿Físico? —preguntó con curiosidad mi yo de la niñez.

—Sí, es como una forma de reconocer y agradecer lo que hace nuestro cuerpo por nosotrxs y por todo lo que ha pasado.

—¿Es como decirle "Bien hecho, estás haciendo lo mejor que puedes"?

—¡Exacto!, sólo que nuestro cuerpo no habla igual que nosotrxs con las palabras, pero hay diferentes formas de hacérselo saber —le contesté.

—¿Cómo cuáles?

—Bueno, vamos a explorar alguna de ellas. ¿Te parece?

—¡Sí! —me contesta con entusiasmo.

—Una de ellas es a través del movimiento de nuestro cuerpo, realizando actividad física.

—¿Y eso en qué me ayuda?

—Cuando nos movemos y hacemos actividades físicas, nuestro corazón late más rápido y nuestros músculos se ponen en acción. Esto hace que nuestro cuerpo se fortalezca y se vuelva más resistente. Además, cuando hacemos ejercicio, nuestro cerebro libera sustancias llamadas endorfinas, que nos hacen sentir felices y de buen humor. También mejora el flujo sanguíneo en nuestro cerebro, lo que nos ayuda a pensar con más claridad y a concentrarnos mejor.

—¡Wow! Suena muy importante para nuestro cuerpo.

—Sí, lo es. Y, ¿sabes qué? El ejercicio también nos ayuda a dormir mejor por la noche, porque nuestro cuerpo está cansado de una manera buena. Así que, el ejercicio no sólo nos hace más fuertes, sino que nos puede ayudar a dormir mejor.

—Oye, y si es tan importante, ¿por qué no todas las personas lo hacen?

—Verás, aunque el ejercicio tiene muchos beneficios, no todas las personas tienen el tiempo o los recursos para hacerlo, como el ejemplo que te decía antes.

—¡Es verdad!, lo olvidaba.

—Sí, es importante tenerlo en mente para evitar juzgar a otras personas. También en otras ocasiones puede ser que sintamos flojera o simplemente estemos sin motivación para hacerlo y eso es válido. La verdad, no siempre aparecerá la motivación para hacer cosas difíciles como el ejercicio. Si esperamos a que aparezca la motivación para hacerlo, tal vez nunca llegue ese momento.

—¿Motivación? —pregunta mi yo de la niñez.

—Sí, eso que te mueve o impulsa a hacer cosas. Aquí podríamos soltar la idea de sentir motivación específicamente en el ejercicio, y en lugar de eso intentar hacer el ejercicio más placentero agregando cosas que nos hagan más agradable la experiencia. Por ejemplo, escuchando nuestra música favorita, en un lugar agradable o haciendo la actividad con alguna amistad.

—¿Podríamos aquí practicar la aceptación radical? —pregunta con curiosidad.

—¡Sí!, wow... claro, aceptar que no tenemos la motivación para hacer ejercicio y que hace sentido porque pone a nuestro cuerpo en un lugar fuera de nuestra zona de confort. Acepto esa realidad, suelto la idea de que TIENE QUE aparecer la motivación y hago el ejercicio porque sé que es importante para mí. Con el tiempo, la tolerancia al malestar irá aumentando.

—¿Y qué tal la autocompasión?

—Claro, la autocompasión es fundamental. Se trata de darte permiso para sentirte sin ganas o sin motivación, validarlo y no castigarte o juzgarte por sentirte así. Al mismo tiempo, implica encontrar formas de mover tu cuerpo de una manera que tenga sentido para ti. Es comprender que habrá días en los que tu cuerpo te pida un descanso y eso también es muy importante. Se trata de tratarte con amabilidad y comprensión mientras sigues cuidando de tu cuerpo.

Ejemplos de actividades físicas: bailar, nadar, sacar a pasear a tu perro, caminar por unos minutos, hacer yoga, ir al gimnasio, jugar futbol, hacer box, poner videos de Youtube con alguna rutina de movimiento que te haga sentir bien, realizar estiramientos o incluso los ejercicios de tensión muscular progresivo que vimos anteriormente.

¿Qué actividad física te gusta o te gustaría realizar?

___

___

___

—Otra forma de autocuidado físico es a través de la respiración. Realizamos alrededor de 23 000 respiraciones al día. Es conveniente que aprendamos diferentes maneras de respirar que nos ayuden a regular nuestra respuesta ante situaciones de tensión.

—¡Wow! ¿23 000? ¡Es muchísimo! —contesta con sorpresa mi yo de la niñez.

—Sí, y ni cuenta nos damos, ¿verdad? Existen muchos tipos de ejercicios de respiración para llevar a nuestro cuerpo de la tensión a la relajación. Sobre todo aquellos que implican una prolongada y lenta exhalación al final, lo que hace que tu abdomen se contraiga. ¿Recuerdas algunos de los que vimos en el "árnica para los días difíciles"?

—¡Sí! Había unos muy divertidos como la respiración del cuadrado, la del infinito o la del corazón. Me gusta porque me los imagino frente a mí y los sigo con mi dedo.

—Exacto, eso ayuda a que nuestro cuerpo y mente estén en calma, cuidándolos de esa manera. Aquí te comparto un ejercicio más, se llama Respiración 4-7-8.

—¿Por qué se llama así? Que nombre tan raro —me pregunta con extrañeza.

—Confía en mí. Acuéstate o siéntate. Al inhalar, quiero que cierres los labios y coloques tu lengua en la parte posterior de tus dientes. Después, vas a inhalar silenciosamente durante 4 segundos, sostienes por 7 segundos y luego abres ligeramente los labios para exhalar durante 8 segundos, produciendo un ligero silbido al exhalar.

—¡Voy a intentarlo ahora mismo!, ¿cuántas veces lo hago?

—Tú te vas a dar cuenta cuando tu cuerpo y mente se sientan más relajados —le contesto.

¿Cuál de los ejercicios de respiración que hemos visto hasta ahorita es el que te podrías comprometer a practicar?

____

____

____

____

____

____

—Otra forma de agradecerle al cuerpo lo que hace por nosotrxs es a través del descanso, un sueño reparador —le digo a mi yo de la niñez.

—Siempre me dicen que me duerma temprano, que no me desvele. ¿Pero por qué? Si yo tengo mucha energía, no pasa nada si no duermo —me pregunta con una cara de hartazgo de haber escuchado esa frase una y otra vez.

—Durante el sueño, nuestro cuerpo realiza pequeñas reparaciones, guarda en una especie de "cajita especial" las cosas importantes que aprendimos durante el día para que no se nos olviden y repone la energía que gastamos. Además, mientras dormimos, nuestro cerebro procesa todas las experiencias del día y se prepara para las nuevas que vendrán mañana. Sin un sueño adecuado, nuestro cuerpo no tiene la oportunidad de llevar a cabo todas estas tareas importantes. Con el tiempo, nos sentimos con más cansancio, irritables y tenemos dificultades para concentrarnos. ¿Ahora ves por qué es importante dormir?

—¡Wow! Hasta dormidxs trabaja nuestro cuerpo, hace demasiadas cosas, ¿no se cansa de trabajar todo el día?

—Seguramente sí y por eso nosotrxs le respondemos cuidándolo de diferentes formas.

—Oye, ¿y tú duermes suficiente?

—Bueno, a veces. No siempre es fácil. ¿Te parece si te cuento una historia?

—¿Una historia? Me encantan las historias —me responde con entusiasmo y poniéndose en una postura cómoda para escuchar.

—Bien, esta historia se llama "el adulto que no podía dormir".

Finalmente, comprendió que hay factores externos difíciles de controlar y que no existen pociones mágicas para el sueño ideal. Se permitió pedir ayuda cuando lo necesitaba y aceptar que las personas tendremos noches más complicadas que otras.

—Tengo muchas preguntas —dice esa voz infantil. ¿Logró dormir? ¿Qué es un pódcast? ¿Cómo que pantallas? —su cara me indicaba que tenía mucha curiosidad.

—Uy, bueno... lo del pódcast y pantallas, digamos que es una herramienta de entretenimiento y trabajo del futuro. El pódcast es como la radio y las pantallas son como una computadora pequeña que te acompaña a donde quieras. Pero eso lo sabrás en su momento. Lo de que pudo dormir, pues habrá días más fáciles que otros. ¿Tú todos los días duermes igual?

—¡No!, la otra vez había una tormenta y caían truenos muy fuertes, las ventanas empezaron a retumbar. No pude dormir bien esa noche.

—Exacto, hay muchos factores externos que también pueden afectar la calidad de sueño. Por ejemplo: si hay muchísimo calor o frío, si al día siguiente vas a presentar un examen muy importante, si ese día te peleaste con tu mejor amigx y tuviste un día pesado, pero hacemos lo mejor que podemos para poder regalarle a nuestro cuerpo ese descanso que se merece, aunque a veces se vea diferente para cada uno y en diferentes momentos de su vida.

—Oye, ¿y si tengo pesadillas? No me gusta soñar cosas feas, me da miedo —me comenta mi yo de la niñez con una expresión de preocupación en su rostro.

—Sí, las pesadillas son muy desagradables. Hacen que nos sintamos asustadxs y nuestro corazón late más rápido —le respondo, recordando cómo solía sentirme en esas situaciones.

—¡Sí! A veces me despierto sudando y con el corazón a mil —confirma, asintiendo con la cabeza.

—¿Qué te parece si te enseño una actividad para lidiar con las pesadillas?

—¡Sí! ¡Sí! —me contesta con emoción y curiosidad.

—Muy bien, vamos a usar un hechizo que sale en las películas de Harry Potter llamado Riddikulus, este hechizo es usado cuando se quieren defender de una criatura llamada Boggart, que toma la forma de lo que más te asusta.

—¡El Boggart es como una pesadilla! —contesta con asombro mi yo de la niñez, conectando los puntos.

—Exacto, y el hechizo Riddikulus hace que ese Boggart, o en este caso la pesadilla, se transforme en algo gracioso y por lo tanto pierde su poder de asustarnos. ¿Lo intentamos?

—¡Sí! —grita con entusiasmo, esperando instrucciones.

—Genial. Cuando te despiertes después de una pesadilla, primero trata de calmarte y relajar tu cuerpo respirando profundo, como hicimos antes. Luego, piensa en cómo fue la pesadilla y qué te asustó. ¿Puedes hacer eso?

—Sí, puedo hacerlo. Fue un monstruo gigante que me perseguía —dice, recordando la pesadilla.

—Perfecto. Ahora, puedes escribir lo que sucedió o dibujar al monstruo persiguiéndote, eso lo decides tú. Ya que lo hagas, imagina que tienes una varita mágica como la de Harry Potter. ¿Puedes imaginarlo?

—¡Sí, puedo! —exclama, con emoción.

—Bien. Ahora, con tu varita mágica, di Riddikulus y haz un movimiento como si estuvieras lanzando un hechizo. Luego, imagina que el monstruo se convierte en algo tonto o ridículo, algo muy diferente y alejado a lo que te pudiera dar miedo. Puede ser cualquier cosa, como ponerle una peluca chistosa, un atuendo ridículo, convertirlo en unicornio o incluso que haga algo gracioso. Esto igual lo podemos escribir como un *twist* en nuestra historia o podemos dibujarlo. ¿Qué te parece?

—¡Ja, ja, ja! Eso suena muy divertido. Quiero que el monstruo se convierta en un dinosaurio bailarín con alas de mariposa —me cuenta, riendo.

—¡Fantástico! ¿Ves cómo la pesadilla se vuelve menos aterradora?

—¡Sí!, yo puedo cambiar la historia de mi pesadilla. ¿Eso también lo haces tú? —me pregunta mi yo más joven.

—Sí, puedo hacerlo. Puedo escribir mi pesadilla y empezar a narrar un desenlace muy diferente, puede ser un desenlace divertido, esperanzador, de acción o romance. A la vez que relajo mi cuerpo, respiro lento y profundo mientras leo la nueva y mejorada narración antes de dormir.

Después de explicar la técnica de Riddikulus y cómo cambiar la narrativa de las pesadillas procedimos a hablar de la alimentación como parte del autocuidado.

—Otra forma de cuidar a nuestro cuerpo es a través de los nutrientes que le damos y que obtenemos de la comida. ¿Qué es la comida para ti? —le pregunto a mi yo de la niñez.

—¡La comida es lo que comemos para alimentarnos y mantenernos fuertes! —responde con entusiasmo.

—¡Exactamente! La comida es el combustible para nuestro cuerpo, porque nos da la energía y los nutrientes que necesitamos para crecer, jugar y hacer todas las cosas divertidas que nos gustan, pero ¿sabías que a veces la gente suele pensar en la comida como buena o mala? —pregunto con una expresión pensativa.

—Sí, he escuchado eso antes. Algunas personas dicen que las verduras son buenas y el pastel es malo —contesta mi yo de la niñez, frunciendo el ceño.

—Es cierto que a veces escuchamos esas cosas, pero te contaré algo que he descubierto: la comida no es ni buena ni mala, es sólo comida. Claro que hay comida que tiene ciertos nutrientes, nos ayudará a hacer las cosas que queremos y necesitamos, como darnos fuerza, energía por más rato y no por poquito —le empiezo a explicar.

—Sí, por ejemplo, las verduras nos dan vitaminas y minerales que mantienen nuestro cuerpo fuerte.

—Sí, las verduras son sólo un ejemplo de los muchos tipos de alimentos que nutren a nuestro cuerpo y le dan lo que necesita de acuerdo con la actividad que hará. Por ejemplo, el pastel es delicioso y seguramente también nos recuerda momentos lindos como un cumpleaños, festejo o momento especial con la gente que queremos, ¿verdad?

—¡Sí! hace poquito cumplió años un amigx y lo festejamos con pastel y sopló las velitas —me comparte con entusiasmo.

—Exacto, hay alimentos que se vuelven parte de una tradición. Por lo que decirles "alimentos malos" podría hacernos sentir culpables, avergonzados por disfrutarlos y se volvería una situación no agradable. Lo importante es comer una variedad de alimentos, asegurarnos de que estemos recibiendo los nutrientes que necesitamos para no enfermarnos o sentirnos sin fuerza y escuchar cómo nos hace sentir nuestro cuerpo después de comerlos.

—¿Cómo los ejercicios que hicimos de escuchar a nuestro cuerpo? —pregunta con curiosidad.

—Sí, exacto. ¿Has notado alguna vez cómo te sientes después de comer diferentes alimentos?

—Sí, hay unos que me hacen sentir con energía en el día y puedo jugar mucho, hay otros que si los como mucho, me duele el estómago y no juego igual —responde, recordando sus experiencias anteriores.

—¡Exactamente! Es genial que puedas notar eso. Aprender a escuchar a nuestro cuerpo y entender qué necesitamos es muy importante cuando se trata de elegir qué comer.

—Y también escuchar a mi cuerpo me ayuda a entender mis emociones, ¿verdad? —me pregunta mi yo de la niñez, recordando lo que hemos visto y aprendido hasta ahora.

—Sí y eso forma parte de otra forma de autocuidado, el emocional.

Autocuidado emocional

—¿Significa cuidar nuestras emociones? —pregunta.

—Exactamente, recuerdas cómo aprendimos que nuestras emociones son como mensajeras, ¿verdad? Pueden decirnos muchas cosas sobre lo que estamos experimentando y necesitando en un momento dado. Entonces, cuidar nuestras emociones significa prestarles atención, validarlas y responder de una manera que sea adecuada para nosotrxs.

—Con este botiquín estamos cuidando nuestras emociones, ¿cierto? —pregunta esperando una respuesta positiva.

—Sí, el simple hecho de estar aquí significa que las estás cuidando y que seguramente ya lo has hecho anteriormente en muchas ocasiones. No se puede reducir a solamente esto, porque creo que el autocuidado es algo que nunca vamos a poder terminar de definir, pero se siente bien empezar por aquí, ¿no crees?

—Sí, me siento segurx —responde con una exhalación profunda y una cara de tranquilidad.

—Quiero que sepas que éste es un lugar seguro, un rincón donde tus emociones son bienvenidas en todas sus formas. Aquí puedes permitirte llorar hasta que los ríos de lágrimas sequen tus mejillas, puedes dejarte llevar por la ira hasta que sientas que tu cuerpo arde en furia, puedes reír hasta que el sonido se pierda en el aire y te duela el estómago por tensarlo tanto, puedes temblar de miedo y encontrar consuelo en el abrazo de la seguridad, puedes gritar hasta quedarte sin voz, o puedes estar en silencio mientras experimentas tus emociones. Lo digo con la convicción de quien ha anhelado escuchar esas mismas palabras en su propia infancia, con la certeza de que cada emoción que se planta en tu pecho merece ser acogida con amor y aceptación.

—¿De verdad puedo hacer todo eso? A veces me siento tan confundidx con mis emociones, pero tener un lugar donde puedo entenderlas y aceptarlas me hace sentir segurx.

—¿Te parece si hacemos un pequeño "check-in" emocional? Como el que hicimos cuando contesté la llamada de emergencia.

—¡Sí!, ¡hagámoslo!

- [ ] ¿Qué siento en mi cuerpo y en qué parte?

____

- [ ] ¿Es algo agradable o desagradable?

____

- [ ] ¿Es algo que me da energía o me quita energía?

____

- [ ] ¿Qué tan intenso lo siento? (del 1 al 10)

____

- [ ] ¿Qué emoción le pondría a esto que siento?

____

- [ ] ¿Qué hizo que apareciera esta emoción?

____

- [ ] Si mi emoción pudiera hablar, ¿qué me diría?

____

- [ ] ¿Qué necesito en estos momentos?

____

- [ ] ¿Qué pequeñas acciones puedo hacer para lograr esa meta? ______________________________

Autocuidado social

—¿Sabes qué es otra parte importante del autocuidado? El cuidado de nuestras relaciones con otras personas —le comparto a mi yo de la niñez.

—¿El cuidado de las relaciones? ¿Qué significa eso? —pregunta con curiosidad.

—Significa tomar el tiempo para conectarnos con otras personas, para compartir nuestras alegrías, preocupaciones, los buenos y no tan buenos momentos, nuestras experiencias. Las interacciones sociales son como vitaminas para nuestro corazón y nuestra mente. Nos hacen sentir comprendidxs, apoyadxs y parte de algo más grande que nosotrxs mismxs.

—¿Y cómo se hace eso? ¿Cómo puedo conectar con otras personas? —pregunta, con interés.

—Bueno, cada persona tiene sus propias formas de relacionarse y sentirse cómoda con lxs demás. Algunas personas disfrutan pasar tiempo en grupos grandes, mientras que otras prefieren conversaciones más íntimas con una o dos personas cercanas. Lo importante es encontrar lo que te hace sentir bien y buscar esas conexiones de una manera que te resulte segura y satisfactoria.

¿Cuándo fue la última vez que me sentí a gusto en mi vida social?, ¿qué estaba haciendo? ¿con quién estaba?

____

____

____

____

¿Qué tendría que pasar para recrear ese escenario? ¿Qué estarías haciendo diferente para sentirte así?

____

Somos seres humanos y, por lo tanto, somos seres sociales; buscamos pertenecer, buscamos cariño, confianza, intimidad y conexión con nuestros seres queridxs.

—¿Y si siento nervios cuando intento hacer amistades? —pregunta mi yo de la niñez, con una mirada preocupada.

—Es válido sentir nervios al intentar hacer amistades, te estás permitiendo ser vulnerable y explorar algo desconocido. Recuerda que la autenticidad es parte de lo que nos hace especiales, y eso incluye el expresarnos de manera diferente en distintas situaciones. No tienes que esconder tu timidez o lo que sea que estés experimentando. Y aunque puedas sentir nervios al principio, también es importante recordar que todxs tenemos algo interesante que aportar a una conversación o relación. Poco a poco, puedes explorar diferentes formas de interactuar con lxs demás y descubrir qué te hace sentir más cómodx y feliz.

—¿Cómo puedo descubrir eso? —pregunta con determinación.

—Eso es algo que tú vas a ir explorando, de acuerdo con cómo te vayas sintiendo en diferentes espacios. Pero puedes empezar tú; propiciando un espacio lindo para interactuar y crear una conexión genuina con otras personas. Hace poco leí un cuento que se llama *¿Quieres ser mi amigo?*, de la autora Molly Potter, que me puso a reflexionar sobre cosas importantes en una relación de amistad, familiar o de pareja.

—¿Cómo qué? —pregunta con curiosidad.

—Menciona cosas como la importancia de que se sienta mutuo el ser libre de ser tu mismx, compartir las cosas que te gustan, mostrar interés genuino en las personas que te rodean, escucharlas activamente, respetarlas, validar sus emociones, poder hacer actividades de interés juntxs, sentir apoyo, empatía y así ir creando un ambiente de confianza.

—Me gusta, así puedo cuidar de mis amistades y la gente que me rodea.

—Sí, las interacciones sociales positivas le dicen a nuestro cuerpo y mente que estamos en un lugar seguro. Y así como cuidamos de nuestro cuerpo, emociones, interacciones sociales, también podemos cuidar de nuestra mente.

Autocuidado mental

—¿Cómo cuidamos de nuestra mente? —pregunta mi yo de la niñez.

—Al igual que nuestro cuerpo necesita actividad física, descanso, nutrientes para fortalecerlo, nuestra mente necesita estimulación, desafíos y actividades que la nutran. Mantener esa chispa de curiosidad y aprendizaje constante, como la tienes tú.

—¿Yo tengo esa chispa? —pregunta con extrañeza mi yo de la niñez.

—¡Sí!, y a veces como adultos, la perdemos porque tendemos a pensar que ya sabemos todo y dejamos de explorar el mundo con la misma pasión que lo hacíamos cuando éramos pequeñxs, pero la verdad es que siempre hay algo nuevo por descubrir, ya sea un nuevo pasatiempo, un libro fascinante, una habilidad que nunca pensamos que podríamos tener, un curso que nos apasione, juegos de mesa que nos desafíen, perspectivas diferentes a las que quizá no teníamos apertura o conocimiento. Mantenernos abiertxs a nuevas experiencias y seguir siendo exploradorxs como lo éramos cuando pequeños, nos ayuda a mantener nuestra mente ágil. Incluso simplemente continuar aprendiendo sobre nuestra profesión o área de interés puede ser una excelente manera de estimular nuestra mente.

¿Cuál es una actividad que te gustaría intentar para estimular tu mente?

¿Qué pasatiempo tenías en tu infancia que te gustaría retomar o explorar de nuevo?

¿Cuándo fue la última vez que aprendiste algo nuevo y cómo te hizo sentir?

¿Qué nuevas habilidades te gustaría desarrollar en el futuro?

¿Cómo puedes integrar más actividades de aprendizaje y exploración en tu vida diaria?

—¿Y hay otras formas de autocuidado? ¿Cosas que me hagan sentir en paz? —pregunta mi yo de la niñez, con esa curiosidad que siempre lo caracteriza.

—¡Claro! Existen muchas formas de practicar el autocuidado. ¿Qué nombre le pondrías a eso que me dices? —le pregunto, observando su expresión en busca de aprobación.

—Mmm, pues tal vez ¿autocuidado para el alma? —responde, girando su mirada hacia mí en busca de validación.

—Si ese es el nombre que a ti se te ocurrió y te hace sentido, ese le pondremos —respondo, devolviéndole su autonomía y dejándole claro que no tiene que complacerme con sus respuestas.

—Entonces se llamará autocuidado para el alma y es un autocuidado que me hace sentir en paz y que mi corazón es grande.

—¿Y cuándo sucede eso?

—Cuando hago un fuerte con mis sábanas y pienso que estoy de campamento bajo las estrellas. O cuando me siento a dibujar o a colorear, se me pasa el tiempo y se me olvida todo lo demás a mi alrededor.

—¡Qué bonito! Olvidaba lo importante que era para mí eso y cuánto me llenaba de paz. Sí, son momentos especiales donde pasamos tiempos con nosotrxs, en paz. Es un lugar donde quitas tus roles, títulos, expectativas y sólo te quedas contigo. ¡Gracias por recordarme eso!

¿Qué actividades te hacen sentir más conectado contigo mismx?

___

___

___

___

¿Cuándo fue la última vez que te tomaste un momento para estar en silencio contigo?

___

___

___

___

¿Qué cosas te traen paz y serenidad en momentos de estrés o dificultad?

___

___

___

___

Hablar sobre la importancia de sentirse en paz y en conexión con unx mismx me hizo reflexionar sobre mi propia experiencia. Me di cuenta de que, a medida que paso más tiempo en las redes sociales, a veces me puedo sentir desconectada de mí mismx. Por eso, consideré fundamental abordar el tema del autocuidado en las redes sociales, ya que no solo utilizamos estas plataformas, sino que también existimos en éstas.

Autocuidado en redes sociales

Las redes sociales son un sistema en el que participamos activamente. En ellas, presentamos una parte de nosotrxs mismxs, construimos relaciones, aprendemos, trabajamos, nos mantenemos informadxs a través de noticias, y participamos en interacciones sociales tanto cercanas como distantes. Además, compartimos diversos aspectos de nuestra vida, desde momentos agradables como graduaciones, viajes y relaciones, hasta situaciones dolorosas como pérdidas, noticias devastadoras, mudanzas o accidentes. Tiene todo el sentido del mundo que una variedad de experiencias y emociones se desarrollen en el mundo digital. Y si es un aspecto donde suceden tantas emociones y temas sociales, ¿cómo lo estamos cuidando?

Límites:

Así como creamos límites con las personas en nuestra vida cotidiana, también es importante hacerlo en las redes sociales. Estos límites se basan en nuestras necesidades emocionales y físicas. ¿Cómo nos sentimos mientras navegamos en las redes sociales? ¿Notamos tensión en nuestro cuerpo, dolor de cabeza o una sensación de saturación? Además, es crucial recordar que no todo lo que vemos en las redes sociales refleja la realidad de las personas. ¿Nos estamos comparando constantemente con la vida de los demás? Es importante recordar que cada persona muestra sólo una parte de su vida en línea.

¿Cuál sería una señal para mí de que necesito tomar un descanso o ajustar la forma de navegar en redes? ¿Qué pequeños cambios podría realizar?

____

____

____

____

Espacios seguros:

De manera similar a como creamos espacios seguros en el mundo físico, también podemos hacerlo en las redes sociales. Podemos ajustar nuestra privacidad, filtrar el contenido que recibimos y ser conscientes de a quién seguimos y quién nos sigue. Además de recordar que nuestras acciones en línea tienen un impacto, una huella digital, por lo que es importante reflexionar sobre lo que escribimos y compartimos. ¿Lo que voy a compartir en internet violenta a alguien? ¿Qué consecuencias puede tener que yo suba esto a la red? ¿Estamos contribuyendo a un ambiente seguro en línea?

¿Qué ajustes de privacidad puedo hacer para sentirme con mayor seguridad en línea?

____

____

____

____

Cuestionar la información:

Así como hemos hecho anteriormente, que cuestionamos los pensamientos y no automáticamente lo damos por hecho como algo real, también es importante hacer lo mismo con el contenido que recibimos en redes sociales. Desarrollar habilidades de pensamiento crítico para evaluar la información que vemos en línea.

a) Observar nuestras emociones mientras estamos conectados.

c) Mantenernxs actualizadxs con respecto a la capacidad de la tecnología para alterar la realidad (filtros, Photoshop, inteligencia artificial).

d) Adquirir el hábito de preguntarnos: ¿qué palabras o imágenes llamaron mi atención? ¿Cuál es el propósito de este mensaje en particular? ¿Qué valores, creencias y estilo de vida están comunicando en esta publicación? ¿Está alineado con mis creencias y valores? Es una manera de filtrar la información que recibo.

Para reflexionar sobre estas ideas, podemos comenzar a practicar un autocuidado consciente en el mundo digital, asegurándonos de que nuestras interacciones en línea sean saludables y enriquecedoras.

Al tener el pequeño frasco de Dosis de autocuidado en mis manos, me encuentro reflexionando sobre todas las enseñanzas valiosas que hemos compartido y que, aunque sea pequeño este frasco, parece haber cumplido su propósito de guiarnos en este viaje hacia el autodescubrimiento.

Observo el frasco entre mis manos, sintiendo su peso ligero, pero significativo. Es más que un simple objeto; es un recordatorio tangible de la importancia de cuidarnos y dejar atrás la idea de que eso es egoísta.

Mi yo de la niñez, con una mezcla de curiosidad e incredulidad, aún observa con asombro el frasco. Sus ojos brillan con la emoción de lo que ha aprendido y la promesa de lo que está por venir.

Mientras sostengo este símbolo de autocuidado, me dirijo a mi yo más joven con una sonrisa reconfortante.

—¿Qué tal si pensamos en este frasco como un recordatorio de nuestro compromiso con nosotrxs mismxs? —sugiero—. Cada vez que lo veamos, nos recordará la importancia de escucharnos, de cuidarnos y de ser amables con nosotrxs mismxs, incluso en los momentos más difíciles.

Mi yo de la niñez asiente con entusiasmo, comprendiendo el mensaje detrás de este simple objeto.

—Sí —responde con determinación— cada vez que necesitemos un poco de autocuidado, sabremos dónde encontrarlo.

—Recuerda no castigarte, presionarte o sentirte culpable si hay momentos en los que no puedes llevar a cabo tus planes de autocuidado tal como esperabas —añado con suavidad—. ¿Recuerdas el ingrediente de la flexibilidad que vimos anteriormente? Es importante agregarlo.

Mi yo más joven asiente con seguridad, "flexibilidad", sin duda una palabra que será importante recordar en este trayecto de sube y bajas que es la vida.

¿Qué herramientas, reflexiones y/o aprendizajes me llevo de este capítulo?

____

____

____

____

CAPÍTULO 12

DECIR HOLA, EN LUGAR DE ADIÓS

—Y hablando de "sube y bajas" en la vida, hay cosas que se abren y otras veces se cierran, creo que ya llegó el momento de cerrar el botiquín y continuar con mi camino —digo, sintiendo una mezcla de nostalgia y gratitud. Volteo para ver a mi yo de la niñez y le pregunto con una sonrisa melancólica— ¿Puedes creer el camino que recorrimos juntxs? Desde aquella llamada inesperada que nos llevó a descubrir este botiquín emocional y nos condujo por este camino lleno de sorpresas y autodescubrimiento.

—¿Ya te vas? —me responde con voz quebrada

Asiento lentamente, sintiendo el peso de sus palabras en mi corazón. Ambxs volteamos a ver el termómetro emocional que sostenemos. Por un lado, indica una emoción agradable y de mucha energía, mientras que, por el otro, señala una emoción no agradable y de baja energía. Un claro reflejo de lo agridulce de este momento, donde dos o más emociones opuestas pueden coexistir en singular armonía.

—¡Mira el termómetro! —exclama mi yo de la niñez, con una mezcla de confusión y curiosidad—. ¿Se descompuso?

—No lo creo, hay momentos en la vida que se van a sentir así. Ya te tocará conocer muchos de estos en los siguientes años. Momentos como éste, donde me siento sumamente alegre y con orgullo por esta aventura que compartí contigo y todo lo que aprendí. Pero al mismo tiempo, siento tristeza por tener que despedirme de ti.

—Sí, me siento justo así —admite mi yo de la niñez, con sus ojos cristalinos—. ¿Te acuerdas de los espacios seguros?

—Sí, lo recuerdo —digo, sintiendo una oleada de cariño y protección—. Este momento es otro de ellos. Gracias por permitirme tener este espacio seguro aquí contigo.

En ese instante, siento cómo unas lágrimas cálidas y saladas resbalan por mis mejillas. No son solo de tristeza, sino también de un profundo agradecimiento por este viaje compartido. Lágrimas que simbolizan un abrazo esperanzador al corazón, la certeza de que siempre habrá un lugar seguro.

Mi yo de la niñez me abraza cálidamente y dice:

—Un día alguien me dijo que "llorar no sirve de nada". Tal vez esa persona no sabía que llorar es como árnica para el corazón. Son palabras hechas lágrimas. Llora lo que necesites, yo aquí te abrazo.

Respiro profundamente, sintiendo cómo ese abrazo y esas palabras de empatía llenan mi corazón.

—Gracias —susurro, limpiando mis lágrimas—. Pero hay algo que me deja con duda... ¿por qué la llamada? ¿Por qué tú? ¿Por qué si se supone que tú me enseñaste el botiquín, yo terminé explicándote a ti muchas cosas? ¿No era al revés?

Mi yo más joven me mira con una sonrisa traviesa y dice:

—Tú siempre tuviste toda la información. Alguien ya te había explicado todo esto hace mucho tiempo. Y te llamé porque, no sé si fue mi intuición, pero a veces la pasamos mal y sentí que era importante que habláramos, que te acordaras de mí. Esta parte de ti siempre tuvo las respuestas para salir adelante de momentos difíciles.

Sorprendidx por su respuesta, me quedé reflexionando. Somos expertxs en nuestras propias vidas y en ocasiones subestimamos nuestra voz interna, no nos damos cuenta de lo valiosas y sabias que son nuestras decisiones y recursos, y sobre todo la importancia de hacerle espacio a nuestras emociones y a la curiosidad.

—Este viaje ha sido un momento de pausa en medio de la vida agitada, una oportunidad para conectar conmigo y descubrir la sabiduría que llevo dentro —le contesto—. Sí, hemos enfrentado situaciones difíciles anteriormente y sabes qué, vas a estar bien y otras veces no tanto, pero vamos a continuar tomando decisiones que nos van a colocar en un espacio seguro y de mayor bienestar.

En ese momento, lxs dos colocamos nuestras manos en el botiquín y cuando lo vamos cerrando lentamente, mi yo de la niñez dice:

—Creo que falta una última cosa.

Con extrañeza, lx volteo a ver:

—¿Cuál? —le pregunto.

—Mira ahí dentro —me responde, señalando el botiquín.

Me asomo y, efectivamente, hay un último elemento que no habíamos explorado. Lo tomo con cuidado. Es un espejo, algo raro para un botiquín, pero lo tomo con duda. Al darle la vuelta, veo que tiene una frase grabada: "Hola, en lugar de adiós".

—¿A qué se refiere con eso? —pregunto, intrigadx.

—Se refiere a cambiar la forma en que vemos las despedidas —explica mi yo de la niñez—. En lugar de verlas como un adiós para siempre, es transformarlas en un hola. Es seguir viendo a esa persona a través de los aprendizajes, recuerdos y anécdotas que te dejó.

Asiento, comprendiendo finalmente el mensaje:

—Me gusta la idea. No es un adiós, es decirte "hola" cada vez que use mi termómetro emocional, cuando me dé permiso para sentir, cuando sea compasivx conmigo, cuando limpie con agua oxigenada los pensamientos que no me dejan ver la realidad, cuando con las pinzas y el alcohol limpie mi canal de comunicación y me comunique asertivamente, cuando sea curiosx conmigo en lugar de juzgarme, cuando valide mis emociones.

—Así es, en todos esos momentos nos diremos "hola", estaremos presentes. Gracias por enseñarme tanto y permitirme recorrer este camino contigo. Sé que estaremos bien y, si no, también sé que sabremos qué hacer.

—¿Aunque no siempre sepa qué hacer o tenga todas las respuestas? —le contesto con sinceridad.

—Yo sé que no siempre vamos a tener todas las respuestas y que nos vamos a equivocar. También sé que nos va a tocar "sentarnos" un rato con las emociones, sin apresurarlas para que se vayan, incluso con las que se sienten muy desagradables. Pero también sé que en esos momentos vamos a hacer cosas para salir adelante —me contesta mi yo de la niñez.

—Como lo hemos hecho antes y lo seguiremos haciendo —le respondo—. Utilizando nuestros recursos, herramientas, buscando un lugar seguro y conexión con nuestra red de apoyo.

Nos abrazamos fuerte y, cuando me pide que mire el espejo nuevamente, veo que el reflejo muestra a mi yo de la niñez. Pero al voltear para preguntarle porque se está reflejando así, mi yo más joven ya no está.

Con una mezcla de nostalgia y gratitud, comprendo que esa parte de mí, curiosa, preguntona, compasiva y llena de recursos, siempre estará conmigo. Antes de retirarme y seguir caminando, me prometo a mí mismx no apagar esa linterna, que al inicio encendimos permitiéndole iluminar mi camino en los momentos de duda y oscuridad. Con mi botiquín en la mano, sigo avanzando, con la promesa de continuar explorando y conociéndome de manera compasiva, brindándole a esa voz interna un espacio seguro para ser escuchada y existir.

Penguin Random House Grupo Editorial, S.A.U.
Travessera de Gràcia, 47-49
ECZ, 8021
ES
https://www.penguinlibros.com/es/content/1334-seguridad-de-los-productos
seguridadproductos@penguinrandomhouse.com
+34 93 366 03 00

The authorized representative in the EU for product safety and compliance is

Penguin Random House Grupo Editorial, S.A.U.
Travessera de Gràcia, 47-49
ECZ, 8021
ES
https://www.penguinlibros.com/es/content/1334-seguridad-de-los-productos
seguridadproductos@penguinrandomhouse.com
+34 93 366 03 00

ISBN: 9798890987341
Release ID: 156016905

www.ingramcontent.com/pod-product-compliance
Lightning Source LLC
LaVergne TN
LVHW041150150826
845673LV00001B/119

* 9 7 9 8 8 9 0 9 8 7 3 4 1 *